숙맥 15

부드러움의
미덕

南風會 萩麥同人

郭光秀(茱丁)　　金璟東(浩山)　　金明烈(白初)　　金相泰(東野)　故 金容稷(向川)

金在恩(丹湖)　故 金昌珍(南汀)　　金學主(二不)　　安三煥(道東)　　李相沃(友溪)

李相日(海史)　　李翊燮(茅山)　　張敬烈(寒松)　　鄭在書(沃民)　　鄭鎭弘(素田)

朱鐘演(北村)　　　　　　　　　　　　　　　　　　＊ (　　) 속은 자호(自號)

부드러움의 미덕

초판 인쇄 · 2022년 11월 20일
초판 발행 · 2022년 11월 28일

지은이 · 김재은, 김학주, 안삼환, 이상옥, 이상일, 이익섭
　　　　장경렬, 정재서, 정진홍, 곽광수, 김경동, 김명렬
펴낸이 · 한봉숙
펴낸곳 · 푸른사상사

주간 · 맹문재 | 편집 · 지순이 | 교정 · 김수란, 노현정
등록 · 1999년 7월 8일 제2-2876호
주소 · 경기도 파주시 회동길 337-16 푸른사상사
대표전화 · 031) 955-9111~2 | 팩시밀리 · 031) 955-9114
이메일 · prun21c@hanmail.net 홈페이지 · http://www.prun21c.com

김재은, 김학주, 안삼환, 이상옥, 이상일, 이익섭,
장경렬, 정재서, 정진홍, 곽광수, 김경동, 김명렬 ⓒ 2022

ISBN 979-11-308-1974-7 03810
값 22,000원

숙맥 15

부드러움의
미덕

김재은, 김학주, 안삼환, 이상옥, 이상일, 이익섭

장경렬, 정재서, 정진홍, 곽광수, 김경동, 김명렬

푸른사상
PRUNSASANG

숙맥 동인들은 처음부터 숙맥 동인들이 아니었다. 처음 그들은 안동 출신 서울대학 몇몇 동문의 작은 모임이었다. 그들 가운데 나는 사대 교육학과 출신 김재은 선생과 대학 시절부터 친분이 있었고 문리대 국문과 출신 김창진과 친했으며 국문과 출신 김용직을 후배 취급하며 교류해 오고 있었다.

나 자신이 시골 갯가 촌놈 출신인 주제에 안동 출신 낙향 양반 행세하느라고 에헴톨톨 하는 그들을 우습게 생각하던 내가 안동 출신 친구들과 친해질 아무런 인연도 있을 리 없었다. 그런 그들이 모여 그룹이 이루어졌다고 해서 다가설 나도 아니었다. 그런 모임에 문리대 어문학과 출신들이 더 모였다고 해서 내 관심이나 호기심이 더 갈 것도 없었다. 나의 무관심에 당시 이대 앞에서 소극장 운동을 하고 있던 김창진이 문리대 어문학과 출신들이 꽤 모인 그 그룹이 이제는 안동 출신 모임이 아닌 점을 누누이 강조한 것은 그들이 내고 있던 수필집에 나를 끌어들이기 위한 전초전이었던 것을 나중에 나는 알게 되었다.

당시 한창 연극평론에 열중해 있던 나는 수필 따위는 거들떠보지도 않았다. 신변잡기에 지나지 않는 글에 시간을 뺏기고 있을 시간이 나에게는 없었다. 대학 시절 이양하 선생의 수필 예찬론이나 피천득 교수의 빛나는 수필에 아직 매료되지 않았던 나는 문학이라면 시밖에 없다고 믿고 있었고 그때까지만 하더라도 수필 문학이라는 장르는 확립되어 있지도 않던 옛날이었다.

나에게 동인지 수필집 출간에 참여하라는 권유가 왔을 때만 해도 숙맥 동인이라는 그룹은 형성되어 있지 않았던 것으로 나는 알고 있었다. 내가 성대 독문과 교수직에서 정년 퇴임을 하고 한국문화예술기획연구회라는 기다란 이름을 지닌(지금은 '㈜문화다움'으로 간략해졌지만) 새 모임을 운영하느라고 정신이 없던 나에게 한갓지게 수필집 동인이 되라고 권유했던 김재은 형은 그때나 지금이나 바쁜 양반이었고 김창진 형도 선배 김동욱 교수처럼 사설 통신 운영하느라고 바쁜 나날이었는데 왜 나를 끌어들였을까…….

그때까지도 나는 내가 왜 안동 출신들 모임에 가담해야 하느냐 하는 식의 거부감이 없었다면 거짓말이다. 당시 김창진 총무가 보여 준 명단과 수필 동인지를 보면서 이제 반드시 안동 출신들만의 모임 같지는 않아 보였지만 문리대 교수 출신들이 많아서 이제는 문리대 교수 그룹이냐고 비아냥거리면서 그 어문학부 교수들 이름이 내가 재학 시절 한때 열정을 불살랐던 '문리대 문학회' 회원들 같기도 하고 거기다 벌써

부드러움의 미덕

몇 번째 수필집이 나온 성과로 봐서 나는 새로 창작수필을 쓸 정도가 아니면 내가 기고하고 있던 공연평론 몇 편을 그쪽으로 돌리겠다고 엉겁결에 약속한 것이 동인지 『숙맥』과 맺어진 인연의 시작이었다. 그래서 이 수필집 성격에 어울리지 않게 공연평론 '낙수(落穗)'를 중심으로 수필집 동인으로 넘어가게 된 것은 과장해서 말하면 연극평론가 vs 소극장 운동가 김창진과의 운명적 인연 탓이었다.

— 언제인지 기억이 분명치는 않지만, 동인지 이름을 '숙맥'으로 결정하는 자리에서 하필이면 왜 숙맥이냐, 꼭 일제 치하에서 식민지 지식인들이 스스로 '엽전'이라 자조(自嘲)하듯 바보천치 숙맥이라 스스로 이름을 붙이다니 — 나의 안동 거부 의식이 순간적으로 터져 나온 그 자리에서 '숙맥'의 어원을 들어 설득에 나섰던 동인들에 의해 비로소 나는 숙맥 동인으로 다시 태어난 셈이었다.

그러니까 수필집 동인 『숙맥』은 신변잡기식 수필집 동인 활동만 하는 것이 아니라 나처럼 공연평론도 제출받고 시도 실리고 소설이나 희곡 단편(斷片)도 실릴 수 있으며 일기나 여행기도 마다하지 않는 폭넓은 언론 미디어라는 이야기이다. 그다음부터 동인지 숙맥은 나의 독일문학과 현대연극 외곬 글쓰기의 숨통을 틔워 주어서 내 신변잡기, 일상 이야기도 들려 드리고 좀 진지하게 연극이나 무용 평론도 담고 낙수도 거둬들이며 낯선 아이디어도 맡겨 놓는 편리한 광장이 되었다. 그래서 이번 호에는 전부터 풀리지 않던 시의 공동 작업 가능성을 타진하듯 일인 단독 작업인 평론의 공동 작업 시도도 손대어 본다. 그런 것이 숙맥 동인지니까 가능한 것이다.

　말은 그렇게 해도 숙맥 동인지 머리말을 처음 쓰면서 반드시 동인들 모두가 내 말에 고개를 끄덕이지 않을지 모른다는 기우도 있다. 처음 동인지를 내자면서 대학의 전문성에 지친 서울대학 문리대 어문학과 출신들이 마음 편하게 주변 잡기 쓰듯 수필집을 내고 싶다던 중론이, 말하자면 세월이 가면서 나이 든 동인도 떠나고 새로 몇몇 동인들이 참여하게 되고 수필만이 아니라 여러 가지 장르의 글쓰기로 변모되어 가는 것을 안타까워하는 동인들이 여러 글쓰기의 종합·통합 형식이 싫어서 차라리 순수하게 수필 '문학'으로 돌아가기를 원하는 경우도 생길 수 있다.

　그런 목소리들이 괴어들면서 『숙맥』 동인지도 어느 사이에 15집을 내게 되었다.

　대체로 1년에 한 번씩 내었으니까 숙맥 동인들이 모인 지도 15년이 넘었다는 이야기다. 그사이 제1세대들은 9순(旬)을 넘겼고 중간중간에 수혈된 동인들이 80대가 되어, 60대 젊은 피가 필요하다고 해서 편집장으로 정재서 선생을 모셔 왔고 이번에는 대학에서 갓 정년 퇴임한 60대와 70대 두 분을 모셔 들였다. 안삼환, 장경렬 두 분이 숙맥 동인이 되어 어떤 글쓰기 방식을 도입할는지 늙은 동인들이 즐거운 우정의 교류를 기대하고 있다.

　그렇게 숙맥 동인들은 글쓰기 방식만이 아니라 글쓰기 횟수조차 빠

지기도 하고 보태기도 해서 자유롭다. 그 자유로움이 숙맥 동인들이
이 모임에서 떠나지 못하는 매력인지 모른다.

이 「책머리에」는 순전히 나의 숙맥지에 대한 글빚 대신으로 읽히기
바란다.

숙맥지 동인의 한 멤버로서
2022년 겨울
이상일

차례

이상옥

이상일

이익섭

부드러움의 미덕

김재은

한국인은 가슴에 불을 안고 산다 | 떼창과 팍스 문두스

한국인은 가슴에 불을 안고 산다

하이브(HYBE, 옛 이름 빅히트[Big-Hit])의 의장 방시혁이 모교인 서울대 2019학년도 졸업식에서 축하 연설을 하면서 이런 말을 했다. 그는 세계 최고의 K-POP 아이돌 그룹 BTS를 성공시킨 장본인이다.

"오늘날 자신을 만든 힘은 '화(火)'였다"고 밝혔다. 그는 "앞으로의 여정에는 무수한 부조리와 몰상식이 존재할 것이다."라며 "분노의 화신 방시혁처럼 여러분도 분노하고 부조리에 맞서서 싸우기를 당부한다. 그래야 문제가 해결되고 이 사회가 변화한다"라고 했다. 나는 방시혁이 말한 부조리나 사회변화에 대해 언급하고 싶은 것이 아니고, 그런 변화를 가져올 '분노'에 관심이 있는 것이다.

"부조리에 분노하라?" 판에 박힌 행정적 냄새가 나는 축사가 아니라 매우 철학적인 축사이다. 그의 가슴속에 언제나 '불'이 도사리고 있는 듯하다. 이것을 하나의 '철학적 분노'라고 하겠다. 그런데 방시혁이 느끼는 분노, 즉 '불'은 이념적이고 철학적인 성격을 띤 것이지만, 실제로 신체 증상으로 느끼는 분노, 즉 불(火)도 있다. 그 화(火)가 쌓이면 병이 되고, 그것이 '화병(火病)'이다.

분노=火=불이다

그래서 분노(憤怒/忿怒)가 곧 화병(火病)인 것이다. 분노는 가슴속에 잠재해 있는 화병이다. 이 화병은 정신적으로도 불이 되고 육체적으로도 불이 된다. 불은 두 가지 방향으로 작동한다. 하나는 연소 기능이고, 다른 하나는 동력원의 기능이다. 물론 이 기능들은 동전의 앞뒤와 같은 관계에 있다. 연료가 연소하는 과정에서 동력이 발생하기 때문이다. 불이 화병이 되어 모든 것을 깡그리 태워 먹으면 재앙이 되고, 불이 동력이 되어 기계를 움직이면 생산성을 가져온다. 자동차 엔진 같은 것을 내연(內燃)기관이라고 하지 않는가? 안에서 태우는 것이다. 재미있는 것은 재앙 재(災) 자의 형상이다. 불(火) 위에 불꽃 형상이 놓여 있다. 재앙 중 가장 격렬한 것이 화재라는 암시이다.

방시혁이 말한 화(火)의 기능에는 동력으로서의 기능이 강조된 셈이다. 동력은 일을 한다. 그러니까 새로운 것의 창조로 이어지고, 그 결과물이 작품이 된다. 연소기능을 소멸을 의미한다. 연료가 타면 가스로 변해 최초의 형체는 소멸되고, 그것이 폭발하면 에너지가 되나, 그 에너지는 폭력화될 수도 창조력이 될 수도 있다.

불은 그 밖에 산불, 건물 화재, 전쟁의 포화 등으로 외출(外出)하면 결과는 잿더미만 남지 않는가? 이와 관련해서 여기 아주 진기하게도 어울리는 가곡의 가사가 있다. 이은상 작사, 홍난파 작곡의 〈사랑〉이란 노래이다. 가사는 이렇게 시작한다. "탈 대로 다 타시시오/타다 말진 부대 마소……"이다.

부드러움의 미덕

사랑이라는 고귀한 창조물을 만들려면 가슴속의 불길을 태우고 태워 남은 재마저도 태우라는 메시지이다. 가슴속의 불은 이렇게 창조의 에너지가 될 수도 있어서, 그것이 정렬이 되면 새로운 가치를 만들어 낼 수도 있다.

방시혁의 부조리에 대한 분노의 불은, 사랑을 완성시키는 정열도 되고, BTS를 만들어 세계인을 행복하게 하고 전쟁을 종식시키는 평화 운동의 동력도 된다. 그 에너지는 긍정적인 결과물을 만들 수 있는 힘인 것이다. 세상에는 부조리가 넘친다. 그것을 바로잡는 혁신적 정신이 여기에서 나온다.

불이 잘못 타면 심신에 재앙이 온다

화에 관련된 속담이나 관용어를 보면;

- 화가 치민다
- 화가 머리 꼭대기까지 올라왔다
- 화를 돋우지 마라
- 화가 나서 가슴이 멍멍하다
- 화병으로 죽었다
- 화풀이를 한다
- 홧김에 서방질한다
- 화딱지 난다
- 화를 삭인다
- 화를 다스린다

• 화를 누그러뜨린다

등이 있다. 이렇게 '화'에 관한 말들이 많다는 것은 그것이 우리의 일상의 삶과 관계가 깊다는 뜻이다. 화가 쌓이고 쌓이면 폭발하거나 기력(氣力)이 소진되어 사람이 죽는다. 그래서 한의학에서는 화병(火病) 또는 울화병은 분노와 같은 부정적인 감정이 해소되지 못하여 불의 양상으로 폭발하는 증상이 있는 증후군이라 한다. 신체 증상으로는 가슴 답답함, 열감, 치밀어 오름, 목이나 명치에 덩어리가 뭉친 느낌 등이 나타나고, 심리적으로는 억울하고, 분한 감정, 마음의 응어리나 한(恨)으로 나타난다. 이러한 증상들은 어떤 뚜렷한 스트레스 사건과 관련되어 있다.

기존의 정신장애 분류는 우울을 기반으로 하는 기분장애(우울장애)와 불안을 기반으로 하는 불안장애로 명확하게 제시했지만, 분노와 관련된 정신장애의 경우는 그 기준과 범주에 대하여 명확하게 묘사하지 못하고 있다.

'화병(火病)'이란 용어는 한의학에서 써온 용어이지 서양의학에서는 사용하지 않던 말이다. 양의학에서 이 용어를 사용하게 된 연유는 성균관대학교 부속 고려병원 원장을 지낸 정신의학 전문가 이시형 박사가 미국에서 열린 국제정신의학대회에 참석해서 이 화병이 한국 문화와 관련 있는 하나의 정신장애이고 한국인에게 많이 발생하는 증후군이라고 발표해서 '화병'이 국제적 전문용어가 되었다.

미국에서 발행하는 'DSM'라는 정신의학 매뉴얼이 있는데, 'Diagnostic and Statistical Manual of Mental Disorders'의 약자로 1995년에 나온 『DSM-Ⅳ』에 기재되어 있다. 과거 정신의학에서는 실체가 없다고 여겨왔던 이 화병이 정신의학 용어가 되어 이 매뉴얼에 'Hwabyung'이라고 기재되어 있다.

이 매뉴얼에 의하면 이렇다. "Hwabyung 혹은 HwaPyung은 사람이 부당하다고 지각하는 조건이나 상황 때문에 자기의 분노를 처리할 수 없어서 생기는, 한국인에게 독특한 방식으로 체화(体化)된 정신병이다."

화병은 한국적 문화와 연관되어 있는 증후군(syndrome)이다. 또한 화병이란 말은 관용어이지만 그 말 자체는 병의 증후군이나 뚜렷한 특징을 말하는 용어가 아니고, 도리어 병원론(pathogenesis, 病原論)과 관련되어 있는 말로서, 화로 인해서 어떻게 된다는 말이다.

몇몇 조사에 의하면 한국 농촌의 인구 약 4.1%가 화병을 가지고 있다고 했고, 지역에 따라 많게는 13.3%까지 이른다고 하니, 분명히 화병은 한국의 문화와 관련이 있는 듯하다. '화병'의 '화'는 불을 의미하는 말이고 '병'은 증후군이니 질병을 말하는 두 낱말의 합성어이다. 문자 그대로 해석하면 분노로 인해서 생기는 병이다.

이 『DSM-Ⅳ』에 의하면 중요한 의미가 세 가지 들어 있다. 그 하나는 화병은 한국문화와 연관되어 있는 정신장애라는 것이다. 둘째는 한국 농촌을 비롯해 지역에 따라 많게는 13.3%라는 환자가 있다는 것, 셋째는 화병은 분노와 우울로 인한 정신장애라는 점이다.

자기가 느끼기에 불공정하고 부당하다고 생각되는 내외의 상황이나 조건의 결과로 화병이 생기지만, 자기 스스로 감당해 내기 어려운 상태에서 발생하는 것이다. 한의학에서 중요하게 다루는 증후군인데, 체화된 증상을 수반하는 일종의 우울증이다. 그래 울화병이라고도 한다.

흔히는 신경 쓰는 일이 누적되어 만성 스트레스로 작용하기도 하고, 죽음과 같은 급격한 상실의 경험을 충격적으로 겪은 뒤에 일어나는 경우도 잘 발생하는 증후군이다.

우리나라의 20~30대의 젊은이 중 화병 환자가 급격히 늘어나고 있다는 보고가 있다. 특히 20대 환자가 5년 사이에 53% 증가했다는 보고도 들어 있다.

나는 이런 보고와 관련해서 세 가지 가설을 제시하려고 한다.

첫째는, 전통적인 우리의 가족제도와 관련된 가설이다. 오랫동안 우리는 양성 3세대의 대가족제도를 지켜왔다. 그리고 다남(多男)을 귀하게 여겨 자녀는 5~6명 이상이어서 가족원 수가 10여 명이 넘는 경우가 많았다. 가부장제가 지켜지고는 있었으니 질서는 유지되었으나 경제생활과 자녀교육에 큰 부담이 되었다. 이런 상황에서 2세대 며느리의 부담이 굉장히 컸다. 가족 간의 인간관계도 복잡해지고, 고부간 갈등도 으레 생기는 상황이었다. 그래서 화병이 특히 여성들에게 많이 발생하는 이유가 여기에 기인하는 사례가 많다. 지금은 대부분 완화되었지만, 예전에는 여성에게만 씌워진 굴레가 있었다. 칠거지악(七去之惡)과 삼종지도(三從之道)이다. 도시화로 인해 핵가족이 대세가 되면서 예전보다는 여성의 심적 부담이 줄기는 했지만, 농촌에는 아직도 대가족 흔적이 남아 있어서, 화를 삭일 수단이 빈약하다.

두 번째 가설은, 지금의 80대 이상에게는 일제강점기의 처절했던 조선인에 대한 압제, 보국대, 징용, 정신대, 공출, 징병, 창씨개명, 내선일체, 황국신민화 등의 총독부 정책의 영향이 정신의 앙금이 되어 남아 있고, 후손들에게도 그런 분위기가 전염되어 스트레스로 남아 있다. 광복된 지 70여 년이 지난 지금, 아직도 강제노동의 대가, 위안부 문제가 해결되지 않고 있지 않은가?

셋째 가설은, 왜 젊은이들에게 화병이 많아지고 있는가에 대한 해명이다. 뒤에 가서 화병의 원인에 대해서 구체적으로 언급하겠지만 우리

부드러움의 미덕

사회가 가지고 있는 에토스(ethos), 즉 사회적 기품이나 시대적 흐름이 상당히 강박적이라는 데 있다. 치열한 경쟁 체제와 성공에 대한 강박관념, 계층 상승 사다리의 부재, 불안정한 미래 전망 등이 젊은이들을 좌절시키고 있어서이다. 거기에다 학교 교육은 현장의 실생활에서 문제를 해결하는 방법, 즉 서바이벌 게임(Survival Game) 같은 것은 가르치지 않는다. 그리고 한 번 좌절했을 때 재기하는 기술과 용기가 부족하다. 1인당 주류 판매량이 세계 최고인 것은 이런 정황을 설명해 준다.

한국인이 선택한 처방은

분노의 결과는, 불이 소멸의 기능으로 발휘될 때에는 그 원인보다 훨씬 더 심각해진다. 인격을 붕괴시킬 수도 있고, 그 광기(狂氣)가 창조적 에너지가 되기도 하지만, 분노 뒤에 따라오는 고뇌는 더 심각해질 수 있다. 분노는 힘을 소진시키고 진(津)이 빠지는 경지에 이를 수 있다. 그러나 그 분노의 에너지는 창조적 에너지가 될 수도 있다.

분노는 에너지의 근원이어서 폭발력을 가지고 있으나 그 폭발 에너지가 분출한 채널이 창조적이냐 파괴적이냐에 따라서, 그 개인은 인격적으로 성숙해지거나 그 반대로 날뛰는 말과 같이 인격적 붕괴를 가져올 수도 있다.

소설 『파친코』를 쓴 재미 여류작가 이민진은 "글을 쓰는 이유는 삶이 싫기 때문이다. 글로 불의에 맞서기로 했다."라고 실토했다. 역설적이지만 그의 가슴속에 불길이 언제나 활활 타고 있었던 것이다. 그 불길로 불의에 맞서기로 했다고 하니, 방시혁의 철학과 일맥상통한다. 시인 홍윤숙은 "고통이 나를 존재케 했다."라고도 했다. 고통은 소멸이 아니고 창조의 원동력이 될 수 있듯이, 분노도 그와 같은 이중성을 갖는다.

한국인의 가슴속 분노는 역사성을 갖고 있다. 과거 5세대(약 150년), 우리는 외세의 간섭을 받아 치욕스러운 고초를 겪었고, 그로 인한 구한말의 국내 정치의 불안과 갈등, 일본의 침략과 조선총독부, 청일전쟁, 일본의 강제합방, 만주사변과 태평양전쟁, 해방의 소용돌이, 미 군정 정권 수립과 3년 만의 북조선의 남침 6 · 25 전쟁, 이승만 대통령 하야, 4 · 19 혁명, 군사 쿠데타, 군사 유신정권, 박정희 대통령 시해, 12 · 12 사건과 군사 쿠데타, 6 · 29 민주화 운동, 5 · 18 광주사태, 두 대통령 구속, 노무현 대통령 자결, 남북관계 해빙 무드, 정권 교체 등을 겪으면서 백성들의 마음속에는 항상 이념적 · 정서적 혼란과 좌절과 불안의 소용돌이가 꿈틀거렸다. 이 와중에 생존을 위한 투쟁심은 커지고, 사회의 양극화, 빠른 사회적 변화에 대응하기 위한 치열한 생존 의지가 우리 가슴속에 늘 분노의 불씨를 심어 주었다고 생각한다. 어떤 때는 까닭 없이 화가 나고 짜증스럽다.

그래서 우리 한국인들은 이런 분노의 에너지를 긍정적으로 방출하는 방법을 은연중 모색해 왔었다. 원래 정신역학적으로 보면, 행복에 겨우면 새로운 창조와 혁신은 불가능하다. 그것이 무엇인가 하면 바로 예능(entertainment)이었다. 예능은 분노 분출의 가장 효과적이고 긍정적인 통로의 하나이다. 춤과 노래, 자유롭고 격한 동작(비보잉과 스트리트 댄스), 샤우팅 창법(악쓴다고도 함)으로 쌓였던 스트레스 날리기, 억압되어 있던 분노, 축적되어 있던 한을 폭발시켜 날려 버릴 수 있는 매체이다. 그런데 이런 표현들은 부정적 결과를 낳지 않는다는 점이 큰 소득이다.

방시혁도 서울대 재학 중 유재하 음악 경연 대회에 나가 동상을 받은 경력이 있다. 그것이 그로 하여금 거대 엔터테인먼트 기업의 CEO가 되

부드러움의 미덕

게 한 동력이었다. 그를 비롯해서 지금 세계의 엔터테인먼트계에 쓰나미를 일으키고 있는 네 사람의 거물들이 모두 가수 출신이다. 그들이 데리고 있는 아이돌(idol)들이 K-POP으로 전 세계에 행복과 즐거움과 치유를 가져다준 일선 장군들이다. 앞에서 말한 한국인의 분노와 한의 역사적 배경을 따지고 보면 모두 정치적인 사건·변혁들이지만, K-POP이 세계에 평화의 물결을 일으킨 현상은 바로 연예(entertainment)인들의 꿈의 실현물들이다. 정치가나 외교관이나 이른바 평화운동으로 노벨상을 받은 인사들이 성취하지 못한 세계 평화를 한국의 연예기획자들이 하고 있는 것이다. 이것은 세계사적 사건이다.

두 번째 채널은 스포츠이다. 한국도 88 올림픽과 2002 월드컵을 거치면서 다른 선진국 못지않게 스포츠 강국의 하나가 되었다. 그래서 2022년 7월 13일, 서울 상암동의 월드컵 경기장에서 영국의 EPL에 속하는 토트넘 구단이 한국의 K리그 선수들과 친선경기를 했다. 손흥민 선수가 속해 있는 토트넘이 한국까지 오다니 놀라운 일이다. 이날 64,000석의 좌석을 메운 관중들의 행동은 유튜브나 언론 기사를 통해서 전 세계에 알려지고 한국 관중들의 응원 방식과 매너를 칭송했다. 그런데 나는 이 관중들을 보고 이런 생각을 했다. 현대는 '스포츠가 일종의 신앙이고 종교구나' 하는 점이다.

우선 신앙 대상(스타)이 있다. 경전(감독의 작전·전략·훈련 방식·선수들의 게임 기술)이 있고, 의식(意識)(행사 진행 방식과 응원 방식)이 있고, 신앙고백(팬덤의 메시지), 헌금(입장료), 그리고 마음의 치유(은혜 받기, 도(道)에 접근하기)가 있다. 종교집단처럼 정기적 집회(주말마다 게임)가 있다. 또 이때 가족을 동반한다. 같은 종교집단이 되는 것이다. 명백한 종교가 아닌가? 비유컨대 그렇다는 것이다. 지금 유럽이나 미국에는 교회를 팔려고 광고를 내놓은 데가 많다. 기성 종교는 이제 구원의 힘을 잃어가고 있다는 증거이다. 심지어 옛날에는 교회였던 곳이 나이트클럽도 되고, 바도 되고, 도서관, 박물관, 호텔 등으로 변신하고 있다.

세 번째는 창조적 작업이다. 벤처 기업의 창업, 발명, 기업의 혁신 작업, 예술적 창작과 연구 활동, 기타 모든 혁신 작업이 여기에 들어갈 것이다. 이런 일에 분노의 분출에너지를 투입한다면 그것은 완전히 성공적인 분노 표출의 전략이 될 것이다. 그리고 그 결과는 긍정적인 결과물로 드러날 것이다.

지금 우리나라의 여러 공연장에서, 운동장에서, 작업장에서 보여지는 시민들의 활동 행태를 보면, 집중포화 같은 기세다. 쓰나미와 같은 위세요, 회오리바람과 같은 강풍이요, 소용돌이요, 활화산이다. 외국인들 눈에는 한국인들은 미친 사람들로 보인다. 세계 도처의 유수한 도시의 광장에는 한국의 K-POP 아이돌뿐 아니라 젊은 뮤지션들의 버스킹이, 비보잉(B-boying), 스트리트 댄스(street dance)가 한창이요, 또 유수 GT 프로그램(AGT, BGT, SGT 등 재능경연대회)을 보면 한국의 젊은 마술사부터 기악 연주자, 아크로바트, 성악, 중창 등등 안 나타나는 데가 없을 정도로, 동에 번쩍 서에 번쩍 표현에 미치고 있다. 이것은 문화 세계에 일대 혁명적 현상이다. 분노가 긍정적 에너지를 변환한 것이다. 가슴속의 불길이 제대로 방향을 잡은 것이다.

이 불길이 소멸로 번지지 않고 선한 정신적 동력으로 작동해서 세계 평화에 이바지하는 에너지가 되기를 기대한다. 가슴속 불길은 이렇게도 살릴 수가 있다.

부드러움의 미덕

떼창과 팍스 문두스

1

내가 2021년 출간한 책으로 『떼창의 심리학』이란 것이 있다. 쑥스러운 이야기지만, 문화체육관광부에서 관여하는 '세종도서 학술' 분야에 선정되어 인세를 좀 받아 썼다. 떼창은 떼를 지어 같이 노래 부르는 것을 말한다. 이미 고조선 시대부터 우리 민족을 '군취가무(群聚歌舞)'를 즐기는 민족이라고 『후한서(後漢書)』「동이열전(東夷列傳)」 등 이런저런 문서에 기록되어 있는데, 우리는 오랜 옛날부터 무리 지어 춤추고 노래하기를 좋아한 백성임은 사실인 것 같다.

떼창을 음악용어로 바꾸면 제창(齊唱)이다. 같은 노래의 멜로디를 여러 사람이 한목소리로 부르는 것을 말한다. 그 반대가 합창(合唱)이다. 떼창을 영어로는 sing along 혹은 unison이다. 합창은 조화롭고 아름다운 화음을 감상하는 데 중점을 두지만 떼창은 우렁찬 함성에서 강렬한 에너지와 감동을 받는 것에 중점이 간다.

지금 전 세계의 유수한 국가의 공연장과 광장에서는 수시로 이 떼창

이벤트가 벌어지고 있다. 20여 년 전만 해도 간혹 볼 수 있었던 현상이 이제는 일상화되었다. 이것은 이벤트를 넘어서서 하나의 문화가 되었다.

1990년대 후반부터 연예기획사들이 조직적으로 그룹 싱어를 양성하기 시작했다. 1996년에 H.O.T., 1999년에 god, 2003년에 동방신기(東方神起)가 데뷔하고 활동하면서 '아이돌(idol, 우상)' 개념도 생겨났다. 왜 아이돌이냐 하면, 개인 가수에게도 있었던 팬클럽의 규모가 커지게 되면서, 팬들이 그룹이나 소속 가수들을 우상으로 여기게 되었기 때문이다. 더욱이 그들이 좋아하는 가수가 미모의 청년일 때 팬클럽의 규모도 커진다.

2007년에 원더걸스, 소녀시대 등의 명성이 높은 새 아이돌 그룹이 등장하면서 팬클럽도 늘고 나아가 팬덤(fandom)이 형성되면서 어마어마한 규모로 팬 문화가 확산되었다. 엄청난 규모로 국제화된 BTS의 팬클럽은 '아미(Army)'라는 이름도 얻었다. BTS는 지금 군대를 거느리고 있는 셈이다. 전 세계적으로 약 2,000만 명의 아미를 거느리고 있고 국내 회원도 152만 명에 이른다. 그래서 팬클럽 문화도 세계화되었다. 이들 팬덤으로 인해서 떼창이 요원의 불길처럼 전 세계로 번져 나갔다.

2

1969년 음반 판매량이 2억 5,000만 장까지 오른 영국 가수 클리프 리처드가 이화여대 대강당에서 내한 공연을 가졌다. 그때 이미 암표가 돌아다닐 정도로 인기 있는 가수여서 나도 간신히 표를 구해서 공연을 구경했다. 그때 내 나이 39세 때의 일이다. 그 당시 관객의 반응은 우리의

부드러움의 미덕

공연 역사상 일찍이 볼 수 없었던 반(半)광란 상태였다. 20대 전후부터 40대 정도의 연령층 관객이 모여 4,000명을 수용하는 대강당이 만원을 이루었고, 그때 일부 리처드의 노래를 따라 부르는 관객도 있었다. 그러나 요즘의 떼창과는 비교가 안 될 소수만의 호응이었다. 그런데 그의 노래 중 〈The Young Ones〉의 후렴구 "Once in every lifetime / Comes a love like this / Oh, I need you and you need me / Oh, my darling, can't you see?" 부분이 나올 때는 제법 따라 부르는 사람도 많았다.

이때만 해도 6 · 25전쟁이 끝나고 16년 정도 지난 시기여서 전체 사회적 분위기는 국가 재건에 정신이 팔려 있었다. 그래서 그렇게 신이 날 만한 정서가 아니었다. 더구나 팝 음악을 즐길 마음의 여유가 없었음에도 이 관객의 열기는 대단했다. 무대 위로 꽃다발을 던지고, 선물 꾸러미를 던지고, 손수건을 던지는 반응을 보였고, 발을 구른다든지 노래의 하이라이트에 가서 함성을 지른다든지 하는 반응을 보였다. 그리고 15년이 지났다. 김수철이라는 가수가 나타나서 '작은 거인'이라는 별명에 어울리게 선풍적인 인기를 끌었는데, 그가 1984년에 발매한 〈젊은 그대〉는 지금도 불리는 노래다. 이 노래의 마지막 후렴 부분에 가면, 일부 떼창이 나왔다. 지금도 그렇다. "젊은 그대 잠 깨어 오라 아하 / 젊은 그대 잠 깨어 오라 아하 / 아~아 / 사랑스런 젊은 그대 / 태양 같은 젊은 그대 / 젊은~ 그대~ 젊은~ 그대~".

그리고 10여 년이 지나 아이돌 그룹이 계속 등장하면서 떼창이 본격화되었다. 그 이유는 세 가지다.

첫 번째는, 가수가 되는 과정이 달라졌기 때문이다. 그전까지는 개인 가수 지망생이 콘테스트나 노래 경연 대회에서 우승자로 뽑히거나 개인이 작곡가와 프로듀서를 찾아가 개인 지도를 받아서 데뷔하는 시스템이었다. 그러다가 대형 기획사의 대표들이 연습생 시스템을 만들어 몇 년씩 집중적으로 훈련해서 가수로 데뷔시키게 되었다. 그들 중 일부가 아이돌 그룹이 되어 명성을 떨치고 있는 것이다. 그렇게 해서 명성을 얻으면 그들의 노래가 떼창의 레퍼토리가 된다.

둘째로, 옛날에는 음악이 음반을 통해서 보급되었다. 그러나 지금은 휴대전화, MP3, 크롬, 뮤직비디오 등을 통해서 듣고 배울 수 있다. 음악에 접할 수 있는 매체가 다양하고 콘텐츠가 풍부해졌다. 그래서 언제 어디서나 새롭고 인기 있는 뮤지션의 음악을 골라서 들을 수 있는 것이 큰 변화이다.

셋째는, 아이돌을 만들기 위한 완벽한 커리큘럼을 적용한다는 점이다. 노래와 춤은 독창적이면서 완성도가 높아지도록 반복 훈련을 한다. 아이돌 그룹의 칼군무는 한국식 훈련의 백미이다. 퍼포먼스, 내레이션, 제스처 때로는 아크로바트, 비보잉, 스트리트 댄스 심지어 외국어까지 배우고 연습한다. 이런 식으로 훈련해서 완성도 높은 공연을 보여 줌으로써 관객의 호응도를 높여 팬들을 끌어들일 수 있다. 이런 이유로 해서 가수와 관객이 단순히 갑을의 관계가 아니고, 또한 가수는 무대 위, 관객은 아래의 관객석에서 바라보기만 하는 존재가 아니라, 관객이 무대 위에 올라가기도 하고 가수가 관객 속으로 내려오기도 해서 두 주체가 일체가 되고 쌍방이 함께 즐기는 공연 형태가 되었다는 점이 큰 변화일 것이다. 그런 즐거운 쇼의 향연을 펼치기 위한 일환으로 떼창이 자연 발생적으로 번져 가기 시작한 것이다.

공연은 가수 대 관객이 아니라 함께 음악을 즐기고 행복해지고, 감동 받는 주체가 되었다. 이것이 클래식 콘서트와 다른 점이다. 클래식 공연

부드러움의 미덕

장은 엄숙하고, 조용하고, 긴장되어 있고, 무대 위는 공연자는 갑이고 관객은 을인 관계에서 공연이 진행된다. 기침 소리를 내도 안 되고 속삭거려도 안 된다. 그러나 팝은 그 틀을 완전히 깨어 버렸다. 떠들썩할수록 재미있다.

3

흥미를 끄는 현상 몇 가지를 소개하겠다.

2022년 여름, 필리핀의 모 고등학교 졸업식장 광경이다. 300여 명의 학생들이 졸업 가운을 입고 졸업식 행사를 하다가 공식 행사가 끝나자 학생들이 가운을 입은 채 모두 자리에서 일어나서 BTS 노래를 떼창하면서 떼춤을 추었다. 떼창과 떼춤은 한국에서만 볼 수 있는 풍경이 아니라 하나의 문화가 되어 가고 있다는 증거이다. 하이틴 고등학생들도 이 떼창의 위력과 즐거움을 체득하고 있는 것이다.

2012년 8월에 미국의 래퍼이고 배우, 프로듀서, 작곡가, 사업가인 에미넴(1972~)이 한국 공연을 위해 내한했다. 그가 공연하면서 한국 관객의 떼창에 크게 감동을 받았다고 했다. 떼창으로 공연장을 열광의 도가니로 만들었기 때문이다.

'루카스 그레이엄'은 덴마크의 밴드 이름인데, 동시에 보컬의 이름을 딴 악단이다. 이들이 한국 공연을 위한 내한한 적이 있다. 이들이 한국에 와서 공연했을 때 관객들의 떼창에 놀라 보컬인 루카스가 울음을 터뜨렸다. 그러자 관중석에서 "울지 마! 괜찮아 루카스!" 하고 외쳐 댔다. 이런 관중이 세계 어디에 또 있을까? 정말 기이하고 경악스러운 현상이다. 남성 4인조 밴드인 '보이즈 투 멘'은 미국의 R&B/소울 음악 그룹이다. 이 그룹은 한국에서 공연한 후 떼창에 감동해서 "정말 아름다운 한국이오." 하고 감탄하며 돌아갔다. 미국의 5인조 남성 음악 그룹인 '퍼렐 윌리엄스', 미국의 록밴드인 '뮤즈'도 내한 공연을 하고 관객의 떼창에 경탄하고 돌아갔다.

덴마크 가수 크리스토퍼가 내한 공연을 했을 때는 가사 전체를 관객들이 떼창으로 따라 불렀다. 크리스토퍼는 이에 감동하여 무대 바닥에 드러눕기까지 했다.

이 밖에도 엘리 굴딩, 메탈리카, 이디나 멘젤, 브루노 마스, 아길레나, 미국의 록밴드 오케이 고, 비욘세 등도 모두 한국에 오기 전에 일본을 거쳐온 세계적 뮤지션들이다. 이들이 한국 공연을 마치고 소감을 SNS에 올리거나 언론 인터뷰에서 밝힌 것을 종합해 보면 이렇다.

"일본 관객들은 조용하고 분위기가 차갑기까지 했다. 겨우 야광봉을 흔들거나 박수를 치거나 팔을 흔들거나 할 뿐이며, 소리치거나 떼창이란 거의 없었다. 공연장을 꽉 메운 관객이 이렇게 조용할 수가 있나? 일본엔 다시 안 가."였다.

반면에 "한국은 사정이 180도 달랐다. 그들의 떼창에 경악을 금치 못할 정도였다. 관객은 무대 위의 아티스트들과 한마음이 되었다. 한국에는 다시 와야겠다고 생각했다. 야광봉을 흔들고, 함성을 지르고, 무대에 올라오고, 꽃을 던지고, 떼창을 하고, 휴대전화의 라이트를 켜서 빛의 향연을 만들었다. 세계에 이런 관객은 어디에도 존재하지 않는다." 대체로 이런 소감을 밝혔다.

왜 일본인과 한국인의 공연장에서의 반응에 큰 차이가 있는 것일까? 이에 대해서 평론가들의 논평을 정리하면 이렇다.

"일본인 개인은 호-불호(好-不好)에 대한 감정 표현을 무척 조심스러

부드러움의 미덕

위한다. 특히 조직 안에서 그렇다. 남에게 폐를 끼치지 않는 것을 미덕으로 여기는 행동 문화 때문에 떼창 따위가 잘 안 된다. 그리고 공연기획자도 그 점 때문에 공연 분위기를 달구기가 어렵다."는 것이다. 따지고 보면 그것은 봉건제도하의 행동 법규의 흔적이라고 볼 수도 있다.

"반면에 한국인은 감정 표현이 솔직하고, 흥에 약하고, 동조성이 높은 행동 특징이 있어서 떼창이 쉽게 이루어질 수 있고, 특히 음악에 대한 감정이나 공감 반응이 격렬하고 지속적인 데가 있다. 그리고 플래시 몹을 통해서 여러 가지 응원 도구를 마련해서 사용하기도 해서 반응이 열띠다."고 한다. 이런 이유로 한 번 내한 공연을 하면 끊을 수 없어서 다시 오고 5~6회씩이나 한국에 온 그룹도 있다.

또 한 가지 기적 같은 이벤트가 있었다. 2022년 7월 10일 저녁, 미국 뉴욕시 맨해튼 센트럴파크가 한국 군부대 위문 공연장을 방불케 할 정도로 사람들의 감정이 달아올랐던 사건이다. 한국에서 군통령(軍統領)으로 불리는 K-POP 여성 4인조 그룹 브레이브 걸스가 핑크색 드레스 차림으로 무대에 올라 히트곡 〈롤린〉을 부르자, 미국 관중 5,000여 명이 모두 일어나 무아지경의 표정으로 몸을 흔들며 한국어 가사를 일제히 따라 불렀다. '떼창'은 여기에도 있었다. 이게 무슨 조화(造化)란 말인가? 미국인들이 한국말로 떼창을 해?

이 이벤트는 매년 여름 뉴욕시가 주최하는 음악축제 '서머 스테이지'의 하나인데, 뉴욕 한국문화원과 뉴욕시 공원재단, 그리고 한국의 문화체육관광부가 공동 개최하는 '제3회 Korea 가요제'이다 뉴욕에서 한국말로 외국인들이 '떼창'하다니. 이것은 역사에 일찍이 없던 기적 같은 이벤트인 것이다.

4

우리나라 아이돌의 공연장에서 본격적으로 시작된 '떼창'은 이제 한국인만의 별난 형태(形態)가 아니고, 하나의 세계적 문화 양식이 된 것이다. 떼창만이 아니고 동시에 '떼춤'도 그렇다. 그건 자연스러운 공명현상이기 때문이다.

SM타운의 유럽 투어나 BTS의 미국 투어 등에서 볼 수 있었던 외국인의 열광적인 떼창은, 이제 SNS나 유튜브 등의 온라인 매체를 통해서 전세계적인 음악 놀이 문화의 한 양식이 되었다. 미국이나 유럽은 물론 동남아시아, 중남미, 오세아니아, 중앙아시아까지 이 떼창 문화가 흘러 들어가 있다.

영국 BBC의 유명한 다큐멘터리 프로그램 〈BBC Earth〉의 게스트인 배우 출신의 조애나 럼리가 중앙아시아에 카메라맨과 함께 갔다. 아제르바이잔과 키르기스스탄 등에 가서 거리 풍경을 살펴보고 있는데, 공원이나 광장 등에서 젊은 대학생들이 모여서 BTS나 블랙핑크의 노래를 떼창하면서 떼춤을 추며 놀고 있는 광경을 찍었다. 심지어 그들은 한국말로 노래를 하고 있었다. 럼리가 물었다. "왜 하필 한국 노래를 하느냐? 너의 나라 음악은 안 하느냐?'고. 그랬더니 학생들 반응은 "K-POP은 굉장한 음악이에요. 신나잖아요. 그리고 우리는 한국을 사랑해요. 한국에 가 보고 싶어요." 했다. 정말 놀라운 현상이 아닐 수가 없다.

세계의, 그것도 신진문화의 국가인 유럽의 유수 국가나 동유럽 국가들이 Korea Fest니 Korea Week니 Korea Day니 하고 행사를 하는 나라가 많다. 그리고 거기서는 으레 K-POP, K-FOOD, K-fashion, K-Dance 등을 프로그램에 넣고 있다. K-POP 행사 때는 떼창과 떼춤을 한다. 이

것이 K-Culture가 되고 한류(韓流) 팬을 1억 명으로 만드는 것이다.

이와 같이 여러 상황에서 떼창을 경험한 사람들의 공통된 반응을 살펴보니 대략 다음과 같은 것이 나왔다. 2019년 영국 밴드 퀸(Queen)의 이야기를 다룬 영화 〈보헤미안 랩소디(Bohemaian Rhapsody)〉가 한국에서 상영되었을 때 약 1,000만 명의 관객을 끌어들였다. 그때 나도 관람했다. 그때 관객은 가짜(배우) 퀸의 음악에 맞추어 떼창을 했다. 진짜 퀸이 그 이듬해 내한하여 고척동의 고척스카이돔에서 공연했는데 3만여 명 관객들의 떼창을 만나서 감동했다. 그때의 퀸에는 프레디 머큐리가 이미 세상을 떠나 없었고 새 보컬을 공모해서 데리고 왔다.

행복했다, 즐거웠다, 젊어진 것 같다, 힘을 얻었다, 자신감을 회복했다, 용기가 생겼다, 우정을 느꼈다, 눈물이 났다, 황홀했다, 제정신이 아니었다, 흥분을 느꼈다 등등…….

떼창을 통해서 세계인은 제각기 화합감(친구 또는 팬덤끼리), 행복감, 즐거움, 감동, 공감, 연대의식, 용기, 마음의 평화, 마음의 정화, 자신감, 우정, 고독감 탈출, 절정감, 엑스터시 등등을 느끼고, "치유되었다"라고 했다. 이런 현상이 전 세계에 새 물결이 되어 퍼져 나가고 있으며, 떼창은 세계인을 평화롭고 행복하게 해 준 문화가 되었다. 그래서 '떼창'의 원조인 K-POP의 효과는 지속될 것으로 본다. 왜냐하면 하나의 문화 양식이 되었으니까.

그래서 떼창은 팍스 문두스(Pax Mundus, 세계 평화)의 원천이라고 말할 수 있겠다. 전 세계인이 인간 띠를 만들어 동시에 "손에 손잡고, 벽을 넘어서…"를 떼창을 해보면 어떨까? 아니면 〈아리랑〉을 떼창해도 좋지.

사실 이 노래는 88 올림픽 때 밴드 '코리아나'가 부른 올림픽 공식 노래였다. 작곡은 이탈리아의 조르조 모로더(Giorgio Moroder), 작사는 미국

작곡가 톰 휘틀록(Tom Whitlock)이 썼다. 우리말로 번역한 것은 서울대 김문환 교수였다. 참고로 〈손에 손잡고〉의 가사를 적어둔다. "Hand in hand we stand all across the land(손에 손잡고 우리가 서다 전국에 걸쳐서)……."

부드러움의 미덕

김 학 주

내 자신의 산책을 둘러보면서 │
잠참(岑參)의 시 「등고업성(登古鄴城)」을 접하고

내 자신의 산책을 둘러보면서

　나는 오늘 매일 하는 산책을 하고 돌아와 우연히 오랫동안 하여온 나의 산책을 되짚어 보면서 크게 놀랐다. 나는 정년퇴직 후 이 고장으로 이사를 온 뒤로 매일 산책을 하여 왔다. 그런데 그 매일 하여 온 산책이 그 성격이며 방법 등 모든 면에 걸쳐 완연히 큰 변화가 있음을 발견하였기 때문이다.

　우리 집 식탁에 앉아 창밖을 바라보면 당골공원의 양편에 서 있는 아파트 건물 사이로 분당 중앙공원의 푸른 야산이 눈 가득히 들어온다. 공원에 심겨 있는 나무는 노송이 중심을 이루기 때문에 우리 집에서 바라보는 산은 언제나 푸르다. 이 중앙공원은 분당 사람들이 자랑하는 크고 아름다운 공원이다. 공원은 분당 입구의 북쪽에서 시작하여 남쪽으로 넓게 펼쳐진 뒤 다시 분당천을 경계로 하여 당골공원으로 이어지고 있다. 당골공원은 중앙공원보다는 훨씬 폭이 좁지만 중앙공원에 이어진 분당천에서 시작하여 길게 우리 동리를 뚫고 뻗어 올라가 아담한 높이의 불곡산 자락으로 이어진다. 우리 집은 이곳 당골공원 중간의 바로 옆에 서 있는 아파트의 14층이어서 앞쪽 창밖으로는 불곡산 자락으로 길게 이어지고 있는 당골공원의 모습이 보이고 뒤쪽 창밖으로는 당골공원이 뻗어가 중앙공원의 푸른 야산자락에 이어져 있는 아름다운 풍경이 눈에 들어온다. 우리 집 뒤쪽 창밖으로 보이는 중앙공원의 야산은 산의 정점으로부터 남쪽으로 뻗은 가장 아름다운 산의 일부분이다.

우리 집은 중앙공원과 불곡산 중간지점에 자리 잡고 있어서 이곳으로 이사를 온 뒤 처음에는 틈이 나는 대로 공원과 산의 이곳저곳을 가리지 않고 아무 곳이나 돌아다니며 즐겼다. 불곡산은 나이가 많은 사람이 등산하기에 알맞은 높이와 경사를 지닌 산이어서 틈이 나는 대로 등산도 많이 즐겼다. 본래는 이 등산도 나의 간단한 산책의 일환이었다.

그런데 매일 똑같은 산책을 하여 왔다고 여기고 있던 나의 생각이 잘못임을 문득 깨닫게 된 것이다. 그중 가장 두드러진 부분이 등산이다. 처음에는 두세 번 불곡산의 맨 위 정상까지 올라갔었는데 점차 힘이 빠져 산 중간에서 돌아 내려오는 편한 길을 몇 코스 개척하여 등산을 즐겼다. 그러나 그것도 힘이 들어 오래가지 못하고 등산은 완전히 그만두게 되었다. 그리하여 나의 산책 중에서 등산이 빠져 버리고 결국은 공원 안만을 가벼이 돌아다니며 즐기는 순수한 산책이 되었다.

또 하나 큰 변화는 본시 산책은 아침에 일어나 집을 나와 신선한 맑은 공기를 마시며 주변의 아름다운 자연을 가볍게 즐기는 것이었다. 그리고 몸을 단련하기 위한 운동은 테니스를 중심으로 하여 따로 하였다. 그런데 언제부터인가 이 산책이 나의 중요한 운동으로 변하였다. 운동으로 변하면서 산책이 날이 갈수록 힘들어졌고, 이전부터 하여 오던 운동은 차차 손을 놓고 멀리하게 되었다. 지금은 산책이 나의 가장 중요한 운동으로 발전한 것이다.

　　　　　　　　　　　　　　　　　　　부드러움의 미덕

어떻든 공원 산책은 나의 빼놓을 수 없는 일과 중의 하나이다. 눈이나 비가 많이 오는 날을 제외하고는 거의 하루도 빠지지 않고 산책을 하여 왔다고 자부하고 싶다. 그런데 등산 이외에도 나의 산책에 일어난 변화가 적지 않다. 우선 산책 시간에 변화가 생겨났다. 처음에는 아침에 잠자리에서 일어나면 옷을 걸치자마자 집을 나서서 공원과 산을 두루 돌아다니며 신선한 풍경 속의 참신한 공기를 마음껏 즐기고 돌아왔다. 그런데 언제부터인가 아침 식전에 집을 나서기가 힘들어져 산책이 식후로 미루어졌다. 그것도 처음엔 아침 식후 바로 뒤에 집을 나서는 방식이었는데, 점차 아침 식후 멋대로 아무 때나 나가는 산책으로 바뀌었다.

또 하나 크게 달라진 것은 산책의 장소이다. 앞에서 이미 우리 집 식탁에 앉아 창밖을 바라보면 중앙공원의 푸른 야산이 눈 가득히 들어온다고 하였다. 등산은 그만둔 뒤 나의 산책은 곧 우리 집 창밖으로 보이는 중앙공원의 푸른 야산으로 범위가 정해졌다. 우리 집 식탁에 앉아 중앙공원을 바라보면 당골공원이 뻗어가 중앙공원과 합쳐진 뒤 바로 정면의 산기슭에 샘터가 보인다. 샘터에는 바로 앞에 커다란 고인돌, 곧 지석묘(支石墓)가 있다. 고인돌은 높이가 어른 키 정도로 둥그렇게 쌓여 있는데 너비는 10여 평은 될 것이라고 여겨진다. 또 샘터에는 고인돌이 있을 뿐만이 아니라 소나무 이외에도 매화나무와 참나무 같은 여러 종류의 나무도 심겨져 있다. 특히 샘터 앞쪽으로 백양나무가 양편에 두 그루씩 심겨져 있다. 고인돌과 백양나무 같은 것 때문에 우리 집에서 바라볼 적에도 우거진 나무숲으로 덮여 있는 풍경 중에서도 샘터를 쉽사리 알아볼 수가 있다. 샘터에 가 보면 샘물은 고인돌 앞쪽의 큰 매화나무 밑 바위틈에 졸졸 흐르고 있는데, 마실 수가 없는 물일 적이 더 많다.

샘터는 중앙공원 산기슭의 중간에 자리 잡고 있다. 길을 따라 그곳으로 가서 고인돌이 있는 샘터로 올라가 보면 샘물의 좌우 양편으로 산에 오르는 길이 나 있다. 이 두 갈래 길은 모두 중앙공원 야산의 정상으로 뻗어 올라가 제각기 정상에 나 있는 산길로 이어진다. 우리 집에서 창밖을 바라볼 적에 왼편이 야산의 정점이고 그곳에서부터 오른편으로 약간 뻗어 내려오다가 야산의 오른편은 아파트 건물로 가려져 있다. 그리고 이 아파트 가까이로 내려오는 야산 저 너머로 애경백화점(지하철 서현역)과 그 부근에 세운 높고 낮은 아파트 너덧 동의 정상 일부가 보인다. 그런데 푸른 야산을 가린 아파트 옆에 이 야산의 정상에서 꾸불꾸불 샘물 가로 내려오는 길이 나 있다. 따라서 이 샘터로부터 나 있는 두 갈래 길은 샘터로부터 올라가면 결국 좌우로 각기 갈라져 올라가 야산 정상의 산길과 이어지게 된다. 따라서 샘터로부터 올라가는 길은 양편으로 갈라져 올라가지만 두 갈래 모두 산 정상의 산길과 마주쳐서 서로 통하게 되는 것이다.

우리 집 식탁에 앉아 창밖을 바라볼 적에 우리 눈에 들어오는 중앙공원의 푸른 야산은 바로 위에서 설명한 산기슭의 고인돌이 있는 샘터에서 시작하여 중앙공원의 가장 아름다운 야산을 산길 따라 좌우로 올라가 한 바퀴 삥 돌아 내려올 수 있는 지역을 깨끗이 감싼 고장이 되는 것이다. 나는 한동안 이 샘터에서 출발하여 왼편 길을 이용하여 야산의 정상 길로 올라간 다음 정상 길을 따라 오른편으로 가서 다시 그 편에 나 있는 길을 만나 샘터로 내려와 집으로 돌아오는 산책을 여러 해 즐겨 왔다. 대체로 10여 년은 즐겼다고 여겨진다.

이 산책 중심 영역이 늘 집의 식탁에 앉아 바라보고 있는 나의 정까지 담뿍 들어 있는 지역이다. 이런 축복은 정말 이루어지기도 어려운 것이니 이 즐거움은 평생을 두고 즐기겠노라고 생각하고 있었다. 그런데 언

부드러움의 미덕

제부터인가 다시 비탈길을 올라가고 내려오는 길을 오르내리기가 힘들다는 생각이 일기 시작하였다. 평평하고 걷기 좋은 길을 두고 무엇 때문에 이런 힘들고 어려운 길을 걷는가? 결국 언제부터인가 중앙공원의 아름다운 야산은 나의 산책과 무관한 곳이 되고 말았다.

지금 나의 산책은 우리 집에서는 보이지 않는 중앙공원의 호수가 중심을 이루고 있다. 지금 산책을 나가면 먼저 공원 호숫가의 큰 정자가 마주 보이는 호숫가의 솔밭을 찾아가 정자가 중심을 이루는 아름다운 호수 풍경을 바라보며 몸을 푼 다음, 호수를 돌아 중앙공원 광장 쪽으로 나가 돌아다니다가 집으로 돌아온다. 고인돌이 있는 샘물터는 산책을 끝내고 돌아오는 산기슭 길의 바로 위에 있다. 나는 걷다가 그곳에 오면 언제나 길가에 서서 샘터를 향해 깊은 호흡을 하며 산 풍경을 즐기다가 돌아온다. 그곳의 샘터로 올라가는 길은 밋밋하게 돌로 20여 계단 쌓은 길이 좌우 두 갈래로 크게 나 있다. 이 계단도 늘 올라가고 싶어 하면서도 힘들고 위험할 수 있다는 생각이 들어 올라가지 못한 지 어언간 여러 해가 되었다. 이 계단도 올라가지 못하는 형편이니 다른 험하고 힘든 곳이야 올라갈 꿈도 꾸지 못하는 것이 당연하다.

이것이 나의 정년퇴직 후 20년 사이에 일어난 산책의 변화이다. 무엇 때문에 걷는 산책조차도 이처럼 크게 변한 것일까? 내 몸이 늙어서 힘이 줄어든 탓이 아니겠는가? 그러니 이것도 자연스러운 변화이다. 우리는 우리 자신에 대하여 언짢은 생각이 들더라도 이 자연스러운 자신의 변화에 잘 순응해야 할 것만 같다.

(2022. 7. 31.)

잠참(岑參)의 시 「등고업성(登古鄴城)」을 접하고

중당(中唐, 756~835)의 변새파(邊塞派) 시인으로 알려진 잠참(岑參, 715~770)의 시 「등고업성(登古鄴城)」을 읽으면서 그의 변새에 대한 관심의 일면을 발견하게 되었다. '변새'는 지금의 '국경'과 비슷한 말이다. 이 시에 뚜렷하게 드러나는 시인의 변새에 대한 관심은 나라를 사랑하고 걱정하는 마음에 바탕을 두고 있다. 먼저 그의 시를 읽어보기로 한다.

> 말에서 내려 업성으로 올라가니
> 성이 텅 비어 있는데 또 무엇이 보이겠는가?
> 봄바람이 들판에 붙은 불을 몰고 와
> 저녁이 되자 옛 비운전(飛雲殿)으로 들어갔네.
> 성 모퉁이는 남쪽으로 망릉대(望陵臺)를 향하고 있고,
> 장수(漳水)는 동쪽으로 흘러가기만 하고 다시 돌아오지는 않네.
> 무제(武帝)의 궁전 안 사람들은 모두 사라져 버렸는데,
> 해마다 봄은 누구를 위해 찾아오고 있는 건가?

부드러움의 미덕

下馬登鄴城, 城空復何見?
東風吹野火, 暮入飛雲殿.
城隅南對望陵臺, 漳水東流不復回.
武帝宮中人去盡, 年年春色爲誰來?

이 시는 오언과 칠언을 반반 섞어 이루어 놓은 형식부터 재미가 있는
작품이다. 제목에 보이는 업성(鄴城)은 동한(東漢, 25~220) 말엽 위(魏)나
라 조조(曹操, 155~220)의 도성으로 지금의 하남성(河南省) 임장현(臨漳縣)
에 있었다. 당나라 때는 이미 그곳 이름이 임장(臨漳)이라 바뀌어 있었으
므로 제목에서는 앞에 "옛날(古)"이란 말을 붙인 것이다. 이 시의 특징은
세상에서는 일반적으로 간웅(奸雄)이라 여겨 온 조조를 위대한 인물로
보고 그의 옛 도성에 남아 있는 유적들을 둘러보며 조조의 삶을 되새겨
보고 있는 것이다.

시에 보이는 비운전(飛雲殿)은 옛 위나라 궁전 이름이다. 시인은 다 허
물어진 옛날 조조의 도성으로 들어가 허물어진 궁전을 바라보면서 한
편으로 조조의 위업을 떠올리기 시작했던 것이다. 다시 칠언 첫 구절에
보이는 망릉대(望陵臺)는 조조가 세운 유명한 동작대(銅雀臺)의 별명이
다. 조조는 죽기 전에 "내가 죽은 뒤에도 이 동작대 위에서 기녀(妓女)들
에게 풍악을 울리며 춤을 추게 하고, 모든 사람들이 나의 무덤을 바라보
며 즐기게 하라." 하고 유언을 남기었다. 이에 뒤에 가서는 '능을 바라보
는 대'의 뜻으로 '망릉대'라고도 부르게 된 것이다.

조조는 동한의 건안(建安) 15년(210)에 자기의 위나라 도읍인 업성의
서북쪽에 동작대를 세웠다. 높이 67장(丈, 1丈은 대략 10尺)이었고, 그 안
에는 100여 칸의 방이 있었는데 방의 창마다 동으로 조각한 용을 붙여

놓아 햇빛을 받으면 용의 모습이 번쩍이었다 한다. 지붕 위에는 1장 5척의 큰 동작이 나는 모습을 조각하여 세워 놓아 '동작대'라는 이름이 붙여졌다 한다. 다시 건안 18년에 그 오른편에는 60보(步, 1步는 6尺) 떨어진 곳에 지붕 위에 금 호랑이 조각상이 놓인 금호대(金虎臺)를 세우고, 건안 19년에는 동작대 왼편 같은 거리에 얼음을 저장하는 방이 있는 빙정대(冰井臺)도 세웠는데, 세 누각이 복도로 연결되어 있었다 한다. 조조가 죽기 전에 "자기가 죽은 뒤에도 이 동작대 위에서 기녀들을 불러 풍악을 울리고 즐기면서 모두들 자기 무덤을 바라보도록 하라."고 유언을 남긴 것을 보면 후세 사람들로 하여금 자기의 위대한 업적과 포부를 잊지 않게 하려는 뜻을 가지고 동작대를 세운 것 같다.

조조는 중국 문학사상 올바른 문인 의식을 가지고 본격적으로 시를 쓰기 시작한 최초의 시인이다. 여기에 그의 아들 문제(文帝) 조비(曹丕, 187~226)와 조식(曹植, 192~232) 및 그들을 따르던 문인들이 가세하여 동한 말 헌제(獻帝)의 건안(建安) 연간(196~219)에 이른바 건안문학을 발전시키어 중국의 전통 문학이 이루어지며 발전하게 된다. 따라서 중국의 전통 문학은 조조로부터 이루어져 발전하였다고 할 수 있다. 조조는 다른 한편으로는 동한 헌제를 모시고 동한에 대하여 반기를 든 병력이 강한 여러 반역자들을 정벌하여 동한을 유지시킨 위대한 장군이기도 하다. 다만 명대 나관중(羅貫中, 1330?~1400?)이 지었다는 소설『삼국지연의(三國志演義)』에서 위나라와 싸운 촉(蜀)나라의 유비(劉備, 161~223)가 한나라 왕조의 혈통을 이어받은 정통적인 왕조라는 전제 아래 조조는 왕실을 배반한 간사한 반역자라고 하면서 얘기를 전개시키고 있다. 그리고 중국 민간에 유행하는 여러 가지 민간 연예도 모두 이것을 따라 중국 사람들은 거의 모두가 조조는 간사한 영웅, 곧 간웅이라고 알게 되었다.

부드러움의 미덕

그러나 실은 조조는 훌륭한 시인인 동시에 위대한 장군이었다. 시인 잠참은 이러한 조조의 옛 도성인 업성을 지나다가 그 성 안으로 들어가 조조의 위대한 업적과 함께 그의 복잡한 일생을 되새기면서 이 시를 읊게 되었던 것이다.

위나라가 망한 뒤에도 후조(後趙)·전연(前燕)·동위(東魏)·북제(北齊, 550~577) 같은 나라들이 연이어 그곳을 점유하면서 이곳의 세 누대를 계속 관리하고 손질하여 한때는 본시의 모습보다도 더욱 화려하였다 한다. 그러나 겨우 200년 정도 지난 당나라 잠참의 시대에 와서는 이미 위나라 시대의 궁전이며 누대가 흔적만이 남았을 뿐이다. 이런 옛터를 보는 시인의 마음이 평온하였을 리가 없다. "봄바람이 들판에 붙은 불을 몰고 와 저녁이 되어 옛 비운전(飛雲殿)으로 들어갔네." 하고 읊은 것은 옛 한나라 궁전 이름을 빌려 "위나라 궁전이 불에 타서 날아가는 구름처럼 사라졌음"을 표현하고자 하는 뜻이 있었을 것이다. 옛 업성의 궁전만이 모두 무너지고 불에 타 버린 것이 아니다. 성 남쪽으로 보이는 조조가 세운 동작대도 흔적만이 남아 있다. 조조가 동작대를 두고 죽기 전에 남긴 유언도 모두 헛된 말이 되고 말았다. 동쪽으로 흘러가 다시는 돌아오지 않는 장수(漳水)처럼 세상이고 인생이고 모두 흘러가 버렸다는 것이다. 시인 잠참은 조조의 시를 높이 평가하는 한편 각별히 '변새'에 대한 관심도 일어나 조조처럼 오환(烏桓)과 흉노(匈奴) 같은 나라를 어지럽히는 오랑캐족을 제압해주는 인물이 없는 그 시대에 대한 한숨도 쏟아 내고 있다고 느껴진다.

시에 보이는 '무제'라는 호칭은 위나라 무제 조조를 가리킨다. 조조를 뒤이어 그의 아들 조비(曹丕, 187~226)가 뒤를 잇자 동한 헌제(獻帝, 190~220 재위)는 자진하여 위나라 조비에게 천하를 다스리는 천자(天子)

인 황제 자리를 물려준다. 이에 조비는 위나라 왕에서 황제인 문제(文帝, 220~226 재위)가 되어 아버지인 조조도 무제(武帝)라고 높여 부르게 된 것이다. 이에 위나라는 정식으로 천하를 다스리는 황제의 나라가 된 것이다. 따라서 조조의 무제라는 호칭도 정식 황제의 호칭으로 붙여지게 된 것이다.

그리고 조조뿐만이 아니라 그의 아들 손자도 모두 시도 잘 짓고 학문을 숭상하는 한편 덕으로 나라를 다스리려고 애쓴 훌륭한 임금들이었다. 조조는 시인이면서도 다른 한편으로 장군이 되어 위대한 업적도 쌓았지만 그에 마땅한 칭호도 누렸던 것이다. 이런 점이 시인의 감흥을 더욱 깊이 자극하여 "무제(武帝)의 궁전 안 사람들은 모두 사라져 버렸는데, 해마다 봄은 누구를 위해 찾아오고 있는 건가?" 하고 한숨 짓게 하였던 것이다.

(2019. 9. 14.)

부드러움의 미덕

안 삼 환

손상익하(損上益下)의 정신

근래에 들어 우리 사회 식자층의 대화에서, 또는 언론에서 '노블레스 오블리주(noblesse oblige)'란 외래어가 자주 등장하고 있다. 프랑스어에서 연원하는 원래 의미는 '귀족이 당연히 져야 할 책무'를 뜻하지만, 오늘날 우리 사회에서는 대개 '부유층이 사회의 약자들에게 체면상 베풀어야 하는 시혜' 정도로 이해되고 있다.

민주 사회에 진입했다고 자부하는 우리들의 귀에는 무슨 '귀족' 운운하는 어원이 꽤 거슬린다.

아닌 게 아니라 신자유주의 경제체제가 들어선 이래로 이 나라에는 빈부격차가 점점 심해져서 최근에는 부유층과 서민층으로 아주 신분이 나누어질 지경에 이르렀다. "백성의 숫자가 적음을 걱정하지 말고 그들의 살림이 균등하지 않음을 걱정하라(不患寡而患不均－論語 季氏篇)."고 하신 공자님 말씀을 구태여 끌어댈 필요도 없이, 실제로 공정한 과세와 부의 분배는 이미 이 나라의 심각한 사회문제로 대두되어 있다. 그래서, 재력이 있으면, 스스로 '귀족'이라는 생각도 드는 것일까?

워런 버핏(Warren Buffett)이란 세계적 재산가는 그래도 꽤 양심적이어서, 자신의 비서보다 더 낮은 세율의 세금을 내고 있다고 고백하면서, 고소득자에게 세금을 더 걷자는 취지의 발언을 했다. 그래서, 최근 우리 사회에는 그의 이름을 딴 '버핏세'라는 용어도 등장해 있고, '증세 없는 복지'가 가능한가 하는 문제도 이미 사회적 화두가 되어 있다.

그런데, '노블레스 오블리주'든 '버핏세'든 남의 나라의 말을 빌려서 쓰다 보니, 그 나라의 역사와 문화가 함께 딸려 와서 이해하기도 어렵거니와 복잡한 연상 작용까지 불러일으킨다. 이런 말을 들을 때마다 나는 비슷한 말로서 '손상익하(損上益下)'를 머리에 떠올리게 된다. 이것은 원래 『주역』의 익괘(益卦)에 나오는 말이다. "손상익하 민열무강(損上益下 民說無疆)", 위를 덜어 아래에 보태니 백성들이 한없이 기뻐한다는 의미인데, 실제로 '손상익하'는 조선조에서 선비들이 자주 사용해 오던 말이기도 하다.

『조선왕조실록』 중종 4년(1509) 5월 11일자를 보면, 조강(朝講)에서 장령(掌令) 김안국, 정언(正言) 성세창, 영사(領事) 송일, 호판(戶判) 이계남 등이 공신에게 나누어 준 어살 등 산림천택(山林川澤)의 이(利)를 빈민들에게 되돌려 주시라며 아뢰기를, "역(易)에 '아래서 덜어 위에 보태는 것을 손(損)이라 하고, 위에서 덜어 아래에 보태는 것을 익(益)'(損下益上 謂之損 損上益下 謂之益)이라 하였습니다. 대개 임금이 백성을 위하여 아래에 보태면 자연히 안부(安富) 존영(尊榮)하실 것입니다."라고 하였다는 기록이 있다.

또한, 율곡은 선조 4년(1571)에 「삼가 시폐를 아뢰기 위한 상소(擬陳時弊疏)」에서, "금년 가뭄에 […] 불쌍한 백성들이 사방으로 흩어져 송진을 벗겨 먹고 풀을 씹어먹고 있고 산은 헐벗고 들판은 붉은색을 띠고 있으며, 힘이 센 자들은 일어나 도적이 되고 약한 자들은 죽어서 도랑과 골짜기를 가득 메우고 있습니다. […] 손상익하야말로 오늘의 시급한 과제이옵니다(今年大旱 […] 哀哀赤子 散之四方 剝樹啖草 山童野赭 强者起爲盜賊 弱者塡于溝壑 […] 損上益下 今日之所急也)."[『栗谷全書』, 卷四, 74~75쪽]라고 아뢰면서, 우선 궁궐의 일용부터 3분의 1로 감할 것을 건의하고 있다.

우계(牛溪) 성혼(成渾)의 연보에도 손상익하를 간하는 내용이 나온다. 즉, 1581년에 우계를 사정전(思政殿)에 부르신 "임금께서 생민(生民)들이 살기 곤란하고 얼굴에 핏기가 없으니 어찌하면 좋을까 하고 물으시니, 이에 [우계가] 대답하되, 세입을 헤아리셔서 세출을 집행하시고 손상익하하신다면, 그리고 또 부역을 반드시 경감시켜 주신다면, 성은이 민심과 하나로 맺어져서 왕조의 영속을 하늘에 기원할 수 있는 근본이 설 수 있을 것입니다(上問生民困悴 何以則可. 對曰 量入爲出 損上益下 則賦役必輕 恩結民心 爲祈天永命之本矣)."[牛溪先生年譜, 286쪽, 行狀. 右議政李廷龜撰]라고 하였다.

『조선왕조실록』 선조 34년(1601) 1월 11일에도 사간원에서 아뢰기를, "병란이 일어난 지 5~6년에 민력이 다하여 곳곳마다 적지(赤地)가 되어 모두 슬픔에 젖은 소리로 죽기만을 기다리고 있습니다. 조정에서는 이러한 폐단들을 특별히 걱정하여 모든 견감(蠲減)해야 할 것들에 대하여 하서하여 혁파하였고, 각도의 공안(貢案)에 대해서는 현재 수정하고 있는 중이니, 백성의 어려운 점을 민망하고 측은하게 여기시어 손상익하하시는 뜻이 아마 팔도 먼 곳까지 넘치었습니다. 그러나 각처 감·병영(監兵營)에 바쳐야 할 색목(色目)들이 너무 많아 그 수가 공물(貢物)의 수보다 적지 않은데도 오히려 여전히 감손(減損)하지 않고 독촉을 성화같이 하며 징수가 뼈를 깎듯이 심합니다. 만약 계속 이러다가는 조정에서는 비록 좋은 명령이 있어도 황방백최(黃放白催)하여 못물이 말라 고기가 죽듯이 겨우 살아남은 백성들이 실제 혜택을 고루 입지 못하고 있습니다. 일분(一分)의 폐단을 없애면 일분의 혜택을 받는 것입니다. 바라건대 팔도 감·병사에게 하서하시어 바쳐야 할 모든 물건들에 대하여 다시 세밀한 재탁(裁度)을 가한 다음 최대한 감손하도록 하고 이어 그 견감 연유를 계문한 후 시행하도록 하소서!"라며 손상익하를 강조한 상소 기록이 있다.

『조선왕조실록』 선조 34년(1601) 1월 17일에도 체찰사 이덕형이 "난리 후 10년 동안 백성들은 온갖 역사(役事)에 시달려 고혈은 이미 빠지고 목숨만 겨우 붙어 있습니다. 소신이 지난해 연해(沿海)를 두루 다녀 보니 백성들의 형편이 매우 가련하였습니다. 지금 당장 모든 잡역을 면제해 주고 공물(貢物)까지도 그리 대단한 것이 아니면 모두 감면의 혜택을 주어 그들로 하여금 손상익하의 뜻을 분명히 알도록 해야 그들 마음이 조금 위안이 될 것입니다."라고 간언하고 있으며, 『조선왕조실록』 현종 9년(1663) 7월 9일에도 대사헌 김수항(金壽恒)이 구언(求言)에 응하여 상차(上箚)하되, "왕자(王者)의 정책이라면 경계(經界)를 바로하고 부역(賦役)을 균등히 하는 것보다 더 큰 것이 없으며 그 요체는 손상익하뿐입니다. [...] 전하께서는 담당관에게 거듭 당부하시고 좋은 대책을 미리 강구하여 반드시 손상익하를 근본으로 삼으소서!"라고 아뢰고 있다.

이상에서 살펴본 대로 '손상익하'란 말은 조선조의 선비들이 거의 일상적으로 입에 담던 성리학적 경세의 민본주의적 이념 중의 하나였고 그들이 중시했던 경제 정책의 한 개념이었다. 그런데 어찌하여 현대 우리 사회에서는 이런 개념은 간데없고 무슨 '노블레스 오블리주'니 '버핏세' 같은 낯선 말들이 쓰이고 있는가?

식민지 시대가 끝나고 분단 체제가 들어서자 당시 대한민국의 시대적

부드러움의 미덕

대세에 휘말려 서양학에 몸을 담았다가 멀고 먼 학문적 우회로를 거친 끝에 이제야 비로소 조상들의 정신세계로 '귀향'하게 된 나는 '노블레스 오블리주'라는 말을 접할 때마다 마음이 꽤 불편해진다. 이 광명천지 민주 사회에 감히 누가 '귀족'이란 말인가? 돈만 있고 가난한 사람들의 애환에 아무런 감수성도 지니지 못한 거친 신흥 '귀족'의 알량한 물질적 시혜가 꼭 이렇게 현학적 꼬부랑말로 표현되어야 할까? 앞으로는 비슷한 경우에 '손상익하'의 정신이라고 하면 어떨까 싶다.

하긴, 이 말도 한자로 된 사자성어인 데다 왕조 시대의 상하 개념이 들어 있긴 하다. 하지만, 그래도 그 바탕에 무슨 귀천(貴賤) 사상까지 깔고 있는 것은 아니다. 그리고, 무엇보다도 이것은 우리 조상들이 백성들을 위한 경제 정책을 논할 때 자주 써 오던 개념인 만큼, 어려운 외래어 쓸 것 없이 웬만하면 이 말을 쓰면 좋을 듯하다.

(2020. 1.)

한 서양학도의 늦깎이 '귀향' 메모
— 16세기 조선 성리학에 대하여

서양학을 전공하다가 늦었지만 '귀향하는' 심정으로 우리의 전통 인문학을 좀 공부해 볼 생각을 했다. 그 과정에서 깨우친 것을 그때그때 메모해 두곤 했는데, 그것이 어느 정도 분량이 차면, 내 나름대로 한 꼭지의 글로 정리해 두기도 했다.

이 글이 바로 그런 연유에서 생겨난 것인데, 얼른 보기에 무슨 논문같이 보이지만, 여기저기서 섭렵한 설부른 지식을 정리해 놓은 비전문가의 학습 메모라서 무슨 창의성을 갖춘 논문이라 할 수가 없다. 그렇다고 에세이라고 우길 수도 없는 것이 나 자신의 일상 체험이 자연스럽게 녹아들어 있는 담박(淡泊)한 글도 아니기 때문이다.

내가 워낙 과작(寡作)인 데다 마침 써 놓은 글이 바닥이 나 있는 형편인데, 문득 글을 좀 내어 보라는 곡진한 부탁을 받았다. 궁리 끝에 이런 글이라도 조금 손질을 해서 부끄러운 마음으로 세상에 내어 놓는다. 부디 강호 제현의 너그러운 이해와 따끔한 질정을 바랄 뿐이다.

부드러움의 미덕

훈구파와 사림파

고려 왕조의 말년에 이르러 한국 유학은 두 진영으로 갈렸다. 정몽주(鄭夢周, 1337~1392, 圃隱)를 비롯한 온건파는 부패한 제도를 개혁하되 고려 왕조를 계속 이어 가고자 했고, 정도전(鄭道傳, 1342~1398, 三峯)을 중심으로 한 과격파는 역성혁명을 통해 새로운 왕조를 창건하고자 했다.

태조 이성계(李成桂, 1335~1408)가 정도전, 권근 등의 옹위를 받아 조선 왕조를 개국할 때, 옛 왕조를 이어 가고자 했던 정몽주 일파는 죽임을 당했거나, 또는 길재(吉再, 1353~1429, 冶隱) 등과 같이 초야로 돌아가 후진 양성에 전념하기도 했다. 정도전 등 창업 공신들도 나중에 이방원에 의한 살해를 면치는 못했다.

하지만 정도전 주변의 유학자들, 또는 그와도 다시 권력투쟁의 관계에 돌입해 있던 다른 유학자들도, 왕조 건국의 불안한 초기를 살아남으면서 불교 대신에 성리학을 새 왕조의 기본 이념으로 정립시키고 '수기치인(修己治人)'을 새 왕조의 역대 임금들의 주된 목표와 임무로 만드는 데에는 성공하였다. 즉, 새 왕조의 왕이 백성을 잘 다스리기 위해서는 우선 자신의 수행에 힘써야 하고, 만백성 위에 한 재상(宰相)을 임명하여 그가 백성을 잘 다스리도록 한다는 유학적 기본 틀을 새로운 치국 이념으로 정초시킨 것이다.

그러니까 조선 왕조의 임금이란 — 유학자들의 생각으로는 — 전제적 지배자가 아니라 자기 대신에 백성을 잘 다스려 줄 수 있는 현명한 재상을 발탁, 임명하는 존재여야 했다. 조선조 유학자들의 이런 이념 때문에 조선 왕조의 권력 구조 내에서는 건국 초기부터 항상 왕과 유학자 신하들 사이에 권력을 둘러싼 보이지 않는 긴장이 흐를 수밖에 없었다.

세종조에는 이런 재상 중심 정치체제가 자리를 잡는 듯했으나, 병약한 문종에 이어 어린 단종이 즉위하자 수양대군(首陽大君)이 강력한 왕정 체제를 확립한다는 명분을 내세워 계유정난(癸酉靖難)을 일으키고 곧이어서 단종을 물러나게 하면서 스스로 왕위에 올랐다. 이 와중에 성삼문(成三問) 등 '사육신'을 비롯한 많은 학자가 희생되었다. 세조는 계유정난 때에 자신을 도운 한명회 등을 정난공신(靖難功臣)에 봉하고 이어서 자신이 왕위에 오르도록 도운 한명회 등을 다시 좌익공신(佐翼功臣)에 봉하여, 그들에게 임야와 토지를 주어 크게 보상하였다. 이들 중에는 성리학자들도 없지 않았지만, 이제 그들은 백성의 안위를 먼저 생각하고 도덕적으로 반듯하게 처신할 수 있기에는 이미 너무 현실타협적 인사로 전락해 버렸고, 무엇보다도 이미 너무 큰 부자가 되어 있었다. 이 공신들이 바로 '훈구파(勳舊派)'의 뿌리이며, 앞으로 명종 말기에 이르기까지 조선 왕조를 움직이는 큰 세력으로 군림하게 된다.

훈구파에 맞서던 세력이 이른바 '사림파(士林派)'인데, 그들이 한결같이 존경하던 모범 인물은 정몽주였다. 정몽주의 제자 길재는 조선 왕조가 창건되자 고향인 선산 해평으로 낙향하여 후진 양성에 전념하였다. "태종이 동궁 시절에 [길재를] 불러 벼슬을 내리려 하자, 길재는 찾아뵙고서 사양하기를, '신하로서 나라를 옮겨 가지 않는 충성을 가련히 여기시고, 신하에게 빼앗기 어려운 지조를 어여삐 살피셔서 고향으로 되돌려 보내 남은 목숨을 보존하게 하시면, 위로는 절의를 권장한다는 명분을 이루실 것이요, 아래로는 임금을 섬기는 의리를 얻게 하실 것입니다(憐臣不移之忠, 諒臣難奪之志, 復還古里, 俾保殘齡, 則上遂獎節之名, 下得事君之義, 冶隱集, 卷上: 'I附I辭太常博士箋)'라 하였다."[1] 이에 태종도 길재에게 충

---

1 금장태, 『한국 유교의 정신: 세계관과 시대적 과제』, 세창출판사 2014, 54쪽.

부드러움의 미덕

절을 지킬 것을 허락하지 않을 수 없었다. "길재가 배웠던 스승은 정몽주와 권근이지만, 사실상 그는 주로 권근의 문하에서 배웠던 경우이다. 그러나 조선시대 도학자들은 길재의 학통을 정몽주에게서 찾고 권근을 배제하고 있는 사실이 주목된다."[2]

길재의 제자인 김숙자(金叔滋)가 세조의 왕위 찬탈을 보고 벼슬을 버리고 고향으로 돌아간 것도 정몽주 이래의 '충신불사이군(忠臣不事二君)'이라는 '절의(節義)'의 원칙을 지키기 위한 것임은 말할 것도 없다. 김숙자의 아들 종직(金宗直, 1431~1492, 佔畢齋)은 밀양에서 김굉필(金宏弼), 정여창(鄭汝昌), 김일손(金馹孫), 남효온(南孝溫), 안구(安觀) 등 많은 학자를 길러 내어 영남학파의 태두로 존숭받았다. 그의 문하생 중에서도 특히 김굉필(寒暄堂, 1454~1504)은 『소학』을 중시해 온 스승의 가르침을 이어받았다. 주지하다시피 『소학』은 주희(朱熹, 1130~1200)의 지시에 따라 그의 제자 유자징(劉子澄, 1163~1232)이 1187년에 아동들의 교육에 쓰고자 유가의 여러 고전 중에서 중요한 대목을 발췌하여 엮은 책인데, 김굉필은 자신을 '소학동자(小學童子)'라고 일컬을 정도로 『소학』의 공부와 그 실천에 진력하였다.

조광조의 개혁과 좌절

김굉필이 1498년 폭군 연산에 의해 동북의 희천(熙川)에서 유배 생활을 하고 있을 때, 부친의 관직 이동으로 인하여 희천으로 오게 된 16세의 조광조(趙光祖, 1482~1520, 靜庵)가 그를 방문하게 된다. 조광조는 원래

---

2 위의 책, 55쪽

훈구파 가문 출신이었지만, 희천의 한훤당에게서『소학』에 입문한 이래 사림파의 온갖 명분과 처신을 몸에 익힌다.

1515년에 조지서(造紙署) 사지(司紙)라는 사소한 관직을 맡으면서 벼슬길에 오른 조광조는 즉각 중종의 눈에 띄어 승승장구하게 된다. 중종으로 말하자면 연산군의 폭정과 패악이 극도에 달하자 이를 보다 못한 잔류 훈구파에 의해 연산군 대신에 갑자기 옹립된 왕으로서, 즉위 초에 117명의 신하를, 위기에 처한 나라를 평안하게 했다는 공을 내세워 이른바 '정국공신(靖國功臣)'으로 봉하지 않으면 안 되었다. 바로 그 때문에 중종은 무소불위의 훈구파 권력을 '개혁'이란 이름으로 견제하여 자신의 왕권을 강화할 수 있는 신선하고도 공명정대한 어떤 인물이 필요했다. 조광조는 중종의 이런 절박한 필요성에 잘 부응할 수 있는 인물이었다. 왜냐하면 조광조는 인물이 수려한 도학풍의 선비로서 항상 의관을 정제한 채 광명정대하게 처신했기 때문이었고,『소학』을 중시하여 나라에 충성하고 부모에 효도하며 백성을 사랑하는 정치, 즉 '도학정치(道學政治)'를 실현하고자 했기 때문이었다.

중종의 지원 아래 부제학(副提學)이 된 조광조가 제일 먼저 행한 일은 모든 공식적 의례에서 도교적 요소를 확실히 배제하기 위해 소격서(昭格署)를 철폐한 것이었다(1518). 그리고 대사헌(大司憲)이 되자 그는 인재 등용의 문을 넓힌다는 명분 아래 현량과(賢良科)를 도입해서 많은 사림파 인사들을 고급 관료로 천거하였는데, 이를 통해 조광조의 권력이 점점 강화되기에 이르렀다. 조광조와 그의 젊은 추종자들은 사헌부, 사간원, 홍문관 등 주로 삼사(三司)를 장악함으로써, 징벌, 왕의 자문 그리고 조서 작성 등의 실권을 쥐게 되었다. 그들은 부패한 훈구파 인사들과 사익만을 추구하는 상인들 사이의 연결 고리를 끊고자 시도했다. 이에 조광조와 그의 추종자들인 김정(金淨), 김식(金湜), 김구(金絿) 등 사림파에 대한 훈구파의 질시와 우려가 점증하고 있었다. 이런 때에 조광조의 젊은 추종자들은 백성을 사랑하는 임금님의 이미지에 흠이 될 우려가 있다며 서민에 대한 내수사의 양곡 및 현금 대여까지 금지하기에 이르렀다. 이에 궁중 여인들은 훈구파 인사들과 짜고 뽕나무 잎에 '주초위왕(走肖爲王)'이란 글을 써 놓고 그 위에 꿀을 발라 놓았다가 벌레들이 꿀 때문에 그 자리를 갉아 먹자 뽕잎에 '조가(趙哥)'가 왕이 된다는 예언이 나타났다며 조광조 일파들을 음해하고자 했다. 물론 중종은 이 예언을 완전히 믿진 않았지만, 차츰 조광조 일파의 개혁에 염증과 의혹을 느끼기 시작하였다.

1519년 조광조와 그의 추종자들이 중종반정 이후의 117명의 정국공신 중 74명의 공적이 거짓이라며 그 공적을 박탈하는 이른바 '위훈삭제(僞勳削除)' 사건을 일으켰다. 그 닷새 후인 한밤중에 남곤, 심정 등 훈구파 대신들이 평소에는 잘 쓰지 않는 왕궁의 북문인 신무문(神武門)을 통해 입궁해서 중종에게 조광조 일파를 칠 것을 간언하자 중종도 마지못하는 척하며 이에 그만 동의하고 말았다.

무죄를 주장하며 임금을 뵈옵기를 간청하는 조광조를 중종은 끝내 한 번 만나주지도 않았다. 이로써 4년 동안 도덕적 개혁정치가로서 중종의 총애를 한몸에 받아오던 조광조가 갑자기 실각하여 능주로 귀양을 가고 이내 사약을 받게 되었으며, 그의 일파가 일거에 된서리를 맞게 되었으니, 이것이 바로 기묘사화(己卯士禍)이다.

유배지인 오늘날의 화순군 능주면에서 사약을 앞에 받아 놓은 조광조는 다음과 같은 절명시(絶命詩)를 후세에 남겼다.

임금 사랑하기를 아버님 모시듯 했고
나랏일을 내 집 일처럼 걱정했네.
밝은 해가 이 세상 굽어보고 있으니
충성스러운 이 내 속마음 밝디밝게 비춰 주리라.

愛君如愛父
憂國如憂家
白日臨下土
昭昭照丹衷

　한 이상주의자의 개혁정치가 이렇게 좌절되었다. 이것은 1519년, 즉
독일의 종교개혁가 마르틴 루터가 그의 95개조 테제를 내건 지 2년 뒤의
일이었으며, 이탈리아 피렌체에서 니콜로 마키아벨리의『군주론』(1513)
이 출간된 지 6년 뒤의 일이었다. 조광조는 루터처럼 교황을 상대로 싸우
거나 마키아벨리처럼 복잡한 국제 정세에 통달한 외교가일 필요는 없었
다. 하지만 조광조가 루터와 마키아벨리의 한국판 형제임에는 틀림이 없
을 듯하다.

퇴계와 남명

　조광조 이후 한 세대쯤 지나 활동한 조선조의 위대한 성리학자 이황
(李滉, 1501 · 1570, 退溪)은 도덕적 목적을 지닌 조광조의 개혁정치가 성공
하기 위해서는 조광조가 부패한 사회제도를 과격하게 개혁하고자 하기
이전에 우선 학문과 자기 수행을 더욱 철저하게 닦았어야 했다고 말한
바 있다.

　　　　　　　　　　　　　　　　　　　　　부드러움의 미덕

의심할 나위 없이 퇴계는 자기 도야와 사회적 처신에서 큰 흠결을 보이지 않고 조화와 균형을 지향한 대학자였다. 그는 자신의 동시대인들한테서나 후대의 선비들한테서도 항상 성리학의 길을 바르게 걸은 모범 인물로 남았다. 초기에 맡은 몇몇 관직을 제외한다면, 그는 대개 고향인 안동에 머물며 후학 양성에 매진하였다. 그가 제자들에게 특히 중점적으로 가르친 것은『심경(心經)』이었다. 김굉필과 조광조가 계몽적이고 실천적인『소학』을 중요하게 생각한 데에 반하여 퇴계는 특히『심경』을 높이 평가했는데, 그것은 퇴계가 이 책이야말로 인간의 의식의 내면과 그 작용에 대한 지식을 올바르게 다루고 있으며, 바로 여기에 수기(修己)의 핵심이 들어 있다고 보았기 때문이었다.

퇴계가 인간 행위의 원천으로서 사단(四端)과 칠정(七情)을 거론하고 있는 것도 이런 의미에서 우연이 아니다. 인간의 마음에서 '인(仁)', '의(義)', '예(禮)', '지(智)'의 사단을 보고, 이 사단은 원래 선하며 '도심(道心)'의 근원이라고 처음 말한 것은 맹자였다. 이에 반하여 '희(喜)', '노(怒)', '애(哀)', '구(懼)', '애(愛)', '오(惡)', '욕(欲)' 등 칠정은 선할 수도 있고 악할 수도 있음으로써 '인심(人心)'의 근원이 된다는 것이다.

이것이 이른바 퇴계의 '사단칠정론'인데, 이에 대해 퇴계보다 스물여섯살 아래인 기대승(奇大升, 1527~1572, 高峯)이 편지글을 올려, 사단도 '이(理)'가 아니라 단지 칠정의 일부에 불과하며, 사단이고 칠정이고 간에 모두 '기(氣)'의 서로 다른 현상들로 이해해야 되지 않겠느냐고 질의한다.

이것이 이른바 1559년부터 — 그 사이에 중단된 기간들이 있지만 — 8년 동안 시간을 끌게 된 '사단칠정 논의'이다. 이의제기는 주로 고봉이 하고 퇴계는 자신의 입장을 방어해 가면서 필요하다고 생각될 경우에는 자신의 이전 진술을 다소 수정하기도 했다.

이 논의를 오늘날의 자연과학적 지식으로서 재조명해 보자면 고봉의 입장과 의견이 더 현대적인 것으로 보이며, 나중에 율곡도 고봉과 비슷한 입장을 보인다. 하지만, 주로 서신을 통해서 완만하게 진행된 이 '사단칠정 논의'를 통해서 우리는 퇴계에게 중요한 것이 악한 기의 작용에 빠지지 않으면서 인간으로서 선하게, 도덕적으로 정확하게 처신하는 것임을 알게 된다. 또한 이에 덧붙여 우리가 알게 되는 것은 이 안동의 은자(隱者)가 유가의 고전에 얼마나 조예가 깊고 후배인 고봉을 대하는 그의 태도가 얼마나 학구적으로 정확성을 기하려 노력하고 있으며 또한 얼마나 겸양과 조화, 그리고 예절을 두루 보여 주고 있는가 하는 점이다. 이 논의에서 기대승이 이긴 것으로 볼 수도 있겠으나, 이를 통해 결국 드러난 점은 퇴계에게는 자신과 인류 전체를 위해 '도심'이 중요했다는 사실이다.

퇴계가 16세기 조선 성리학의 하늘에서 가장 빛나는 별이었다는 사실에는 의심의 여지가 없다. 그는 성(誠)을 다하고 경(敬)과 신독(愼獨)을 통해 '수기치인'이라는 유가의 길을 실천하고자 했으므로 아마도 한국 역사상 가장 위대한 인물이 아닐까 싶다. 현재 우리 화폐의 천 원 권에 그의 초상화가 들어 있는 것도 이런 의미에서 우연이 아닐 것이다.

퇴계가 그의 향리인 안동에서 유성룡(柳成龍, 1542~1607, 西厓), 김성일(金誠一, 1538~1593, 鶴峯) 등 수많은 제자를 길러내는 동안, 경상 우도의 합천(陜川), 김해(金海), 산청(山淸) 등지에서 활동한 출중한 재야 선비가 있었는데, 조식(曺植, 1501~1572, 南冥)이다.

퇴계와 남명은 동갑인 것 이외에도 여러 가지 공통점이 있었다. 그중한 공통점은 둘 다 현실정치를 떠나 선비로서 은둔해서 사는 것을 선호했다는 점이다. 퇴계는 왕이 내린 벼슬자리를 여러 번 거절하고 나아가지 않았다. 하지만 남명은 단 한 번도 벼슬을 수락하지도 않았다. 두 사람은 교육자였으며 중요한 제자들을 후세에 남겼다. 둘 다 '경'과 '신독'을 '수기'의 원칙으로 삼았으며 둘 다 인간으로서의 욕망에 자신을 내맡기는 짓에 결코 함몰되지 않았다.

하지만 남명은 '경'과 더불어 특히 '의(義)'를 강조하였다. 주지하다시피 남명은 "속마음을 밝게 비추는 것은 경이요, 바깥으로 행동할 때 결단을 내리는 것은 의이다(內明者敬 外斷者義)."[3]라는 문구를 새겨 넣은 패검(佩劍)을 차고 다녔다.

남명이 남긴 글 중에 「천석종」이라는 시가 있다.

> 천 섬 들이 큰 종을 보시라!
> 크게 치지 않으면 소리를 내지 않으니,
> 마치 두류산과 비슷하구나,
> 이 산은 하늘이 울어도 좀처럼 울지 않으니 말이다.

> 請看千石鍾
> 非大扣不聲
> 爭似頭流山
> 天鳴猶不鳴

사실 남명의 언행은 지리산처럼 무거웠고 그가 한번 입을 열면 그 말

---

3 조식(曹植), 『南冥集』, 경상대학교 남명연구소 역, 이론과실천사, 1995, 120쪽.

의 의미 또한 막중하였으므로, 남명은 나중에 뒤따라오는 조선조 선비들에게는 가장 엄격하고도 추상 같은 모범 인물이었다. 1555년 명종이 그에게 단성(丹城, 오늘날의 산청) 현감을 제수하자 남명은 유명한 단성소(丹城疏)를 명종에게 올렸다. 남명은 자신이 그 벼슬을 받을 수 없다며, 그 대신 나라의 형편을 사실대로 고했다. 외척의 권세가 조정의 근본 원칙을 무너뜨릴 정도로 막강해져서 백성들의 삶이 도탄에 빠졌고, 문정왕후께서는 "궁궐에 깊이 갇혀 계시니 구중궁궐의 한 과수댁에 불과하시며, 전하께서는 돌아가신 선왕의 어린 아들에 불과하니 어찌 수많은 자연재해를 극복하고 억만 갈래로 갈라진 백성들의 의견들을 통합해 내실 수 있으시겠습니까?(慈殿塞淵 不過深宮之一寡婦 殿下幼沖 只是先王之一孤嗣 天災之百千 人心之億萬 何以當之 何以收之耶)"[4]

이것은 하마터면 목이 달아날 수도 있었던 위험천만한 상소문이었다. 명종은 대단히 화를 내었지만, 백성들의 존경과 사랑을 한 몸에 받고 있던 경상 우도의 의로운 은자를 잡아 가두거나 죽일 수는 없었다.

이렇게 남명은 퇴계와 쌍벽을 이루는 진정한 선비였다. 그뿐만 아니라 남명은 퇴계보다 정치적으로 더 적극적이고 투쟁적이었다. 그래서 그랬는지는 몰라도 남명의 제자들 또한 퇴계의 제자들과 비교해 볼 때 대체로 더 의롭고 현실참여적이었다. 1592년 임진왜란이 일어나자 곽재우, 김면 등 남명의 제자들이 왜군 침략자들에 항거하는 의병을 조직하거나 직접 진두지휘한 것은 역사가 입증하고 있다.

---

4 위의 책, 445쪽.

율곡

퇴계와 남명의 직후에 조선 성리학을 이끈 주역은 이이(李珥, 1536~1584, 栗谷)이다. 그의 어머니 신사임당은 오늘날 이상적인 모상(母像)으로서 존숭을 받고 있으며, 우리 돈 5만 원권은 그녀의 초상을 담고 있다. 율곡의 초상 역시 5천 원권을 장식함으로써 오늘날의 모든 한국인은 일상에서 신사임당과 율곡 모자의 모습을 매일같이 접하고 있는 셈이다.

율곡은 강릉의 외가에서 태어났고 또 거기서 성장했다. 율곡은 어머니한테서 읽기와 쓰기를 배웠는데, 일찍이 신동의 자질을 보였다. 나중에 그는 아홉 번의 과거에 모두 장원으로 급제함으로써 '구도장원공(九度壯元公)'이란 별칭을 얻기도 했다.

율곡은 정암의 제자인 백인걸한테서 배웠으며, 백인걸과 함께 정암의 문하였던 성수침(成守琛)의 아들 혼(成渾, 1535~1598, 牛溪)과는 각별한 친구 사이였다. 아무튼 율곡은 정암의 손제자로서, 선조의 즉위 무렵에 정권을 잡은 사림파를 대표하는 인물이 되었다. 이로써 율곡은 — 을사사화의 여파로 아직 정치 일선에 나서기를 꺼렸던 퇴계나 남명의 시대와는 달리 — 훈구파와 외척이 일단 무력해지고 사림파가 그야말로 실세가 된 새 시대를 이끌어 가게 되었다.

제자들에게 『심경』을 열심히 강론한 퇴계와는 달리 율곡은 한훤당과 그의 제자였던 정암, 그리고 정암의 제자 백인걸과 성수침 등을 거치며 학맥을 이어온 소학파에 속했으며, 따라서 학문의 실천성을 중시하는 인물이었다. 율곡은 1575년 선조에게 『성학집요(聖學輯要)』를 바쳐 성인이 되는 길, 즉 백성을 올바르게 다스리는 왕도를 아뢰었는데, 향후 율곡의 이 책이 조선조 성리학자들의 귀감이 되었다. 율곡이 학동들을 올바르게 교육하기 위해 중국 고전들에서 명구들을 발췌하고 주석을 단 『격몽요결(擊蒙要訣)』(1577) 또한 한훤당과 정암 이래의 소학파의 모든 학문적 결실들을 집약한 중요한 책이다. 아무튼 율곡은 자기 도야와 제자들의 교육에 전념했던 퇴계와는 달리 학자로서 보다 실천적이었다 하겠으며, 이것이 또한 그가 떠맡게 된 시대적 소명이기도 했다.

퇴계와 기대승 사이에 벌어진 이른바 '사단칠정 논의'에다 일종의 결론을 내린 것도 율곡이다. 친구 우계가 처음에는 퇴계의 이론을 따르는 듯하면서, 이기설(理氣說)에 대한 율곡의 의견을 편지로 묻자 율곡은 '이(理)'가 일종의 형이상학적 기본원리로서 도처에서 균일하게 작용하는 반면에 '기(氣)'는 물리적 질료 및 에너지로서 시간과 장소에 따라 현상적으로 달리 나타난다고 대답했다. 이것이 이른바 율곡의 이통기국설(理通氣局說)로서, 이는 도처에 통하지만 기는 국지적으로만 나타난다는 생각이다. 이로써 퇴계, 고봉, 우계 등의 오랜 '사단칠정 논의'가 잦아들게 되었으며, 오늘날의 자연과학적 지식에 비추어 보더라도 퇴계의 학설보다는 율곡의 학설이 더 현대적이고 보다 더 설득력을 지닌 것으로 보인다는 사실은 명백하다.

여기에는 물론 뒤에 태어난 자의 행운도 섞여 있음을 부인하기 어렵다. 아무튼 명종에 의해 내려진 벼슬자리를 여러 가지 이유에서 사양할 수밖에 없었던 그의 선배 퇴계와 남명에 비해서 율곡의 시대에는 사림파에게 드디어 단독 무대가 제공되었던 것 또한 율곡의 행운이었다. 율곡은 여러 번 물러나 있기도 했지만, 조정에서의 요직들을 맡아 중요한 역할을 담당할 수 있었다. 물론 그의 개혁적 제안들이 선조에 의해 받아들여지지 않고 좌절되고 말았지만, 이것은 훈구파들의 반대 때문이 아니라(훈구파들은 이미 더는 존재하지 않았다), 권력에 눈이 어둡거나 경제적 기득권을 놓치지 않으려던 다른 사림파 관료들의 견제 때문이었다. 훈구파가 소실되자 이제 사림파끼리도 또 다투게 된 것인데, 이 시점에서 필연적으로 당쟁이 발생하게 되어 있었던 셈이기도 하다.

율곡이 선조에게 건의한 주요 개혁책은 다음과 같다.

① 신분과 적서(嫡庶)를 구별하지 말고 덕성과 재능을 갖춘 청년들을 널리 등용해야 한다.
② 부녀자들에게도 올바른 교육의 기회를 주어야 한다.
③ 백성을 위해 세제를 개혁해야 한다.
④ 국경 수비 태세를 공고히 하고 특히 왜의 침입에 대비해 재정적·군사적 대책을 강구해야 한다.

그의 이 개혁안들은 조광조의 개혁 때와 마찬가지로 자신의 권력과 재산에 대한 기득권을 지키려던 기성 권력 세력에 의해 좌절될 수밖에 없었다. 그러나 율곡은 사태 파악이 매우 명민하고 처신이 현명했기 때문에 조광조와 같은 박해와 사약은 면하고 자신의 천수를 다할 수 있었다.

율곡의 가장 중요한 제자는 단연 조헌(趙憲, 1544~1592, 重峯)으로서 그는 스승과 마찬가지로 임금에게 항상 올곧고 바른 소리로 간하였다. 그래서 그 역시 유배 생활을 겪지 않으면 안 되었다. 1592년 임진왜란이 발발하자 중봉은 전쟁 경험이라곤 전혀 없는 선비로서 나라와 백성을 구하기 위해 의병을 조직하여 서양식 무장을 한 왜군과 맞서 싸웠다. 그는 청주에서 전공을 세웠으나, 그의 전공을 질시하는 비겁한 관군의 음모에 휘말려 합전하러 오지도 않는 관군을 기다리다 금산에서 중과부적의 왜군을 맞이하여 7백 명의 장정들과 함께 장렬하게 전사했다. 그가 후퇴나 도주를 전혀 생각하지 않고 끝까지 싸울 태세를 보이자 그의 장남은 아버지를 대신해서 장수기(將帥旗) 아래에서 싸우다가 수많은 총알을 한 몸에 맞았으며, 그 결과 부자가 함께 장렬하게 전사했다.

중봉은 선비의 기개로 보나 의병장의 자세로 보나 율곡의 빼어난 수제자였다. 그는 이전에 그의 스승 율곡이 그랬던 것처럼 왜군의 침입에 대비할 것을 선조 임금에게 건의했었지만, 유감스럽게도 받아들여지지 않았고, 그가 예견했던 바로 그 전쟁에서 장렬하게 산화해 갔다. 그러나 그는 선비로서 후대의 김상헌, 송시열, 최익현 등에 길이 남는 본보기를 보여 주었으며, 문묘에 배향되었다.

중봉처럼 직접 전장에 나아가 싸우지는 않았지만, 율곡의 학문을 계승한 제자는 김장생(金長生, 1548~1631, 沙溪)과 그의 아들 집(金集, 1574~1656, 愼獨齋)이었으며, 이들의 학풍을 잇는 장본인이 바로 유명한 서인의 영수(領袖) 송시열이다. 사계와 신독재는 퇴계와 율곡에 연이어 문묘에 배향되는데, 부자가 나란히 문묘에 배향된 것은 드물고도 유일한 예이다.

오늘날의 관점에서 보건대, 왜군의 침입에 대비할 것을 건의한 점과 동인과 서인으로 당쟁이 시작될 조짐이 보이자 그 싹을 없애고자 한 율곡의 노력은 특히 높이 평가할 만하다.

퇴계와 율곡의 관계

17세기에 퇴계와 율곡의 제자들은 동인과 서인으로 갈려 심하게 다투었고 때로는 그 적의가 극에 달해 무엇 때문에 싸우는지도 잊은 채 그저 습관적·본능적으로 싸우는 것처럼 보일 때도 많았다. 이런 가운데 ― 오늘날의 관점에서 돌이켜 볼 때 ― 조선의 성리학자들은 점점 더 편협해지고 폐쇄적으로 되어 갔다고 할 수 있다.

그러나 퇴계와 율곡 자신들은 사실 서로 그렇게 적대적이지는 않았다.

1558년 초에 율곡은 성주(星州)의 장인을 뵙고 나서 외가인 강릉으로 가는 중이었는데, 안동 인근에 위치한 도산서원(陶山書院)으로 퇴계를 방문하였다. 22세의 총명한 신진학자는 57세의 당대의 위대한 학자한 테 '도'(道)를 묻고자 했다(小子求聞道).[5] 퇴계는 잠시 침묵하다가 대답했다. "마음가짐을 바로 하는 데에는 자신을 속이지 않는 것이 중요할 터이고, 조정에 나아갈 때는 새로 큰일을 벌이지 않도록 조심하는 것이겠지요(持心貴在不欺, 立朝當戒喜事)."[6] 마침 비가 내렸기 때문에 율곡은 퇴계한테서 사흘을 묵었다. 율곡이 작별을 고하자 퇴계가 시구로 답했다. "이제부터 우리 나이 차를 잊고 서로 친구로 지내세!(從此忘年義更親)"[7]

이 만남이 있은 연후에 그들은 서신을 교환하였다. 1568년에 율곡은 퇴계에게, 제수되는 벼슬자리를 자꾸 물리치지만 마시고 새 임금 선조를 위해, 그리고 백성들을 위해 부디 일해 주시기를 간청했다(百萬蒼生, 在漏船之上, 其命懸於一人, 而一人之成德, 必資於閣下之上來, 惜乎! 機不可失也).[8] 1570년 퇴계가 운명하자 율곡은 조시를 썼다. "상하를 막론하고 백성들은 나라의 안녕과 백성의 복리를 위해 일해 주시길 바랐건만, 유감

---

5 이광호 편역, 『퇴계와 율곡, 생각을 다투다』, 서울: 홍익출판사, 2013, 30쪽.

6 위의 책, 44쪽.

7 위의 책, 39쪽.

8 위의 책, 159쪽 참조.

스럽게도 향리에서 늘 병치레가 많으셨도다. […] 새로운 책들 펴내셔서 학문의 방향과 우리의 갈 길을 열어 주셨네. 멀리 남녘 하늘 아래에서 이제 유명을 달리하시니, 여기 서해안에 홀로 남아 눈물 마르도록 애가 타네(民希上下同流澤, 跡作山林老病身. […] 瀾回路闢簡編新, 南天渺渺幽明隔. 漏盡腸摧西海濱).”⁹

이 조시에도 나타나 있지만, 16세기 조선 성리학의 두 큰 별들 사이에는 원래 적대감이라곤 없었고 우정까지는 아니라 할지라도 적어도 서로 존중하는 마음은 확실히 있었던 것 같다. 적대감이라는 것은 단지 후일의 두 학파 사이에, 동인과 서인 사이에, 또는 그 후일의 남인과 노론 당파 사이에 생겨난 결과라 할 수 있을 것이다.

생각을 정리하며

오늘날의 한국인들은 일반적으로 조선의 성리학이 이 나라를 망친 원인이며, 당쟁에 휘말린 부패한 선비들 때문에 조선이 망했다고 생각한다.

물론 맞는 말이다.

하지만, 나는 이 사실을 한 번쯤 뒤집어 볼 수도 있지 않을까 하는 생각도 한다. 즉, 16세기 조선은 퇴계와 남명, 그리고 율곡이라는 위대한 성리학자와 그들의 제자들 덕분에 우리가 일단 문화국가의 도덕적 기틀을 마련할 수 있었고 문화민족의 모범 인물들을 갖게 되었다는 사실인데, 이것이 결코 하찮은 일이 아니라 우리 문화의 향후 발전에 중대한

---

9 위의 책, 304쪽.

부드러움의 미덕

원동력이 되었다는 것이 필자의 생각이다.

물론, 17세기부터 19세기 말에 이르기까지의 조선의 사환가(仕宦家) 선비들은 퇴계와 율곡의 성리학적 성취에 안주한 나머지 완고한 예학 및 배타적 교조주의에 빠져 조선을 '소중화(小中華)'로 자부하면서, 정신적으로 자족하고자 하였다. 송시열과 그를 떠받들었던 노론 세력은 조금이라도 외래 문물을 들여오려는 사람에게는 '사문난적(斯文亂賊)'이라는 누명을 씌워 배격함으로써 발달한 서양의 학문을 수용하기는커녕 원천적으로 거부하였다. 그러다가 19세기의 맨 마지막에 이르러 새로 대한제국이 선포되고, 뒤늦게나마 서양의 지식, 제도 및 신식 무기를 받아들이고자 노력했지만, 이미 탈아입구(脫亞入歐)의 길에 들어선 제국주의 침략 세력 일본에 무력하게 무릎을 꿇고 말았으며, 제2차 세계대전의 결과로 일제로부터 해방되고 나서는 다시 냉전 세력의 양극인 미국과 소련에 의한 국토 분단과 좌우 이데올로기의 충돌로 인해 한반도가 동족상잔의 전장이 되고 말았다.

하지만 외척 세력과 결탁한 부패한 사환가 출신의 관료 이외의 양반 계층, 즉 치인(治人)의 기회는 박탈당했지만, 수기(修己)를 익혀온 전국 방방곡곡의 몰락한 행신가(行身家) 양반과 그들의 처신을 지켜보면서 무언중에 충효 사상을 익힌 상민(常民)들은 식민지 지배, 민족 분단, 동족상잔의 전쟁을 겪으면서도 16세기 성리학자들의 근본 도덕률인 충효를 지켜 가며 사람의 도리를 다하고자 했다. 특히, 계층이 완전히 와해되는 격변의 시대를 겪으면서, 행신가 양반 가문은 계속 식자층으로 살아남고자 분발했고 상민들은 이제 드디어 양반과 똑같이 지식을 향유함으로써 옛 신분제의 설움을 설분하고자 분투했기 때문에 — 마치 서양에서 기사 계급이 무너졌어도 모두 기사처럼 예의를 갖추고자 노력한 것과 마찬가지로, 또는 시민 계층의 귀족 흉내를 욕하면서도 제4계급이 시민 계층의 모든 도덕적 · 문화적 성취를 따라하려 했던 것과 마찬가지로 — 대한민국의 모든 국민이 신분의 유지 또는 상승을 갈구하면서 어려운 여건하에서도 자녀들의 교육에 진력, 헌신하는 유례 없는 교육열의 시대를 열었다.

나는 대한민국의 발전의 원동력이 16세기 성리학에 바탕을 둔 유교 문화에서 나왔다고 생각해 본다. 지배층은 논리의 경직성에 안주한 나머지 국가의 패망을 자초했지만, 일반 민중들은 충효 사상을 내면화하여 이미 자기 가정과 나라와 이웃을 위할 줄 아는 문화민족의 저력을 갖추고 있었던 것이 아닐까? 거기에다 세종대왕의 훈민정음 창제에 힘입어 온 국민이 문맹을 면하는 수준에까지 오른 것도 남다른 교육열과 함께 잊어서는 안 될 변수였을 듯하다. 그렇지 않고서야 우리 대한민국 국민의 산업화와 민주화의 이 신속한 달성, 그리고 오늘날 우리가 목도하는 K-문화의 찬연한 세계적 개화를 어떻게 설명할 수 있을 것인가?

오늘날 세계가 놀라워하는 이러한 표면적 성취에도 불구하고, 우리 대한민국 시민은 현재 크나큰 도전에 직면해 있기도 하다. 즉 오늘날 이 나라의 시민은 우리의 전통적 가치관과 서양에서 받아들인 민주주의적 가치들을 잘 조화시켜 새로운 시대를 살아 낼 수 있는 새로운 법도와 형식을 창조해 내어야 할 세계사적 소명에 직면해 있기도 한 것이다.

또한, 바로 이 대목에서 우리 인문학자들의 분투가 요구된다. 우선, 동양학과 서양학이 서로 담을 헐고 긴밀한 대화를 해야 한다. 대학에서는 수평적 대화가 없는 수직적 폐쇄 원통형(圓筒形) 학과 체제를 하루라도 빨리 극복해야 한다. 같은 서양 인문학 안에서도 'Idealismus'를 서양 철학에서는 '관념론'이라 하고 독문학에서는 '이상주의'라고 달리 부르고, 학생들에게는 마치 다른 개념인 것처럼 가르쳐서야 이런 풍토에서 올바른 인문학이 발전하겠는가? 불교에서 인생을 '고해(苦海)'라 부르는 것과 쇼펜하우어의 '염세주의'가 다 같이 인도의 베다와 푸라나에서 연유하고 있다는 사실을 모른다면, 철학 강의가 어떻게 전개될 것인가? 쇼펜하우어의 주저(主著)『의지와 표상으로서의 세계』를 불교적으로 '욕망과 환상으로서의 세계'로 이해할 수 있다면, 쇼펜하우어 철학의 이해가 훨씬 더 빠르지 않겠는가 말이다.

우리 인문학자들은 우선 우리 자신들끼리 서로 마음을 열어야 하고 학과 제도의 경직된 경계를 넘어 서로 소통해야 하며, 나아가서는 온갖 다른 학문과 전 세계를 향해 활짝 열린 마음을 가져야 한다. 그리하여, 궁극적으로는 인류의 미래를 위한 보편적 가치를 창출해 내고 그 가치를 선구적으로 실천해 나가야 할 것이다.

이런 견지에서 다시 생각해 보자면, '수기치인'이란 말이 반드시 구시대의 낡은 슬로건일 수만은 없을 듯하다.

(2022. 7.)

해공 선생과 국민대, 그리고 '국민의 대학'

　대한민국 국민으로서 해공(海公) 신익희(申翼熙, 1894~1956) 선생을 모르는 사람이 있을까? 요즘 젊은 세대 중 혹 그런 사람이 아직 있을 수도 있겠지만, 겨레의 독립과 해방 후 신생 공화국의 건국, 그리고 우리 민주주의 헌정 발전에 크나큰 공적을 남기시고 처신과 치세에도 불후의 모범을 보여 주신 해공 선생의 공덕에 빚지지 않은 우리 국민은 거의 없을 듯하다.

　내가 오늘 이 자리에 해공 선생을 모셔올 만한 사람은 못 된다. 그것을 잘 알면서도, 나 자신도 지금까지 알게 모르게 해공 선생의 음덕을 입고 살아왔음을 뒤늦게나마 깊이 깨달았기에, 삼가는 마음으로 이 글을 쓴다.

　우선, 비정치적 인문학자로서 대한민국 사회의 주변부에서 일해 온 내가 어떤 인연으로 지난 5월 5일, 수유리 해공 유택 앞에서 거행된 해공 선생의 66주기 추모식에 참석하게 되었는지부터 말해야 그래도 강호 제현께서 다소 관심을 가지시고 내 이 글을 읽어 주실 듯하다.

　　　　　　　　　　　　　　　　　　　　부드러움의 미덕

해공 선생이 서거하신 1956년 5월에 나는 중학교 1학년 학생이었다. 고향 영천(永川)을 떠나 32킬로 떨어진 도청소재지 대구의 K중학에 갓 입학했던 나는 주위 어른들과 학교 선생님들이 5월 3일 한강 백사장에서 행해졌던 민주당 대통령 후보 해공 선생의 대선 유세에 무려 40만 인파가 몰려 인산인해를 이루었다는 소식과 그에 대한 의견들을 나누시는 것을 엿들었는데, 그 어조와 분위기에서 그 어떤 감격과 뜨거운 희망 같은 것을 느낄 수 있었다. 내가 나중에야 분명히 알게 되었지만, 당시의 이승만 대통령은 계속 권좌에 머물기 위해 대통령 중임(重任) 제한을 철폐하는 소위 "사사오입(四捨五入) 개헌파동"(1954. 11. 29)을 일으켜 놓고, 이제 그 마뜩잖은 개헌을 토대로 대한민국 제3대 대통령에 출마한 판이었고, 이에 해공 선생은 국민의 여망을 받아 민주당 대통령 후보로 나선 상황이어서, 그야말로 자유당의 이승만 후보와 민주당의 신익희 후보가 대접전을 앞두고 있던 엄중한 상황이었다. 그런데, 이틀 뒤인 5월 5일, 해공 선생이 유세차 내려가시던 호남선 열차 안에서 뇌일혈로 급서하셨다는 보도가 나왔는데, 철없던 중학생으로서 그때 내가 느꼈던 실망과 충격은 지금도 생생하다. 그래서, '해공 선생 66주기 추모식'이 열린다는 소식에 접하자, 나는 66년 전의 그 절망적 충격의 기억에 이끌려 혼자 수유리까지 찾아간 것이었다.

추모식에 참석, 해공의 영전에 숙연히 참배하고 돌아올 때, 평소 교분이 있는 K중고 선배님인 해공신익희선생기념사업회 현승일(玄勝一) 회장님한테서 두 권의 책자를 선물 받았다.

그 한 권은 신익희 선생이 1917년에 종손(從孫)이며 집안의 종손(宗孫)이기도 한 창현(昌鉉)의 첫돌 선물로 써 주신 『일분몽구(一分蒙求)』라는 책의 복사본이었는데, 집에 와서 찬찬히 훑어보자니, 중복이 없는 1440

자(字)로 된『천자문』비슷한 아동 자학서(字學書)였다. 이런 류의 저술이 조선조에 더러 있기는 했다지만, 23세의 해공 선생이 친히 이런 저술을 하셨다는 사실이 정말 놀라웠다. 하루 24시간을 분으로 환산하면 1440분인데, 매일 촌음을 아껴서 열심히 공부하라는 의미로 종손의 첫돌 선물로 직접 써 준 것이라니, 독립운동에 투신하기 직전의 해공 선생의 한학(漢學)의 깊이를 짐작할 수 있는 귀중한 증거이고, 평산 신문(申門)의 가보이며, 우리 겨레의 소중한 문화유산이라 하겠다. 이『일분몽구』라는 책이 영인과 해설을 갖추어 머지 않아 일조각에서 출간될 예정이라니, 그 문화적 파급 효과가 크게 기대된다.

또 다른 책자 한 권은 사단법인 해공신익희선생기념사업회가 펴낸『위대한 건국원훈(建國元勳) 해공 신익희 선생』(2022)이었다. 내가 이 책자에서, 특히 현승일 회장의 권두언 "해공 신익희 선생과 대한민국임시정부 임시헌장"에서, 공부하고 요약한 지식은, 비록 새로운 연구가 못 되고 문외한의 학습 기록에 불과하다 하더라도, 나 혼자 간직하기에는 너무나 소중한 인식이다.

25세의 해공은 기미 독립 선언 후 망명길에 올라 1919년 3월 19일에 상해에 도착하였으며, 먼저 와 있던 이시영, 신채호, 여운형 등과 합류하였다. 그리하여 4월 10일, 임시의정원이 구성되고, 의장에 이동녕이 선출되었으며, 국호가 '대한민국'으로 정해졌다. 4월 11일에 임시의정원은 초대 정부수반으로서 국무총리 이승만과 6부(部)로 구성된 초대 내각 명단을 발표하였다. 내무차장에 보임된 해공은 미국 체류 중인 안창호 내무총장을 대리하여 내무부를 주관하였다. 이시영 법무총장 이외에는 대개 상해 현지에 부재했기 때문에, 당시 25세의 해공이 사실상 많은 허드렛일을 해낸 것으로 짐작된다. 해공은 이시영, 조소앙과 함께 '임시헌장' 기초위원이 되었고, '대한민국 임시정부 임시헌장 10개조'를 기초하였다. 그 내용인즉, "대한민국은 민주공화제로 함"(제1조)과 "대한민국의 인민은 남녀, 귀천 및 빈부의 계급이 무(無)하고 일체 평등함"(제3조)등과 같이, 주권재민(主權在民), 의회민주주의, 인간의 천부적 권리와 평등 사상 등을 포괄하고 있어서, 민주주의의 주요 원리가 그 안에 이미 다 들어 있었다. 기초위원이 3인이었지만, 사실상은 해공이 그 실무를 많이 담당했던 것으로 보인다. 해공은 이미 한학에 능통해 있었고, 와세다대학 정경학부를 졸업했을 뿐만 아니라, 보성법률상업학교(고려대의 전신)에서 비교헌법과 만국공법을 가르친 교수 경력까지 갖춘 드문 실력자이었기에, 1919년 무렵 상해 임정의 그 복잡한 인맥의 소용돌이와 허망한 권력의 암투 현장에서도 해공의 이러한 왕성하고도 겸허한 활동이 가능했을 것으로 추측된다.

1919년 5월 25일 안창호가 상해에 도착하여 내무총장에 정식 취임, 임정 활동을 본격적으로 시작함으로써 한성, 연해주, 상해에 병립해 있던 3개 임시정부를 통합하고, 상해의 통합 임시정부의 법적 기초가 될 '임시헌법'이 필요하게 되었다. 이에, 신익희 내무차장이 위원장으로 있는 법제분과위원회에 그 헌법의 기초가 위임되었다. 그리하여, 1919년 8월 28일 '임시헌법 초안'이 완성되고, '대통령제 헌법 개정안'이라는 이름으로 상정되어, '대한민국 임시헌법'(1919. 9. 11)으로 공포되었다.

이 '대한민국 임시헌법'은 1945년까지 정부 수반의 명칭이 대통령, 국무령, 주석 등으로 바뀌는 등 여러 번 개정되었지만, 그 근본정신이라 할 수 있는 민주공화제는 변함없이 살아남았다.

그 근본 정신이 1948년 제헌국회의 헌법에까지 이어지는 것은 대한민국의 행운이었는데, 그것은 국회 부의장 해공이 제헌작업의 실제 책임자가 되었기 때문이었다. 국회부의장 해공은 1948년 6월 1일 '헌법기초위원선발전형위원회'의 위원장으로서, 6월 3일 서상일 등 30명의 국회의원을 기초위원으로 선발하고, 이 기초위원회는 다시 유진오 박사 등 헌법학자 및 기타 법률전문가 10명을 전문위원으로 위촉했다.

'대한민국 임시헌장'(1919. 4.)과 '대한민국 임시헌법'(1919. 9.)에 이어, 1948년의 '대한민국 헌법'(1948. 7. 17.)을 기초하는 데에도 해공이 주역을 맡은 것이다. "해공의 예의 바른 태도와 해박한 지식 및 정연한 논리로 무장한 설득력이 없었다면 이것이 가능하였겠는가?" 하고 현승일 회장은 묻고 있다. "해공이라는 동일 인물이 국혼의 씨를 헌법에 심어 대한민국을 망명지에서 잉태시키고 29년간의 회임을 거쳐 해방 후 건강한 생명으로 대한민국을 출산시킨 신비로운 역사는 우연인가? 필연인가?"[1]

이것이 우연일 수 없고 필연임은 말할 것도 없다. 해공은 23세에 1440자로 된 4행시를 쓸 만큼 기초가 단단한 한학자였고, 영어, 일어, 중국어에 능한 현대적 법학자였으며, 무엇보다도 겸양과 실천이 몸에 밴 인격자였기에 이 모든 것이 가능했으리라 판단된다.

나는 굴곡으로 점철된 우리 현대사에서 윤동주와 이청준에 이어 또 한 사람의 흠결이 없는 모범 인물을 해공 선생에게서 발견했다. 그래서 나는, 국론이 첨예하게 분열되어 있는 오늘의 대한민국을 살아가고 있는 모든 시민들에게, 특히 자신의 뜻을 실현시키기 위해 권력을 얻으려는 정치인들 여러분에게, 그리고 대한민국의 미래 시민들의 교육을 담당하고 계시는 선생님들께 해공 신익희 선생의 겸양과 '단성보국(丹誠報國)'의 애국정신, 그리고 생색내지 않으시고 늘 뒷전에서 소리 없이 일

---

1 『위대한 건국원훈 해공 신익희 선생』, 해공신익희선생기념사업회 편, 2022, 11쪽.

부드러움의 미덕

하신 해공의 실천 방식을 부디 본받자는 제언을 드리고 싶다.

시간을 조금 거슬러 올라가 1945년 12월로 되돌아가 보자. 해방은 되었으나, 당시 민족 지도자들은 아직 '독립'은 되지 않은 것으로 여겼다. 국토는 외세에 의해 분단 점령되었고, 남과 북은 장기 또는 영구 분단될 위기에 처하여 민족 지도자들이 단일 독립정부 수립을 위해 숨가쁜 모색과 협의를 하고 있었다. 그 무렵, 해공 신익희 선생은 다음과 같은 말씀을 하셨다.

"언제 독립이 될지 예측할 수 없는 터수에 독립된 뒤에 학교를 만든다는 것은 어불성설이다. 그래서 하루라도 앞당겨 학교를 세우고, 학생을 모집해서 심오한 학술을 연구 함양하는 한편, 신생 독립국가 국민으로서 갖춰야 할 자주정신과 책임관념, 국민도덕과 민족윤리를 고취 함양시켜 한국인 본래부터 가지고 있던 본성으로 되돌려 신생국가에 이바지할 교초(翹楚)를 배출시켜야 하겠기에 서둘러 준비하려 한다."[2]

1945년 12월 7일에 해공 선생이 남긴 말씀이다. 바로 그날 해공 선생은 "과거 보성상업법률학교 시절의 선배 교수였던 백남(白南) 윤교중(尹敎重) 씨를 만나, 해방 후 최초의 민족사학인 국민대학을 설립키로 협의하고 이에 착수하였다."[3]

그리하여, 1946년 9월 1일 마침내 '민족의 대학' 국민대가 창건되었으며, 국민대는 "국민도덕과 민족윤리를 고취 함양시켜" "신생국가에 이바지할" '빼어난 인재'(翹楚)를 "배출시켜야 하겠"다는 해공의 정신을 이어받아 "실천궁행(實踐躬行)으로써 국리민복(國利民福)에 공헌해야 한다"

2 신창현, 『내가 모신 해공 신익희 선생』, 해공신익희선생기념사업회 편, 1989, 201쪽.
3 위의 책, 123쪽.

는 건학이념을 갖게 되었다.

당시 국민대만 이런 뜻을 가졌을까? 어느 대학인들 '국민의 대학'이 아니랴! 온 나라의 각 대학이 다 신생 독립국가의 '교초(翹楚)'를 배출하고자 안간힘을 쓰던 시기였다.

이런 의미에서 해방 후 지금까지 77년 동안, 한국 대학과 우리 학문이 이룩한 성과는 — 시행착오와 아직도 부족한 점이 많은 현실에도 불구하고 — 정말 놀랍고도 장하다 하지 않을 수 없다.

그런데, 불행하게도 최근 어느 여성의 국민대 박사논문에 대한 표절 시비가 일어났는데, 박사논문의 영문초록에서 '멤버 유지'라는 단어의 영문 번역이 그냥 'member Yuji'로 적혀 있다는 지적 이외에도, 출처를 밝히지 않은 '베낌'이 있다는 의혹이 제기된 것이었다. 이에, 침묵으로 일관해 오던 국민대가 최근 그 논문을 재조사한 결과 표절이 아니며 문제될 것이 없다고 밝혔다. 이와 직접적 관련 없이, 동일인의 숙명여대 석사논문에도 표절 의혹이 제기되었는데, 숙명여대의 한 교수가 이 석사논문에서 실제로 자신의 논문에서 베낀 대목들이 발견된다며 그 증거를 제시하고 나서는 일도 생겼다.

이에 국민대 교수들이 대학 당국에 재조사를 요구하자, 국민대 교수회는 교수 투표를 통해 재조사를 하지 않기로 의결하고 이것을 '집단지성'의 결과라고 발표하기에 이르렀다.

국민대 교수들은 정녕 해공 선생에게 부끄럽지도 않은가? 도대체 왜 이러는가? 교육부의 재정적 지원을 받아야 할 국민대의 열악한 재정 상황 때문인가, 아니면, 권력에의 순종 또는 아부인가? "오직 단심(丹心)과 정성을 다해 나라를 위해 온몸을 바치려던(丹誠報國)" 해공 선생의 건학 이념을 국민대 교수들은 잊었는가? 그렇지 않아도 혼탁한 지금 이 사회

부드러움의 미덕

에서 그들은 자신들의 이와 같은 '곡학아세'를 '집단지성'으로 호도하면서, "국민도덕과 민족윤리를 고취 함양시켜" "신생국가에 이바지할" '빼어난 인재(魁楚)'를 "배출시켜야 하겠"다던 해공의 정신을 까마득히 잊은 듯하지 않은가! 이런 그들의 행위가 비단 국민대에 그치지 않고 다른 모든 한국 대학의 연구윤리를 뒤흔들고 한국 아카데미즘의 신뢰를 무너뜨림으로써 한국 고등교육의 앞날에 크나큰 혼란과 암운을 드리우고 있음을 그들은 정녕 모른단 말인가?

어느 대학인들 '국민의 대학'이 아니랴? 국민대만 '국민의 대학'이 아니고, 모든 한국의 대학들이 모두 다 '국민의 대학'이다. 국민대 교수들의 이번 다수결 결과는 비단 국민대 내부의 사소한 결정에 그치지 않고, 한국의 모든 대학에서 성실히 공부하고 있는 모든 학자와 학문 후속 세대에 대한 심대한 모독이며 나아가서는 한국 사회 전반의 윤리와 기강을 뒤흔드는 심각한 후과(後果)를 남길 듯하다.

우선, 나 자신만 하더라도 과거 대학 재직 시에 꽤 꾀까다로운 논문 지도를 했던 것 같은데, 지금은 그런 사실이 모두 우습고 부질없는 짓으로 생각될 지경이다. 당시에 인용문의 출처 표시와 올바른 인용법을 지나칠 정도로 강조했던 나 자신이 한갓 우스꽝스러운 허깨비처럼 여겨질 정도이며, 논문 쓰기에도 벅차 하던 가엾은 지도학생들을 괜히 '지엽적인 사항'으로써 괴롭힌 괴이한 선생으로 낙착되어 버린 기분이다.

노경에 든 나 자신의 이런 열패감 따위야 지금 문제도 아니다. 이제 이 나라에서 석사학위와 박사학위 자체가 우스꽝스럽게 희화화될 위험성이 생겼다. 진리와 정의의 최후의 보루인 대학의 권위가 도전을 받게 되었고, 대한민국의 모든 사회 윤리가 잠시나마 심히 흔들리는 듯하다.

비단 국민대 교수들뿐만 아니라, 대한민국의 모든 '국민의 대학'의 교수들이 낯을 들지 못하게 되었다. 오늘날 우리 대학의 석·박사논문에서 '표절'은 "흔히 있는 일"이라고 공언하고 나서는 얼빠진 교수조차 있는 것 같다. 물론, 우리의 대학과 학문이 그동안 비약적 발전과 팽창을 거듭하는 사이에 사소한 연구 부정이나 논문 표절 같은 부수 현상이 아예 없을 수는 없다. 하지만, 이런 부수 현상을 마치 전체 대학의 실상인 것처럼 침소봉대하면서 표절 행위를 두둔하는 언행은 비열할 뿐만 아니라, 이런 교수가 존재한다는 사실 자체에 대해서 대한민국의 모든 교수는 심각하게 반성해야 할 것이다. 물론, 이에는 한때 대학에 몸을 담았던 나 자신도 공동 책임을 면할 수 없을 것이다.

다시 해공 선생의 가르침으로 되돌아와서, 해공 선생이 1953년경 아들과 조카 등 집안사람들이 모인 자리에서 훈계하셨다는 말씀을 들어보자.

"학식이 남보다 조금 더 아는 것이 있다 하여 남을 무시하는 오만한 말씨나 태도, 또 돈푼이나 가지고 있다 하여 없는 사람을 천대하는 버릇, 또 높은 자리에 올랐다 하여 잘난 체하는 거만한 행동 등 이 모든 것을 교(驕)라 한다. 이것을 한자로 쓰면, 문교(文驕) 부교(富驕) 권교(權驕)라 한다."[4]

오늘의 대한민국을 살아가고 있는 모든 지도자와 시민들은 혹여 자기가 이 '세 가지 교만(三驕)' 중 하나에 빠져 있지나 않나 하고 자문해 볼 일이다. 우선, 나 자신부터가 지금 '문교'에 빠져 허우적거리는 꼴이나 아닌지 스스로 살펴보아야겠다.

(2022. 8.)

---

4 위의 책, 126쪽.

부드러움의 미덕

겸괘(謙卦)

옛말에 산 좋고 물 좋으며 정자까지도 좋은 곳
은 드물다 하였다.

사람 팔자도 이와 비슷하여 두루 다 좋은 운수
를 타고나기는 정말 어렵다. 누군가가 설령 백년
대운을 타고났다 하더라도 그의 삶의 도정 곳곳
에 큰 위험이 도사리고 있으니 주의를 요한다는

겸괘 : 땅을 의미하는
곤괘가 산을 의미하는
간괘를 덮고 있다.

운수 풀이가 허다하며, 천하의 액운을 짊어지고 태어난 사람도 그런 엄
청난 불행 중에도 간혹 '귀인'을 만나 고단한 삶의 길목에서 한숨 돌릴
때가 있기 마련이다.

인간 세사의 변천을 설명, 또는 예측하는 데에 쓰이는 주역을 읽다 보
면, 그 각 괘가 모두 길흉화복을 나누어 갖고 있어서 길하기만 한 괘도
드물고 흉하기만 한 괘도 드물다. 하지만, 그 64괘 중 그래도 겸괘는 비
교적 길하고 좋은 운수를 가리킨다. 땅[坤] 밑에 산[艮]을 숨기고 있는 형
상인 이 겸괘는 인간에게 있어서 겸손이 얼마나 큰 미덕인가를 분명하

게 가르쳐 주고 있다.

주역이 가르치고 있는 인간 세사의 변천 원리는 그만 젖혀 두고, 땅 밑에 산을 숨기고 있다는 겸괘의 설명을 읽다가 문득 떠오른 내 생각 한 가지를 여기에 덧붙여 보자면, 숨어 있던 산이 드디어 불쑥 땅 위로 솟아오른다면, 그 광경이 아주 곱지만은 않을 듯하다는 점이다.

여기서 나는 그 산이 부디 끝까지 숨어 있고 불뚝 솟구치는 순간은 영영 오지 않아도 괜찮겠다고 생각해 본다. 즉, 땅이 그 산을 언제까지나 자신의 몸으로 품어 내면서 그냥 묵묵히 살아간다면, 그 모습이 진정 아름답겠다는 것이다. 어느 땐가 흙이 무너져 내리면서 산의 일단이 삐죽이 드러나 보인다든가, 심지어는 산 자신이 스스로 땅 위로 불뚝 솟구쳐 오르는 꼴을 한번 상상해 보자면, 억눌려 있던 분노가 드디어 폭발하여 설분을 하는 순간을 나타내므로 통쾌한 측면도 분명 있겠지만, 그 결과는 영 거칠고 혼란스러운 광경을 펼쳐 보이게 되지 않을까?

아무튼, 겸손, 겸허, 겸양 등 겸자 항렬의 덕성을 모두 체득한 사람은 내 생각으로는 이런 거친 모습과는 한참 거리가 있을 듯하다. 억지로 참으면서 겸손해 보이려고 애쓰는 것이 아니라, 흉중에 육중한 태산을 품고 있으니 굳이 그것을 드러낼 필요가 무엇 있겠는가 말이다.

태산 같은 도량을 가슴에 품은 채 흙처럼 소박하게 살아갈 수 있다면, 괜히 이웃을 원망할 필요도 없고, 자신을 알아주지 않는다고 성낼 필요도 없을 것이며, 불필요한 재화를 탐하다가 소유의 덫에 걸려 헛된 발버둥을 칠 필요도 없을 테니, 안분지족(安分知足)이 거기에 이미 갖추어져 있는 까닭이리라.

(2022. 8.)

부드러움의 미덕

이 상 옥

첫눈에 반하기 —3제(三題)

반 고흐의 「낮잠」

나는 반 고흐의 많은 그림 중에서도 〈낮잠(La méridienne)〉을 가장 좋아한다. 이 그림을 처음 알게 된 것이 언제였던가 확실한 기억은 없다. 지금부터 약 50여 년 전에 나는 미국의 한 대학 도서관에서 걸핏하면 유명 화가들의 화집을 들여다보곤 했는데 그 그림이 처음 눈에 띈 것은 그 시절이었을 것이다. 아무튼 나는 그 그림을 보고 첫눈에 반하고 말았다.

우리나라의 가을걷이와는 달리 유럽에서는 밀을 포함한 곡식을 여름에 수확한다. 햇볕이 쨍한 여름철 한낮에 오전 내내 수확하느라 지친 농사꾼 내외가 바리바리 쌓아 둔 곡식단 곁에서 한잠에 빠져 있는 모습을 그린 그림에 내가 왜 그리도 매혹되었는지 모르겠다.

사람들이 고흐의 그림에 열광하는 것은 아마도 그의 짧은 일생이 남긴 삶의 궤적이 범상치 않고 많은 그림의 채색과 필치가 광기 비슷한 치열함을 드러내고 있기 때문일 것이다. 그런데 이 〈낮잠〉에서는 그 고유의 색채를 볼 수 없고 강렬한 필치도 많이 가라앉아 있다. 그리고 무엇보다 그의 험난했던 삶의 흔적을 떠올릴 수 없다. 이 그림이 그려진 것은 1889년에서 1890년에 걸치는 겨울철이었다는데 그때 그는 프로방스의 어느 정신병원에 있었다. 그가 스스로 삶을 마감하기 얼마 전에 이런 태평스러워 보이는 농부들의 모습을 그릴 수 있었다니 믿기 어려운 일이다.

역시 오래된 일이지만 언제부터인지 나는 이 그림을 볼 때마다 미당 서정주의 시 「무등(無等)을 보며」를 떠올린다. 결코 녹록하지 않은 삶을 살면서도, 그래서 새벽부터 들에 나와 농삿일에 매달려야 하는 형편이면서도, 한낮에 작업 현장에서 세상만사를 잊고 편안하게 한잠이 든 농부 내외의 모습에서 "가난이야 한낱 남루에 지나지 않는다"는 첫 구절이 자연스럽게 떠올랐을 수도 있다. 그리고 둘째 연에 나오는 "오후의 때가 오거든, / 내외들이여, 그대들도 / 더러는 앉고 / 더러는 차라리 그 곁에 누워라"라든가, "지어미는 지애비를 물끄러미 우러러보고 / 지애비는 지어미의 이마라도 짚어라"라는 대목에서 고흐의 〈낮잠〉에 밴 분위기가 그대로 재연되는 듯한 느낌도 들었다. 물론 〈낮잠〉에는 「무등을 보며」에서 미당이 읊은 적극적이고 긍정적인 삶에의 의지 같은 것이 드러나 있지 않다. 하지만 이런 차이는 이 그림과 시가 공유하는 전체적 분위기를 크게 갈라놓지 않는다.

아무튼 〈낮잠〉의 원화를 보아야겠다는 바람은 오랫동안 내 짤막한 소망 리스트에 들어 있었다. 하지만 이런저런 일로 파리에 몇 차례 들르면서도 이 그림만은 보지 못했다. 그러던 중 1996년 여름에 파리에서 며칠 보내게 되었을 때 개관한 지 오래되지 않은 오르세 미술관에 들렀다가 뜻밖에 이 그림을 마주하게 되었다. 그때 내가 느낀 놀람과 기쁨은 물론 말로 다하기 어렵다.

부드러움의 미덕

얀 시벨리우스의 〈교향곡 제2번〉

1964년에 영국의 어느 대학으로 공부하러 갔을 때 나는 여러모로 많은 충격을 받았다. 그 충격은 대부분 당대 영국과 한국 사이의 문화적 격차에 기인하는 것이었다. 그 격차를 조금이나마 메우기 위해 나는 얄팍한 주머니 사정이 허용하는 한 게걸스럽게 박물관, 미술관, 극장, 공연장 등을 찾아다니면서 새로운 것을 되도록 많이 보고 듣고 익혔다. 음악의 경우는 더러 로열 앨버트 홀, 런던 페스티벌 홀, 코벤트 가든 오페라 같은 곳을 찾아가기도 했지만 대체로 BBC 라디오의 제3프로그램에서 송출하는 클래식을 들었다. 그중에는 귀에 익은 곡도 더러 있었으나 많은 곡이 처음 듣는 것이었다. 사실 그 당시 우리나라의 방송국에서 늘 들려주던 〈볼레로〉니 〈무도회의 초대〉니 〈G선상의 아리아〉니 하는 대중적 소품이나 하이든, 모차르트, 베토벤, 슈베르트 등 잘 알려진 작곡가의 몇몇 인기곡에 나는 무척 식상했었다. 그러므로 게오르크 필리프 텔레만, 헨리 퍼셀 같은 바로크 시대 작곡가나, 구스타프 말러, 안톤 브루크너, 벤저민 브리튼, 랠프 본 윌리엄스, 카를 오르프 같은 근현대 작곡가들의 작품은 내 귀에 신선하기만 했다.

"첫눈에 반하다"라는 말이 있으니 혹시 "첫귀에 반하다"라는 말도 할 수 있을까. 어느 날 나는 BBC에서 얀 시벨리우스의 〈교향곡 2번〉 전곡을 난생처음으로 들으며 첫귀에 반하고 말았다. 무엇보다 오케스트라가 빚어내는 시벨리우스 특유의 음조(音調)가 귀를 사로잡았다. 우리는 일상생활에서 무심코 음색(音色)이라는 말을 쓰거니와 그 교향곡이 내는 소리에는 고유의 '색깔'이 있다. 현악기들이 자아내는 침침한 회갈색 바탕에 금관악기들의 낭랑한 금빛 소리가 휘황하게 걸쳐 있는 듯한 그 특이한 색조는 단순히 은유적인 것이 아니고 진짜 색깔처럼 현혹적이었다.

훗날 시벨리우스의 일곱 개 교향곡을 모두 들어보니 이 시벨리우스 특유의 색깔은 모든 곡에 일관되게 흐르고 있었다. 다만 제2번 교향곡에서는 그 색조가 두드러지게 나타난다. 연무 낀 숲속 여기저기에 햇빛이 스며드는 듯한 분위기가 곡의 서두에서 조성된 후 악장을 거듭하며 지속적으로 발전된다. 그러다 마지막 악장에 이르면 그 분위기가 하나의 에너지로 화한 듯 점점 더 긴박하게 축적되다가 끝내 기관(汽罐) 속에서 압축된 증기처럼 폭발하는데 이때 방출되는 소리는 황홀한 빛을 띤 채 듣는 이를 숨막히게 한다.

그때까지 시벨리우스의 곡이라고는 〈핀란디아〉밖에 들어보지 못했던 나에게 이 두 번째 교향곡은 전혀 새로운 경지요 한 커다란 충격이었다. 이내 나는 같은 기숙사에서 친하게 지내던 한 영문학도와 어울려 시내의 LP 가게를 찾아갔다. 그 가게에 설치되어 있던 시청(試聽) 부스에서 시벨리우스의 〈교향곡 2번〉을 다시 들어보기 위해서였다. 하지만 그 레코드 가게에는 그 교향곡의 시험 청취용 음반이 없었다. 하지만 가게 점원은 아무 망설임 없이 새 LP의 비닐 포장을 뜯어내고 음반을 턴테이블에 얹더니 우리를 청취 부스로 안내했다. 청취를 끝내고 음반 가격을 알아보니 내게는 만만찮은 값이었다. 곁에 있던 친구는 나더러 반드시 사야 하는 것은 아니라고 했다. 가게 주인도 사지 않아도 괜찮다고 했다. 하지만 아직 그런 풍속에 익숙하지 않았던 나는 그 음반을 구입하지 않고는 마음이 편할 수 없었다. 그래서 앤서니 콜린스의 지휘로 런던 심포니 오케스트라가 연주한 그 모노 LP 음반을 사서 들고 가게를 나왔다. 물론 그때 나에게는 그 음반을 돌려 볼 전축이 마련되어 있지도 않았다.

그 시절에 내가 처음 듣고 홀딱 빠져 버렸던 곡은 시벨리우스의 교향

부드러움의 미덕

곡뿐이 아니었다. 말러의 〈교향곡 1번〉, 오르프의 〈카르미나 부라나〉
및 본 윌리엄스의 〈교향곡 3번 전원〉 등도 내가 첫귀에 반한 곡들이다.
이렇게 처음부터 혹했던 곡에 대해서는 애착이 오래도록 가시지 않는
다. 요즘도 마음이 싱숭생숭하거나 의기가 소침할 때면 나는 곧잘 시벨
리우스, 말러, 오르프, 본 윌리엄스 등을 듣는다.

조지프 콘래드의 『암흑의 핵심』

평생 읽어 본 책 중에는 처음 읽으며 반해 버린 것도 더러 있다. 가
령 1960년대 초반, 그러니까 내 나이 스물 몇 살 때 읽은 J. D. 샐린저
의 『호밀밭의 파수꾼(*The Catcher in the Rye*)』과 조지 기싱의 『헨리 라이크
로프트의 내밀한 기록(*The Private Papers of Henry Ryecroft*)』이 그런 책이다. 그
리고 여기서 이야기하고자 하는 조지프 콘래드의 『암흑의 핵심(*Heart of
Darkness*)』도 그런 책 중에 든다.

콘래드(1857~1924)는 방대한 전집을 남겼지만, 1960년을 전후하여 이
른바 콘래드 리바이벌이 있기까지 오랫동안 학계에서 냉대받았다. 대학
시절에 「청춘(Youth)」이라는 중편소설 한 편밖에 읽지 못했던 내가 영국
의 어느 대학에서 공부할 과제로 콘래드를 택한 것은 그에 대한 내 평소
의 궁금증이 당대 학계의 추세를 탔기 때문이었을 것이다. 나의 지도교
수는 어느 책에서 콘래드를 제임스 조이스, 버지니아 울프, D.H. 로렌
스와 같은 반열에 올려놓고 당대 영국의 4대 소설가라고 지칭했는데 물
론 그 영향도 있었다.

아무튼 나는 『암흑의 핵심』을 처음 읽으며 혹하고 말았다. 이는 같은
작가의 다른 작품들, 이를테면 「로드 짐」이나 「노스트로모」 같은 대작

을 읽으며 내가 몹시 허덕였던 것과 대조된다. 『암흑의 핵심』에도 콘래드 특유의 난삽함은 있지만 독자를 묘하게 사로잡는 마력 비슷한 것이 있다. 작품이 하룻저녁 이야기로 컴팩트하게 압축되어 있기에 독자가 그 속으로 쉽게 빨려 들어갈 수도 있다. 그런데 이 작품에서 콘래드는 자신이 젊은 시절에 벨기에령 콩고에서 겪은 극한적 체험을 이야기하면서 직접 서술하지 않고 찰스 말로라는 내레이터의 입을 빌리고 있다.

말로는 어린 시절부터 키워 온 아프리카 오지 탐험의 꿈을 실현하기 위해 작은 기선의 선장이 되어 콩고강을 거슬러 올라가지만 그의 꿈은 점차 악몽으로 화한다. 그 악몽은 그가 아직 만난 적도 없는 커츠라는 인물에게 심리적으로 집착하는 데서 시작된다. 회사의 주재원으로 콩고강 상류의 오지에 파견되어 있던 커츠는 애초 아프리카라는 암흑대륙을 계몽하겠다는 대의명분을 앞세우고 콩고로 나온 인물이다. 그러나 여러 해 동안 밀림 속에서 원주민들을 상대로 상아 수집을 하는 동안 그는 초심을 잃고 정신적 타락을 겪는다. 그는 원주민들에게 잔혹한 제왕처럼 군림하여 가장 유능한 상아 수집가가 되지만 그 과정에 "입에 담지 못할" 짓들을 포함하는 만행까지 거리낌 없이 자행한다.

그러므로 반생 동안 선원 수칙을 충실히 준수하며 살아온 말로에게는 커츠가 도덕적으로 상반자(相反者)임이 분명하다. 하지만 여러 달에 걸친 우여곡절 끝에 드디어 커츠와 상면했을 때 말로는 임종의 자리에 누워 있는 커츠에서 한 처참히 타락한 인간의 모습 이상의 것을 보게 된다. 커츠의 창백한 얼굴에서 무자비한 권세 및 공포에 질린 절망의 표정이 읽혔음에도, 말로는 커츠가 "완벽한 앎이 이루어지는 지고(至高)한 순간에 욕망, 유혹 및 굴복으로 점철된 자기의 반생을 세세하게 되짚어보고" 있을 거라고 여긴다. 그는 또 커츠가 남긴 마지막 두 마디, "무서워!

부드러움의 미덕

무서워!"에 관해서도 자기 영혼이 이 지상에서 겪은 모험에 대해 내린 판결이며, "무수한 패배, 끔찍한 공포 및 끔찍한 욕구 충족을 대가로 치르고야 성취한 하나의 긍정이요 도덕적 승리"라고 단언한다. 그러므로 말로는 커츠를 구제할 수 없이 타락한 인간이 아니라 한 "주목할 만한 인물"로 받아들일 수 있다.

콘래드는 어떤 글에서 "콩고에 가기 전에 나는 그저 짐승과 같은 존재였을 뿐이다."라고 한 적이 있는데, 이는 물론 콩고를 체험하고 나서야 비로소 자기가 참된 인간으로 성장할 수 있었다는 말이다. 『암흑의 핵심』에서는 콘래드의 페르소나인 말로가 아프리카의 오지에서 커츠라는 도덕적 상반자를 만나는 데서 성장의 모멘텀이 비롯된다. 그는 자기자신을 커츠와 동일시하고 커츠의 영혼이 겪은 모험을 그 스스로 간접 체험함으로써 커츠의 도덕적 결함이 곧 자기자신의 결함일지도 모른다는 궁극적 인식에 이른다. 그러므로 그가 콩고에서 겪은 충격적인 악몽도 결국 그의 자기발견을 위한 인식적 충격으로 끝나는 셈이다.

말로는 자기 이야기가 절정을 이루는 대목에서 스스로 성취한 삶에 대한 깨우침을 다음과 같이 요약한다.

> 인생이라는 건 우스꽝스러운 거야. 어떤 부질없는 목적을 위해 무자비한 논리를 불가사의하게 배열해 놓은 게 인생이니까. 우리가 인생에서 희망할 수 있는 최선의 것은 우리 자아에 대한 약간의 앎이지. 그런데 그 앎은 너무 늦게 찾아와서 결국은 지울 수 없는 회한(悔恨)이나 거둬들이게 돼.

대부분의 사람들에게 이 정도의 앎을 성취하는 것은 결코 만만한 일이 아니다. 왜냐하면 말로처럼 길고 험난한 자기 발견의 과정을 진지하게 거치지 않고는 그런 높은 경지의 인식에 좀처럼 이르지 못하기 때문이다.

내가 『암흑의 핵심』을 처음으로 읽으며 대번에 빠져들 수 있었던 것도 바로 위와 같은 대목에 반했기 때문이다. 나는 참으로 오랫동안 문학의 으뜸 기능은 인간이 무지하고 몽매한 상태를 벗어나서 끝내 달성하는 깨우침이나 자기발견 같은 삶의 소중한 가치를 제고하는 데 있다고 믿어 왔다. 그런데, 이제 와서 돌이켜 생각건대, 그런 믿음도 『암흑의 핵심』을 처음 읽던 시절 무렵에 이미 형성되지 않았나 싶다.

영국에서 귀국하기 전에 나는 20여 권이나 되는 결정판 콘래드 전집을 구입했고, 그렇게 시작된 콘래드와의 인연은 그후 여러 해 동안 계속되었다.

부드러움의 미덕

평등주의 허상

모든 동물들은 평등하다. 하지만 어떤 동물은 다른 동물들보다 더 평등하다.

— 조지 오웰, 『동물 농장』에서

벌써 스무 해도 더 지난 일이다. 예순다섯 번째 생일을 맞던 달에 동사무소에서는 은행 계좌번호를 신고하라고 했다. 매달 12,000원씩의 교통비를 입금해 주겠다는 것이었다. 직원에게 소득과 상관없이 모든 늙은이들이 이 돈을 받느냐고 물으니 그렇다고 했다. 그래서 실없는 질문을 던져 보았다.

"그렇다면 정주영 같은 재벌도 이 돈을 받겠네요?"

"그렇겠지요." 퉁명스러운 대답이 돌아왔다.

그달부터는 내가 서울과 경기 일대의 전철을 공짜로 타게 된다는 것을 알고 있었기에 웬 교통비를 따로 줄까 조금은 의아했다. 그래서 사양하고 싶었지만 "네가 뭔데?"라며 빈정대는 소리가 들릴 듯해서 그냥 받기로 했었다.

지방정부가 평등주의라는 미명으로 재벌의 총수와 소득이 없는 늙은이를 가리지 않고 균일하게 교통비를 지급한다면 그것은 허울만 평등주의일 뿐 올바른 평등사상을 능멸하는 짓이다. 가난한 사람에게는 12,

000원이 약간의 도움이 될지 모르나 부자에게는 그 돈이 넓은 백사장의 한 톨 모래알만큼의 가치도 없을 것이다. 그러니 일정한 예산을 평등하게 나눠 줄 것이 아니라 생활이 어려운 사람들을 선별해서 집중적으로 지원하는 것이 적으나마 사회적 불평등을 해소하는 길이다.

사실상의 불평등이 평등주의의 허울을 쓰고 우리 사회에서 만연하기 시작한 지 꽤 오래되었다. 특히 지방자치가 시작된 후에는 중앙정부뿐 아니라 지방정부까지도 이 무분별한 평등주의를 맹목적으로 추구하고 있다. 그 대표적 사례로 학교 급식 문제를 둘러싼 10여 년 전의 소동을 들 수 있다. 민선 교육감이 서울특별시의 초등학교 학생 전원에게 무료 급식을 시행하겠다고 하자 선별적 급식을 원하던 민선 시장은 시장직을 걸고 전면적 무료급식 찬반 여부를 시민 투표에 회부했다. 그때 나는 시장이 무난히 자기 뜻을 관철할 줄 알았다. 하지만 서울 시민들은 교육감의 손을 들어주었고 시장은 시장 자리에서 물러났다. 공짜라면 양잿물도 마다 않고 마시는 게 세상인심 아니던가. 그 시장에게는 눈치랄까 정치적 감각이랄까 하여간 센스가 엔간히도 없었고, 시장의 생각이 옳으므로 투표에서 기필코 이길 것이라 믿었으니 나 또한 너무 나이브했던 셈이다.

이것은 학교 급식을 둘러싼 문제이므로 공교육에서 한 지엽적인 문제에 불과하다. 대학 입학이라는 더 큰 문제가 탁상에 오를 때에도 평등주의는 늘 하나의 훼손될 수 없는 절대적 가치로 군림해 왔다. 내가 대학 입학시험을 보던 1950년대에는 교수 자녀들의 입시 성적에 가산점을 주는 등의 어수룩한 특혜 입학 제도가 있었는데 그 후 얼마 되지 않아 그 제도는 슬그머니 사라졌다. 그러니 소위 기여금을 통한 특례입학제도 같은 것은 그간 운도 떼지 못할 분위기였다. 그러는 사이 평등과 공

부드러움의 미덕

정이라는 절대적 가치를 표방하며 주관적 평가의 여지가 철저히 배제된 '객관적' 시험 성적만을 근거로 합격 여부를 사정하는 원칙이 우리 교육계를 숨 막히게 지배하고 있었다.

하지만 아무리 철통같이 엄격한 제도라 하더라도 어찌 허점이 없을 것인가? 최근 2, 3년간 나라를 몹시 어지럽힌 사건이 다름 아니라 바로 대학 입시를 둘러싼 불공정 시비였다. 대학이나 사회 요로에 줄이 닿아 있는 교활한 세도가들이 전문 학술지 논문의 공저자 명단에 자녀의 이름을 올리거나 여러 기관의 인턴 경력 증명서를 허위로 발급받아 대학 입학 전형이라는 어려운 관문을 수월하게 통과했다는 것이 알려지자 일반 국민이 받은 충격은 컸다. 거의 모든 대입 지망생들을 공정과 평등이라는 허울 좋은 울타리 속에 가두어 놓고 소수의 가진 자들끼리 그런 몰염치한 잔치를 벌이며 회심의 미소를 지었을 테니 가지지 못한 사람들의 공분을 살 만했다.

내가 잘 모르기는 해도 사정 당국에서 마음먹고 들여다본다면 그런 불공정하고 불평등한 사례가 수백, 아니, 수천을 넘을 것이다. 하지만 이른바 전수조사를 하겠다며 그걸 모두 들추다가는 이 나라가 뿌리째 흔들리지 않을까? 그러니 여야를 가리지 않고 모든 정치권에서는 쉬쉬하며 그 문제를 덮어 버렸을 공산이 높다.

이왕 학교 교육에서의 평등 문제 이야기가 나왔으니 말이거니와, 지난 반세기에 걸쳐 우리나라 공교육이 추구해 온 학교 평준화야말로 평등사상이 빚어낸 최대의 성과인 동시에 최악의 문젯거리이기도 하다. 그간 평준화 정책은 교육에서의 평등이라는 높은 이념 아래 시행되어 왔으나 그 과정에 득보다는 실이 더 많았다. 무엇보다도 공교육은 질적으로 상향 평준화되지 못했고 내내 하향 평준화된 끝에 학교 교육에 대한 불신과 지역별·계층별 불평등만 더욱 심화되었다. 그리고 위에서 언급된 편법을 통한 대학 입학 사례도 모두 허울 좋은 학교 평준화 정책의 틈새에서 빚어진 일이다. 이 모두 평등 지향 정책이 빚어낸 불평등이니 세상에 이런 아이러니가 있을까 싶다.

이런 왜곡된 평등주의의 역기능이 우리 교육계만 병들게 한 것은 아니다. 그 병폐는 오랫동안 우리 사회 각계에서 두루 만연했다. 2년 전에 시작되어 지금 3년째 계속되고 있는 코비드-19 역병 사태는 위정자들에게 평등의 이름으로 불평등한 정책을 펼칠 또 하나의 절호의 기회가 되었다. 총선거가 임박하자 중앙정부와 각급 지방정부는 온 국민, 온 도민, 온 시민에게 재난지원금 명목으로 균등한 액수의 돈을 뿌렸고 그 결과를 두고 집권자들이 재미를 보았다며 만족해하는 눈치가 역연했다. 그런데 들리는 소문으로는 이 역병이 만연하는 기간에 가진 자들은 더 많은 것을 챙겼고 가지지 못한 자들의 삶만 몹시 고달파졌다고 하니 그 균등한 재난지원금 뿌리기가 불평등을 조금이나마 해소하기커녕 오히려 심화한 셈이다.

어디 그뿐이랴? 또 하나의 예로, 요즘 세계적 인기를 누리고 있는 한 청소년 가무단 멤버들의 병역의무를 둘러싼 시비를 들 수 있다. 그들이 전 세계에 걸친 명성을 누리며 이른바 한류라는 것을 빛내고 있으니 병역의무를 면제해 주자는 의견이 있으나 평등한 병역의무 원칙에 어긋난다는 주장 때문에 무색해지고 있다. 그렇다. 평등하고 공정한 병역의무 앞에서 그 어떤 특혜가 정당화되거나 용납될 수 있을 것인가.

하지만 적어도 병역의무가 관계되는 한 우리 사회에서 평등주의가 떳떳하게 지켜졌다고 주장할 수는 없다. 다른 모든 것은 제쳐 놓고 국회의 인사청문회 풍경만 지켜보아도 그 점이 분명히 부각된다. 고위직에 올랐거나 오르고 싶어 하는 사람들 본인이나 자식들 중에는 어이하여 병역의무를 질 수 없을 만큼 신체가 부실한 경우가 그리도 많은지 참으로 놀랄 지경이다. 바로 이 대목에서 우리는 공정하지 못한 평등은 진정한 평등이 아니라는 생각을 다시 한 번 다지게 된다.

평등 혹은 평등주의는 모든 정치이념이 표방하는 최고의 가치이고 그 자체로 흠잡을 데가 없다. 그래서 인간은 평등을 원하고 "모든 인간은 평등하게 태어난다."고 외치지만 그 본성이 이기적이고 교활하고 간악해서 평등을 향한 소망을 물거품으로 만든다. 근자에 우리 사회를 크게 흔들었던 사건들이 그 점을 거듭 확인해 준다. 그러므로 평등주의 이념이 궁극적으로 성취하고자 하는 사회는 하나의 유토피아요 허상일 뿐 결코 실현될 수 없다. 참으로 안타까운 일이지만, "어떤 동물은 다른 동물들보다 더 평등하다"는 오웰의 말은 돼지가 지배하는 동물 농장에서만 통하는 우의적(寓意的) 명제가 아니고 우리 인간사회에서도 보편적 진실로 통한다.

참나무가 없고 들국화도 없네
— 횡설수설 (2)

엄마야 누나야 강변 살자
뜰에는 반짝이는 금모래 빛
뒷문 밖에는 갈잎의 노래
엄마야 누나야 강변 살자

참으로 오랫동안 나는 위 시구에 나오는 "갈잎"에 대해 궁금해하지 않
았습니다. 어이하여 갈대가 물가에서 자라지 않고 뒷문 밖에서 사는지
의아하지도 않았습니다. 그러다 약 30년 전쯤 어느 날 한 학과 동료로부
터 김소월의 갈잎은 갈대 잎이 아니고 참나무 잎을 뜻한다는 말을 들었
습니다. 국어사전을 펴 보니, 아니나 다를까, 갈잎은 갈대 잎 이외에 낙
엽이라는 뜻과 떡갈나무 잎이라는 뜻도 있더군요.

그 시절에 나는 산에서 도토리 열매를 맺는 나무를 참나무라고 불렀
고, 잎의 좁고 넓음을 기준으로 기껏 상수리나무와 떡갈나무 정도를 구
별했을 뿐입니다. 그런데 수목도감을 보니 참나무속(Quercus)에는 스무
남은 가지나 되는 참나무들이 있지 않겠습니까. 그 이름들을 훑어보니

부드러움의 미덕

졸참나무, 굴참나무, 물참나무 등의 '-참나무'가 있는가 하면, 떡갈나무. 신갈나무 등의 '-갈나무'도 보였는데 소월의 갈잎은 바로 그런 '-갈나무' 잎이라는 겁니다. 그 밖에도 어쩌려고 '갈'과 '참'을 다 지닌 갈참나무라는 것도 있고 '가시-' 어쩌구 하는 이름의 참나무들도 있네요.

이토록 여러 종의 식물들을 아울러서 범칭하는 이름이 참나무인데 정작 '참나무'라는 고유명사를 가진 특정한 나무는 없습니다. 이는 소나무속(Pinus)의 많은 수종 중에서 Pinus densiflora를 골라 소나무라는 추천명을 붙여 준 것과 대조됩니다. 이 경우 속리산 법주사 길목에서 볼 수 있는 세칭 정이품 소나무 같은 그런 준수한 나무를 소나무속의 주종(主種)으로 받들고 싶은 세간의 정서가 영향을 미쳤을 겁니다. 반면에 참나무들은, 속된 말로 도토리 키재기인지라, 딱히 주종이 될 만한 것을 고르기가 어려웠을 테고요.

비슷한 예로 들국화가 있습니다. 여름철부터 일찌감치 쑥부쟁이들이 눈에 띄기 시작하면 늦가을이 되도록 온갖 종류의 '들국화'들이 꽃을 피웁니다. 꽃은 대체로 설상화(舌狀花)인데 주로 흰색이지만 더러는 노랗거나 불그레하고 푸르스름하기도 합니다. 그 대부분은 국화과(科)의 개미취속(Aster), 쑥부쟁이속(Kalimeris), 개망초속(Erigeron), 국화속(Chrysanthemum)에 속하는데 그 모두를 항간에서는 들에 피는 국화꽃이라는 뜻으로 들국화라 일컫습니다.

그중에서 가장 흔하고 다양한 것은 '-쑥부쟁이'라는 이름을 가진 들국화입니다. 한때는 내가 이 쑥부쟁이들을 일일이 동정(同定)해서 정확한 이름을 알아내려고 끙끙거렸습니다만 요즘은 그런 골치 아픈 짓을 하지 않습니다. 그래서 자신 있게 이름을 댈 수 있는 것이라곤 겨우 미국쑥부쟁이와 까실쑥부쟁이 정도이고 그 나머지는 그냥 쑥부쟁이라고 부르는

데 만족하렵니다. 구절초류도 산구절초니 바위구절초 등으로 세분되는 모양이지만 나는 그냥 구절초라는 이름 하나로 모든 '―구절초'들을 포섭하려고 합니다. 그리고 이제는 산국과 감국의 차이점도 조금은 짐작하지만 모두 산국이라고 부르고 싶습니다. 그런데 이 모든 꽃들의 두루뭉수리 이름으로 들국화를 쓸 수 있으니 얼마나 편리한지 모르겠습니다.

그리고 나리꽃 ―. 나리라는 이름이 더러 참나리의 이명(異名)으로 쓰이기도 한다지만 내가 알기로는 나리나 나리꽃을 추천명으로 가진 특정 식물이 없습니다. 하지만 하늘나리, 말나리, 하늘말나리, 땅나리, 솔나리 등 많은 백합속(Lilium) 식물들의 이름에서 '―나리'는 항렬처럼 편리하게 쓰입니다. 그뿐만 아니라 '―나리'는 백합속에 들지 않는 식물의 이름으로도 더러 쓰이고 있습니다. 뻐꾹나리와 개나리가 그 대표적 식물이지요. 한데 뻐꾹나리로 말하자면 백합속의 일종은 아니지만 백합과라는 보다 넓은 가족의 울타리 속에는 들므로 당당히 '―나리'라는 접미사를 달 수 있겠지만, 호적을 물푸레나무과에 둔 개나리는, 그 참, 무슨 명분으로 나리 가족들 사이에 끼어들었는지 모르겠습니다.

그리고 끝으로 며느리밥풀 ―. 들꽃 탐사의 초심자라면 도감을 사용하다가 색인란에서 며느리밥풀이라는 이름을 찾지 못해 곤혹스러울 수도 있습니다. 그 도감이 부실하기 때문은 아니지요. 현삼과의 며느리밥풀속(Melampyrum)에는 꽃며느리밥풀, 알며느리밥풀, 새며느리밥풀 등등이 있지만 정작 며느리밥풀이라는 종명을 가진 특정 식물이 없기 때문입니다. 도감마다 이 며느리밥풀속 식물들을 몇 개의 종과 변종으로 분류해 두었는데 나는 확실히 구별할 수 있는 새며느리밥풀만 제 이름으로 불러 주고 꽃며느리밥풀과 그 변종들은 그냥 꽃며느리밥풀이라는 이름 속에 아우르기로 했습니다.

부드러움의 미덕

지금까지 살펴본 대로 참나무, 나리(백합), 며느리밥풀 등은 과명(科名)이나 속명(屬名)으로 쓰이지만 특정 식물의 이름으로는 쓰이지 않습니다. 그러므로 도감에만 의지하며 들꽃 탐사를 하는 초심자들은 색인란을 뒤지다가 더러 좌절을 겪을 수도 있습니다. 이런 사정을 고려해서 앞으로는 식물도감 편찬자들이 식물의 종명이나 변종명뿐 아니라 대표적 이명(異名)과 향명(鄕名) 그리고 과명과 속명까지 색인란에 올려 주었으면 좋겠습니다.

기어이 꽃을 피워 열매 맺으리
― 횡설수설 (3)

2021년 올해 시월 들어 첫 산행길은 강원도 백두대간의 선자령이었습니다. 여름철에 말나리, 동자꽃, 금꿩의다리 같은 언제 봐도 반가운 꽃을 보기 위해, 그리고 초가을에는 산비장이, 투구꽃, 구절초 같은 기분 좋은 꽃을 찾아 그 능선 일대를 찾아다닌 적이 여러 차례 있었습니다. 하지만 늘 꽃을 카메라에 담는 데 열중하느라 잿마루까지는 가지 못하고 중도에 되돌아서야 했습니다. 그곳 표고가 해발 1,100미터를 상회하므로 낮은 곳에 비해 일찍 피는 가을꽃들이 이미 다 끝났을 것이라 짐작하면서도 굳이 선자령을 찾아간 것은 오랫동안 그 잿마루가 어떻게 생겼는지 궁금했기 때문입니다.

대관령에서 시작되는 임도의 끝자락에서 숲속으로 들어가니 탐방로가 잘 다듬어져 있었습니다. 하지만 예상한 대로 꽃은 거의 없었습니다. 어쩌다 늦깎이 구절초와 고려엉겅퀴가 눈에 띄었을 뿐 봄철부터 차례차례 피던 그 많은 들꽃들은 보이지 않더군요. 애당초 별 기대 없이 나선 길이었지만 그래도 혹시나 했던 탓인지 은근히 실망감이 들었습니다.

부드러움의 미덕

바로 그때였습니다. 싱싱하게 꽃을 피운 한 떨기 들국화가 눈에 들어오지 않겠습니까. 다가가 보니 벌개미취였습니다. 줄기들의 키가 정상적으로 자란 전초에 비해 어림도 없이 작아서 겨우 한 뼘 남짓했지만 하나같이 튼실한 꽃을 당당하게 받쳐 들고 있었습니다. 그 왜소한 모습이나 범상치 않은 개화 시기를 두고 잠시 의아했으나 이내 의문이 가시더군요. 올해 탐방로가 정비될 때 주변의 관목과 함께 잘려 나간 벌개미취 포기들의 뿌리에서 다시 돋은 줄기들이 다가오는 추위가 무서워 서둘러 꽃을 피우고 있었던 겁니다.

조금 더 들어가니 노란색의 작은 꽃 뭉치 하나가 눈에 들어왔습니다. 쪼그리고 앉아 살펴보니 마타리더군요. 땅바닥에는 깃꼴로 갈라진 작은 잎이 두어 장 보였고 역시 한 뼘가량의 줄기 끝에 꽃들이 매달려 있었는데 그 초라한 행색과는 달리 꽃만은 한 송이 한 송이 모두 건강해 보였습니다.

그리고 조밥나물. ― 정상적으로는 1미터 남짓 자라서 갈라진 위쪽 가지에 많은 꽃이 피지만 그날 그곳에서는 나직하게 자란 두 포기가 각각 한 송이씩의 꽃을 피우고 있었습니다. 미나리아재비도 다시 돋은 작은 뿌리잎이 보였고 나직한 줄기에 대여섯 송이의 꽃이 매달려 있더군요. 톱풀도 몇 포기 보였는데 한 포기만 꽃을 피웠고 두 포기는 잎만 마련했을 뿐 꽃대는 보이지 않았습니다.

이처럼 철이 지났음에도 기를 쓰고 꽃을 피우는 식물의 예는 동네 인근에서도 흔히 볼 수 있습니다. 올가을에 나는 임도 정비나 묘역 벌초 때 잘려 나간 조개나물, 쑥부쟁이, 자주쓴풀, 꽃향유 등이 어렵게 다시 자라 꽃을 피운 것을 여기저기서 보았습니다.

이런 꽃들을 보면 안쓰러우면서도 무척 대견하고 식물에게도 의욕이

랄까 집념이 있지 않을까 싶어집니다. 어처구니없이 훼손된 몸이지만 기어이 다시 자라서 이해가 가기 전에 꽃을 피워 열매를 맺어야겠다는 의지 말입니다. 하지만 이 식물들에게 무슨 자유의지가 있을 수 있을까요. 우주의 힘이랄까 아니면 삼라만상을 지배하는 자연의 섭리 같은 것에 그저 순응하고 있을 테지요.

이 같은 식물들의 결연한 모습이 예사롭지 않게 보이는 것은 오늘날 인간 세상에서 볼 수 있는 사회현상과 유난히 대비되기 때문입니다. 한 가지 사례만 들어 본다면 출산과 관련하여 벌어지고 있는 소동입니다. 인구의 급격한 증가를 우려하며 "둘만 낳아 잘 기르자"는 구호를 외치던 시절이 엊그제 같은데 어느새 그 구호는 사라지고 급격히 떨어진 출산율과 인구 감소가 초미의 사회문제로 되고 말았습니다.

오랜 역사를 통해 인류는 혼인해서 자녀를 가지면서 왜 그렇게 해야 하는지를 따지지 않았습니다. 다시 말해 참으로 오랫동안 인류는 만물의 영장으로 자처하며 자유의지를 특권인 양 누리면서도 이 혼인과 출산이라는 전통으로부터의 일탈만은 좀처럼 꾀하지 않았습니다. 아마도 그 전통이야말로 논란의 여지 없는 자연의 섭리요 필연적으로 답습해야 할 인간의 길일 뿐 개별적 선택에 좌우될 일이 아니라고 여겨졌기 때문일 겁니다. 그래서 설혹 불편하거나 부담스러워도 인간은 그 길을 인륜이요 숙명이라 여기며 걸어왔습니다.

하지만 이 전통은 오늘날 쉽게 배격되거나 적어도 심각하게 외면되고 있습니다. 한 우의적(寓意的) 사례를 들어 보겠습니다. 오늘날 사람들은 장을 볼 때 '씨 없는 수박'과 '씨 없는 포도' 같은 먹기 편한 과일을 선호합니다만, 이런 품종들이 처음 개발되었을 때 아마도 육종학(育種學)이 거둔 획기적 성과 운운하는 칭송을 받았을 겁니다. 사람들은 그런 성

　　　　　　　　　　　　　　　　　　　부드러움의 미덕

과가 자연의 이치와 어긋나지 않느냐는 물음을 던지지 않았고 그 문제에 대한 진지한 성찰을 외면했을 것입니다. 오히려, 비록 보편적 사회현상은 아니었겠지만, 그런 씨 없음의 편의를 개인의 생활 속에서까지 자유로이 구현하려 했습니다. 이런 새로운 사회적 경향은 이른바 인류세(人類世, anthropocene)를 맞아 인간 스스로 마치 우주의 주역이라도 된 양 무모하고 오만하게 행세하며 자연을 경외와 존중의 대상으로 삼지 않고 개발과 수탈의 대상으로만 대하는 것과 상관 있을 것입니다.

하지만 우주를 지배하는 원리라는 대범한 콘텍스트에서 본다면 인류는 만물의 영장이 아니고 독존(獨存)하는 위치에 있지도 않으며 삼라만상의 일부일 뿐입니다. 다시 말해, 인류(Homo sapiens)는 이 우주에서 따로 특권을 누리는 별종이 아니요 참나리(Lilium lancifolium), 호랑나비(Papilo xuthus) 또는 뻐꾸기(Cuculus canorus) 같은 무수한 생물체들과 더불어 이 대자연의 일부를 이루고 있습니다. 다시 말해 인간은 천지를 지배한다는 분의 은총으로 특별히 창조된 것이 아니고 어떤 불가해한 힘에서 기원하여 진화해 온 뭇 생명체 중의 한 종에 불과합니다.

오늘날 우리 주변에서는 생물학적 다양성의 보전이라는 거대 담론이 꾸준히 이루어지고 있습니다. 그 일환에서 멸종 위기에 처해 있는 개별 동식물의 안위를 두고 우리는 시끄럽게 떠들지만 정작 한 생물학적 존재로서의 인류 자체가 장차 처하게 될지도 모르는 존망의 위기에 대해서는 성찰을 소홀히 하고 있지 않나 싶습니다. 이런 사정 때문인지 선자령의 탐방로 주변에서 역경에도 불구하고 꽃을 피워 열매를 맺으려고 안간힘 쓰는 그 초라한 행색의 식물들이 예사롭게 보이지 않았습니다.

생강나무와 얼레지에 밴 사연
― 횡설수설 (7)

나는 생강나무 꽃을 보면 얼른 카메라를 끄집어냅니다. 첫봄에 피는 꽃이기에 반가워서가 아닙니다. 꽃이 유달리 매혹적이거나 향기롭기 때문도 물론 아닙니다. 그 꽃에 개인적인 사연이 배어 있기 때문입니다.

오래전에, 그러니까 1980년대의 어느 해 한식 철에 나는 충북 영동군 황간면에 있는 선산들을 둘러보다가 인근에 흐르는 강 건너편에 우뚝 솟아 있는 월류봉(月留峰)의 수려한 경관을 바라보게 되었습니다. 암벽 근처 여기저기에 노란 꽃이 보였는데 개나리가 그런 곳에 있을 리 없으니 아마도 산수유가 만개해 있나 보다고 여겼습니다. 마침 곁에 동네 어르신으로 보이는 분이 서 있기에 심심풀이 삼아 말을 걸어 보았습니다.

"저 노란 꽃은 아마 산수유겠지요?"

"아입니다. 여기 사람들은 저걸 동백이라카는데요."

그 순간 머릿속에서 섬광이 번쩍하며 침침했던 한쪽 구석이 환해지는 기분이었습니다. 김유정의 명품 단편소설 「동백꽃」에서 알싸한 향기로 산골 처녀 점순이의 춘정을 자극한 동백꽃은 어이하여 색깔이 빨갛지 않고 노랄까 하는 의문을 나는 오랫동안 품고 있었는데 그 의문이 순식간에 해소되었거든요.

이른 봄에 관악 캠퍼스 주변의 계곡 여기저기서 내 눈에 산수유나무로 보이던 관목들이 다름 아니라 바로 김유정의 동백나무였던 겁니다. 그 노란 꽃의 향내를 맡아보니 「동백꽃」의 작가가 허튼소리를 하지는 않았구나 싶었습니다. 그후 이내 나는 그 나무의 추천명이 생강나무라는 것도 알게 되었고요.

강원도 강릉 지방에서 생강나무를 산동백이라고 부른다는 사실을 일러 준 사람은 같은 대학 동료였던 모산(茅山) 이익섭(李翊燮) 교수였습니다. 어느 날 그는 일삼아 야생의 생강나무 꽃과 캠퍼스에 재식된 산수유 꽃을 한 꼭지씩 꺾어 와서 나에게 그 형태상의 차이점을 짚어 주었습니다. 그 무렵 식물에 대한 지식이 나보다 한 수 위였던 모산은 고들빼기와 씀바귀의 차이를 말해 준 적도 있습니다.

어느 날 나는 오대산 등산길에 적멸보궁 주변에서 본 한 예쁜 꽃의 이름을 모산에게 물어보았습니다. 그 꽃의 생김새와 색깔을 언설(言舌)로 설명했을 뿐인데 내 말을 귀담아들었는지 이튿날 그는 내 앞에 인화된 꽃 사진 한 장을 내밀며 이 꽃이냐고 물었습니다. 살펴보니 내가 말했던 바로 그 꽃이었습니다. 모산은 꽃이 예뻐서 사진을 찍어 두긴 했으나 자기도 그 이름은 모른다고 했습니다.

그 일을 계기로 나는 난생처음 식물도감이라는 것을 한 권 사게 되었고 그 꽃이 얼레지라는 것을 어렵사리 알아냈습니다. 나는 무슨 큰 발견이라도 한 것처럼 기고만장하게 그 이름을 모산에게 알려 주었지요. 이처럼 얼레지 꽃도 생강나무 꽃처럼 사사로운 사연을 띠고 있기 때문에 나에게는 아주 특별합니다. 그래서 그런지 언제 어디서 만나든 충동적으로 카메라를 끄집어냅니다.

　이 두 가지 꽃 덕분에 들꽃에 대한 내 평소의 관심도 깊어졌습니다. 하지만 내가 카메라를 들고 다니기 시작한 것은 그때부터 다시 10여 년 세월이 흐르고 나서 디지털 카메라가 등장하고 뒤이어 내가 교직에서 퇴임했을 때였습니다. 그때까지 나는 산행 중에 만난 꽃을 기억 속에 담아 오는 수밖에 없었습니다. 그러므로 등산을 한 날 저녁이면 낮에 보았던 식물의 이름을 알아내기 위해 밤이 이슥하도록 기억을 더듬으며 도감과 씨름을 해야 했고요.

　더러는 식물도감 한 권을 아예 배낭에 챙겨 넣고 산행에 나서는 날도 있었습니다. 하지만 처음 보는 식물의 이름을 잘못 동정해서 기록하는 일이 비일비재했지요. 대표적 사례로는 윤판나물을 용둥굴레라고 여겼다든지 산사나무 꽃을 팥배나무 꽃이라고 잘못 기록했던 일입니다. 하지만 요즘 같은 들꽃 전문 사이트가 없었고 식물도감마저 너무 허술하던 시절이었으니 내 부실한 기억력이나 감별력만을 탓할 수는 없습니다. 오히려, 이제 와 돌이켜 보건대, 그 모든 크고 작은 오류들이 나에게는 어이없는 실수가 아니라 자못 흐뭇한 추억거리로 되어 남아 있습니다.

이 상 일

수필거리 찾기 | 한국발 창작발레 〈인어공주〉의 설화 담론 |
70년대 한국 창작무용 사조의 형성기

수필거리 찾기

    수필은 쉽게 읽힌다는 편견이 있다. 그런 편견 가운데는 수필을 신변잡기라고 하는 생각도 있다. 그래서 수필은 쉬운 글쓰기라고 생각하기 쉽다. 내가 바로 수필을 그런 글쓰기 장르에다 가두어 놓고 수필 문학 장르를 받아들이지 못했다.

    그런 오만 때문에 그 쉬운 수필집 한 권 챙기지 못했다. 몇 권의 책들을 출판해 봤지만 그렇게 쉽게 생각했던 수필집 한 권 없다면 나에게는 쉽사리 읽힐 수 있는 글쓰기 재능이 없다는 것이 아닐까.

    나의 일기나 편지 같은 사적인 글쓰기에서 개인적인 신변잡기를 훑어 보려던 친구들도 좀 놀란다 — 너만큼 책을 냈으면 그런 가운데 수필집 한 권쯤은 있어야지 — 어지간히 글쓰기 까다롭게 굴어서 글 내용이 꽤나 어려운가 보다 — 라는 시선을 느끼면 글쓰기도 재능이라서 차라리 추상적이거나 관념적인 글쓰기는 쉬운데 손쉬운 신변잡기 글쓰기가 더 쓰기 어렵더라고 나는 정색을 하고 고백한다,

    나의 글쓰기는 시 쓰기에서 시작하였다. 진주 개천예술제에서 장원한

덕에 대학 친구들은 내가 시인이 될 거라고들 믿고 있었다. 서울대학 문리대 문학회에서 동인회 활동도 했다. 그래서 내 글쓰기에는 서정시적인 분식(扮飾)이 과한 줄 나 자신 잘 알고 있다. 대학 시절에 니체에 빠져서 차라투스트라 시문(詩文) 흉내를 내다가 철학적 관념론으로 논문 작성에 몰두하기도 했다. 그렇게 글쓰기가 굳어져 갔다. 그만한 문재(文才)들이 없어서도 아닐 텐데 철학하는 친구들이 내 글재주를 많이 부러워했다. ─그러니까 70년 전의 까마득한 옛일이다. 그렇게 길들여진 글쓰기는 쉽게 고쳐지지도 않은 채 니체 시 분석이 석사학위 논문으로 통과되었다. 우리 문단이나 철학계가 엉겁결에 받아준 너무 이른 시론이었는데 그야말로 시적 관념론이 차고 넘치는 치기분분한 글쓰기 내용이었다. 그런 글쓰기로 굳어진 문체를 가지고 공연평론을 한다고 덤볐으니 그런 논평 수준이야 가히 짐작할 만한 것이 아닐까.

나이 들면서 생각도 좀 현실적으로 돌아오고 이념이나 이론, 관념론만으로는 순수할는지는 몰라도 현실적인 해결책에 도움이 안 되겠다는 만각(晩覺)도 들고 늦은 스위스 유학 시절 배운 사회과학적 '참여 관찰 방법'과 필드워크 덕분에 나의 관념론적 글쓰기도 많이 구체적·분석적으로 바뀌었다. 그래도 주변에서는 내 글이 어렵다고들 한다.

대학에서 정년퇴직하고 난 다음 학문이나 철학이나 평론 같은 것만 가지고 세상을 바꿀 수 없다는 관념론의 한계를 뼈저리게 느끼며 나는 실시학(實是學)의 비중을 높이 평가하게 되었다. 심경이 좀 바뀌자 신변잡기라고 해도 쉽게 읽힐 수 있어서 나쁠 것이 없다는 생각과 함께 수필 글쓰기를 다시 고쳐 보게 되었다. 어렵게 머리를 굴리며 내용을 살피기 전에 쉽게 내용에 끌려 들어가게 하는 글재주가 훨씬 더 나아 보인다. 나에게는 없는 재능이라서 더 나아 보이는 것일까.

부드러움의 미덕

주변 친구들, 이웃들, 친지들, 동료들, 가족들, 고인(故人)들의 글에서, 그들의 일화나 경험담에서 쉽게 감동하는 나 자신은 그러고 보면 그렇게 시적 관념론적 성격이 아닐지도 모른다. 새삼스럽게 남의 전공이나 삶의 이야기나 체험담 듣기를 좋아하게 된 나 자신의 변화가 어른스럽게 느껴질 지경이다. 말하자면 남의 체험이나 감명이 나에게 감정이입이 되기 시작한 것이고 실전의 보도(寶刀)가 되었던 '낯설게 하기 수법'의 이화(異化) 효과가 이제 나를 바꾸는 보배로운 칼이 된 것이다. 남의, 혹은 나의 신변잡기조차 새롭게 보이기 시작하고 새로 해석되고 새로 읽히기 시작한다.

그렇게 나는 수필거리를 찾아 나서기로 하였다. 도이치 문학 전공, 공연예술 평론 분야 관념 놀이에 지쳐서 참신한 수필거리가 뭐 없을까 두리번거리다 보니 이미 수필 동인지들이 많이 눈에 띈다. 수필 문학 강좌를 열어 인기를 모은 선생도 있다. 그런 강좌가 있는 줄도 모르고 수필을 가르치는 교수가 있는 줄도 모르던 나는 분명 시대를 너무 앞서갔던 이념과 철학과 시문학의 세대임이 분명하다. 아니면 뒤처진 세대인가 — 그런 세대는 신화 전설의 환상 세대, 종교의 편협 세대, 이데올로기의 집념 세대라서 소재와 대상 자체가 다를 수밖에 없다. 그러니 따로 수필거리를 찾아야 한다. 그리고 그 소재와 대상은 신변에서 시작하고 잡기(雜記)에서 출발한다. 누가 한 소린지 몰라도 수필은 신변잡기에서 비롯된다니 나도 내 목소리, 내 버릇, 내 취미, 내 글쓰기부터 시작하는 것이 옳다.

내 목소리는 잡스런 데가 없으므로 수필감이 되지 않는다. 버릇은 고약한 게 많아서 잡기감이다. 취미도 사람마다 다르니까 쓸 만하다. 아침에 일어나 저녁에 잘 때까지 나의 움직임은 다른 누구와도 다를 테니까 그 일부를 다루더라도 신변잡기의 소재가 되겠고 수필의 소재가 되겠다. 거기에 곁들여 그때그때의 소감을 적으면 수필의 매수를 채울 수 있겠다.

그렇게 나의 수필거리 찾기는 소재와 대상을 찾아 신변잡기를 완성할 수 있을 것 같다. 아직 자신은 없지만 방향이 잡혔으니 나의 수필 글쓰기가 이제부터 시작될 것이다.

부드러움의 미덕

한국발 창작발레 〈인어공주〉의
설화 담론

2001년에 초연된 한국발 김선희 안무의 창작발레 〈인어공주〉가 20년이 지나는 동안 해외 유수 극장 초청으로 큰 호평을 받고 영상이 추가로 업그레이드되어 8월 싱가포르 초청 공연 다음, 발레의 본고장 러시아를 향하고 있다. 첫 한국발 창작발레 〈인어공주〉 김선희 버전의 성공 예고(『몸』 2002년 1월호)가 실현되어 나가고 있는 현실을 배경으로 〈인어공주〉의 설화적 담론을 살펴본다.

인어는 상상의 동물이다. 실재하지 않는 짐승을 그려 놓고 상징과 해석의 여지를 남겨 놓는 인간의 상상력은 위대하다. 그런 상상력으로 탄생한 진귀한 동물들이 용(龍)이며 봉황(鳳凰)이며 일각수(一角獸) 같은 것이다.

중국 고대의 지리지(地理誌)라 할까, 박물지(博物誌)인 『산해경(山海經)』에 '인어(人魚)' 항목이 나온다. 태행산 동북에 용후산이 있고 결결수가 황하로 흘러 들어가는데 거기에 인어가 많다고 기록되어 있다. 네 다리가 달린 메기 같은 인어의 울음소리가 애기 울음 같고 겉모습은 아름답지 않지만 고기는 치매에 유효하다고 전한다.

인어의 울음소리가 애기 울음소리 같다면 상상의 인어는 처음부터 목소리나 노랫소리와 유관되어 보인다. 그리스 신화의 오디세우스가 트로이전쟁을 끝내고 고국으로 돌아가는 항해길에 겪는 모험 가운데 세이렌의 고혹적인 노랫소리를 직접 듣기 위해 뱃사람들의 귀를 귀마개로 틀어막고 자기는 기둥에 꽁꽁 묶여 발버둥 치며 죽음 같은 유혹의 노랫소리를 이겨 내는 대목은 압권이다. 세이렌은 원래 반신반조(半身半鳥)의 여신으로 뮤즈 여신(女神)과 재주를 겨루었다가 바다로 쫓겨 물의 정령이 되었다는 내력이 있다. 지나가는 뱃사공들의 넋을 뺏는 고운 노랫소리로 그들을 격랑의 소용돌이로 몰아넣는다고 전해지는 세이렌은 상상의 세계에서 어느 사이에 반사람, 반물고기 인어로 탈바꿈되었다.

이탈리아 해안 기슭의 섬을 점거했던 세이렌의 후예는 중부 유럽 독일의 라인강을 따라 로렐라이 언덕에 터를 잡는다. 서정시인 하이네의 노랫말은 까닭 없이 슬프다. 그런 센티멘털리즘에 빠져 있다가 지나가는 뱃사공들은 인어의 고혹적인 노래인 줄도 모른 채 소용돌이 치는 강물에 제물이 되고 만다.

로렐라이의 인어 — 아름다운 상반신에 하반신은 물고기 꼬리로 라인강을 헤엄치며 오르내리던 그녀는 이제 중국 『산해경』에 나오는 옛 메기류(類)의 인어가 아니다. 아름다운 모습의 상반신은 날렵한 처녀의 자태이고 하반신은 물고기로 상상되는 반신반수(半身半獸)의 인어는 긴 머리카락에 빗과 거울을 손에 들고 몸치장을 한다. 사람 반, 물고기 반으로 그려지는 이 비현실적 존재는 그 자체로 신비롭고 낭만적이고 신화(神話)스럽다. 그러고 보면 그리스 신화 자체가 반신반수의 스핑크스 이야기에서 시작하여, 사람과 말의 켄타우로스, 사람과 황소의 미노타우로스, 그리고 미궁(迷宮) 라비린토스 이야기로 이어지는 계보(系譜)가 아닌가.

매혹적인 아름다운 노래로 위험한 수로(水路)를 지키고 있는 인어(人魚)는 신비한 반쪽 사람, 아니면 반쪽 동물 — 고대의 인지 발달 과정에 용맹스러운 사자나 호랑이 같은 동물과 힘센 짐승, 꾀 많은 여우, 뱀 등 자연의 동물들은 그들의 장점과 특기를 반반씩 섞은 괴이(怪異)와 요괴(妖怪) 이야기로 고대인들의 상상력을 키워 나갔다 — 그런 이론을 설화 연구 분야에서는 신의 시현(示顯, die Epiphanie)(O. Tobler) 과정이라고 부른다. 동물이 초월적인 신성한 신의 모습으로 성장해 간다는 이론이다. 어쩌면 '동물 숭배'는 반신반수 상태에서 사람을 닮은 신의 단계로 옮겨 앉는 과정에 인어도 상반신 인간, 하반신 물고기 동물로 정착되어 갔을 것이다. 상상의 세계에서 성장해서 감정이입(感情移入) 끝에 우리의 정서에 정착된 것이 노래하는 아름다운 인어일지도 모른다.

안데르센의 창작동화 「인어공주」는 용왕의 아름다운 딸이었다. 한국발 김선희 버전의 창작발레 〈인어공주〉는 산호 피리를 부는 사랑의 천사다. 난파한 왕자를 구하고 사랑에 빠진 인어공주는 타고난 고혹적인 노래와 산호 피리 소리를 제물로 바치고 천성(天性)의 인어 꼬리를 날씬한 두 다리로 바꾸는 마법의 힘을 빌린다. 그 결과 그녀는 아름다운 목소리를 버리고 날씬한 두 다리의 처녀로 변신한다.

발레는 바다의 물결을 가르기도 하고 하늘을 날기도 하며 잠시 하늘에 머물기도 한다. 발레예술은 목소리보다는 물을 가르고 하늘을 나는 사지(四肢)의 예술이다. 그래서 인어공주는 〈발레공주〉가 되어야 그게 정상 궤도(軌道)이다.

다시 인어 모습으로 돌아가기 위해서는 인어 다리, 하반신 대신에 목소리, 아름다운 산호 피리가 물방울이 되어 사라져야 한다. 그래야 인어 공주의 숙명적 비극은 끝이 난다.

— 그런 줄거리가 서양식 인어 이야기보다 독창적인 한국발 김선희 버전 〈인어공주〉의 주제(主題)일 수밖에 없다. 그런 라이트 모티브를 담은 음악에 바닷속 환상적 용궁 잔치에서 여러 가지 볼거리를 제공하는 디베르티스망 양식의 거북, 문어, 새우, 꽃게, 불가사리, 해마 등의 군무는 발레 기조(基調)의 동양적 한국적인 화사한 형상(形象)이다.

15세기 말 신대륙 발견을 위해 카리브 해안을 더듬으며 아메리카 대륙에 닻을 내린 콜럼버스는 1493년 1월 9일자 항해일지에 그런 반신반수의 비현실적 존재를, 허상과 실상으로 리얼하게 갈라 기록으로 남겨놓았다 — '선장이 세 마리의 인어가 물 위로 헤엄치는 것을 보았다지만 그림처럼 그렇게 아름답지는 않고 겨우 사람 비슷한 몰골이었다'고 — 이 기록으로 보면 콜럼버스 자신이 직접 살아 있는 인어를 본 것 같지는 않다.

그러나 카리브 바닷가, 브라질의 크리스토발 어촌 일각에는 오늘날까지 '예만자'라 불려지는 '인어축제일'이 유명한 브라질 카니발과 겹쳐 벌어지기도 한단다. 사람의 상반신에 하얀 살결과 긴 금발 — 빗과 거울을 든 인어상은 꽃으로 장식된 예만자 — 현지인들이 풍어와 해상 안전을 비는 이 여신은 동시에 성모 마리아 상(像)이기도 하다. 숨은 이야기로는 이곳으로 끌려왔던 아프리카 노예들, 그리고 스페인 침략자들에게 멸족된 카리브 연안 원주민들의 전통적 토속신이 기독교, 특히 가톨릭 성자들에 대한 신앙과 습합되었다는 구전(口傳)도 있다.

콜럼버스의 카리브 연안의 인어 기록은 실재하는 바다동물 '마나티'
라는 해우류(海牛類)로 분류될는지도 모른다. 동남아에 분포되어 있는
'듀공'과 비슷하다는 주장도 있다. 듀공은 사람과 비슷하게 새끼에게 수
유하는 것으로 알려져 있다.

마나티 인어는 귀염성은 있을지 몰라도 도무지 아름답다고 할 수는
없어서 19세기의 박물학자 F. 버클랜드가 '내가 만약 숫인어라면 한눈
에 암인어에 반해 버리는 사람 숫놈 심보를 헤아리지 못 하겠다'고 빈정
댄 속내를 알 만도 하다.

고대의 낯선 지리지(地理誌)나 자연지(自然誌)에 나오는 미지의 땅과 낯
선 사람들, 그리고 이방(異邦)의 동식물들은 낯선 만큼 괴이할 수도 있
다. 그런 단편적인 지식으로 고대 로마 플리니우스(Plinius der Aeltere)의 박
물지 『자연사(Naturgeschichte)』에는 전투를 위해 오른쪽 젖가슴을 도려낸
호전적인 아마존 여인도 나오고, 발이 거꾸로 붙은 안티포데스, 머리
가 없고 가슴에 얼굴이 붙어 있는 블레미아이 종족도 나온다. 이 종족은
『산해경』의 형천(形天)과 거의 같다. 도교의 황제와 형천이 싸워 형천의
머리를 베어 땅에 묻었더니 형천의 가슴이 눈이 되고 배꼽은 입이 되었
다. 몸 자체가 얼굴이 된 셈이다. 그렇게 인류의 지혜는 상상력으로 발
전된 것일까.

미지와 무지가 기이(奇異)를 낳고 기이와 괴이의 동물 모습은 길조(吉
兆)이자 흉조(凶兆)나 경고의 뜻이 강했다. 괴물을 뜻하는 monster도 흉
조, 경고의 뜻을 지닌 라틴어 monstrum에서 유래된 것이다.

일반적으로 괴이니 기이니 하는 것들은 상상력의 산물이다. 한 줌의
팩트나 기억이나 전통을 바탕으로 인간이 지닌 불안이나 공포심이 투영

되어 성립된 일종의 상징인 것이다. 성군이 날 징조로 용이 하늘로 오르고 하얀 새나 짐승이 서수(瑞獸)라고 왕궁에 바쳐지기도 하는가 하면 나라가 망할 때가 되면 괴이하고 기형적인 동물이 나타나기도 한다.

인간의 이성과 과학정신의 발달에 따라 생물학적 괴나 기이나 기형(畸形)은 사라지고 진화생물학적 체계에 따라 고대나 중세적 미신, 신비주의적 상상력은 예술적으로 디자인된다. 그래서 전 세계 지구촌의 용, 드래곤, 동남아의 그리폰, 일각수, 그리고 인어나 천사, 악마가 사라지기 시작한 것도 이제 겨우 1백여 년밖에 되지 않는다.

인어도 그렇게 태어나서 그렇게 살다가 사라졌을까. 바다와 강물의 미녀, 아름다운 노랫소리 ― 해서 우리는 처음부터 매혹적인 인어에 대한 상상으로, 그 다리는 얼마나 날씬했을까. 살아 있는 물고기의 꼬리가 활력을 집약시키듯 그 꼬리의 변형인 각선미는 그대로 하늘을 차고 회전하는 무용 ― 발레의 미학을 생체로 표현하는 극점(劇點)이었을지 모른다고 그렇게 다시 한번 상상력의 창의성을 펴 보고 싶어 한다.

(2022.8.16.)

70년대 한국 창작무용 사조의 형성기

— 창무회 회고전 〈도르래〉와 〈소리사위〉

공동 안무, 공동 출연 형식의 기척

〈한국 창작춤 1978년, 우리는 이렇게!〉(2022.5.19. 두리춤터 Black Box) 공연에서 재연되고 재현된 한국창작무용연구회, 약칭 창무회의 작품 〈도르래〉와 〈소리사위〉 일부 영상은 기적적이었다. 45년 전의 작품 재연을 위해 재집결한 창무회 1세대 임학선, 윤덕경, 임현선, 최은희, 이노연, 이애현은 1978년 당시 이화대학 한국무용 전공의 대학, 대학원 졸업생, 아니면 대학 재학 중이었다. 젊은 그들이 한국창작무용연구회 활동을 통해 한국 '현대' 무용사에 길이 남을 '창작무용' 사조의 유행 길목을 텄던 것이다.

그런 회고 전에 50년의 연공을 갈고닦은 당사자들이 각자의 무용세계를 속으로 간직한 채 〈도르래〉라는 작품 하나를 위해 합심한 공동 안무, 공동 출연 형식은 기적적이다. 그러니까 1978년 〈도르래〉나 〈소리사위〉의 미숙한 젊음과 열정의 방향 모색보다 재연, 재현된 작품이 훨씬 더 원숙해지고 작품으로서의 전달력과 호소력이 강해질 수밖에 없다.

최근의 시들해져 버린 창작춤에 비해 작품으로서 원숙한 '창작무용'(나는 우리말이 된 한자어 '창작'에 고유한 우리말 '춤' 자를 붙이기보다 그대로 '창작무용'이라는 표현을 쓰는 것이 자연스럽다고 생각한다) 〈도르래〉는 회고전의 유물이 아니라 글자 그대로 현재의 창작무용, 그것도 수작(秀作)으로 평가될 만하다. 광목 소재의 한복과 끈으로 연결된 삶과 죽음, 혹은 인연을 묶는 도르래의 굴신(屈伸)을 서정과 구도(構圖)로 형상화시킨 이 작품은 영상으로 연계시킨 잡다한 소리의 움직임을 만든 〈소리사위〉의 현대적 감각과 함께 그들의 문화적 환경으로 발현(發顯)된 것이다.[1] 이런 젊은 의식과 방향 모색은 한국무용에서 모자라는 무용의 지적 작용, 말하자면 동양미학의 관념 세계를 찌르는 새로운 춤의 문법으로 읽힐 만하다.

그런 차원에서 도입부의 전통무용을 제쳐 놓고 나는 창작무용 두 편의 기적적 회고전 원점 당시의 평론가들이 보인 반응에 관심을 갖는다.[2]

70년대 두 세대의 겹침 현상과 창작무용 세대의 주체

그런 젊은 무용 세대의 움직임의 원점, 1978년 제1회 창무회 무용 발표 당시 상황은 좀 엇갈린다. 한국무용연구회, 약칭 창무회가 발족된 것은 1976년. 당시 1970년대는 한국 현대 무용사의 관점으로 봐서 중대한 전환기다. 국가 문화정책이 수립 공포되고 문화부 관료 행정직이 예술

---

1 이 부분에 대해서는 성기숙, 「한국창작춤의 기원, 역사 재발견」, 『서울문화투데이』, 2022.6.9. 참조.

2 이순열, 「고정관념의 타파, 돌연변이」(『서울신문』, 1981.4.9.); 채희완, 「고정관념의 파괴, 새로운 한국무용시대를 담당할 세력 운운」(『춤』, 1981.5.).

영역 현장에 깊이 개입한다. 무용의 해, 대한민국 무용제의 개최, 창작 무용 대극장 수렴… 거기에 대학무용과의 확대 설립과 전문 무용수들의 많은 배출, 대학 기반의 동인 무용단들의 창립, 거기에다 무용과 교수세 (勢)와 무용학원장들이 지켜 온 개화기 이래의 신무용 세대 간의 잠재적 갈등도 무시할 수 없다. 한편 한국무용계는 조직적으로 무용협회, 무용 학회 등으로 현대화된다.

창작무용 사조의 출발과 발전을 엮기 전에 간략한 신무용 사조를 빼 놓고 넘어갈 수 없다 — 개화기 이후 1921년 러시아 학생음악대의 국내 방문에 선보였다는 발레와 1926년 일본 이시이 바쿠의 서울공회당 일본 신무용 공연, 최승희의 이시이 문하생 도일로 한국 무용계에 '신무용'이 라는 표현이 회자된다. 전통무용과 민속무용에 외국무용 양식을 도입한 한국의 신무용은 최승희, 조택원 등 신무용 1세대들에 의해 짤막한 전 통춤과 민속무용 프로그램의 창작무용을 만들어 낸다. 그들의 신무용은 해방 전후 그리고 동족상잔의 혼란기를 거치며 김백봉, 문일지, 김현자, 김매자, 배정혜, 조흥동, 국수호, 최현 등으로 세대 교체되며 70년대로 이어진다. 그런 가운데 각 대학의 무용과 출신들에 의한 젊은 제자 세대 들과의 혼재와 복합이 이루어진다. 무용 양식에 있어서 신무용 스타일 과 창작무용 스타일이 뒤섞이며 신무용 세대와 신진 창작무용 세대 간 의 '춤의 결'이 달라진다.

신무용과 신무용 세대의 '창작무용'도 생기고 신진 창작무용 세대의 '창작무용'이 혼재 복합기를 이루는 시대가 1970년도쯤이다. 두 세대 간 의 겹침 현상이 나타나고 '창작무용'이라는 개념에도 혼선이 빚어진다. 그런 가운데 신진 창작무용 세대에서 1975년 이대 출신 현대무용 동인 집단이 집결해서 컨템퍼러리 무용단을 만들고 그 신진 창작무용 세대에서 김복희 · 김화숙 현대무용단이 선배 세대로부터 독립되어 나온다. 뒤이어 다음 해 1976년 이대 출신 한국무용 전문 무용수들이 한국창작무용연구회, 약칭 창무회를 조직 구성한다. 신무용 세대에 비해 창무회 세대들은 대학에서 배운 만큼 의식과 방향이 뚜렷했고 방법론의 모색이 두드러진다.[3]

그리고 제1회 창무회 무용발표회는 1978년. 그때 발표된 창작무용은 (빌려 쓴 남성 팀의 〈함〉 등, 그리고 1부에 시연된 전통무용을 제쳐 두면) 최은희의 〈이 한송이 피어남에〉, 이노연의 〈초신〉, 임학선 · 임현선의 〈거미줄〉이 창무회의 첫 한국창작 무용 첫 작품들이었다.

통틀어 학생무용발표회 이상도 이하도 아닌 것이 기사화된 것은 기자 눈에 뭔가 새로운 움직임이 감지된 탓일지도 모른다.[4] 제1회 무용발표회에서 기대한 만큼의 반응을 얻어 내지 못했다고 생각한 창무회는 그들대로의 토론과 연구 끝에 공동 안무/공동 출연 작품으로 〈도르래〉와 〈소리사위〉를 1981년 창무회 제2회 무용발표회장에서 선보여 비로소 공적인 평론가들의 논평 대상으로 떠오른다.[5]

사조 주체의 독립과 성장, 그리고 사조의 형해화(形骸化)

창작무용연구회의 초기 멤버들 가운데 1981년 〈도르래〉와 〈소리사위〉 출연자들은 임학선, 임현선, 최은희, 이노연, 김명희, 황인주였고

---

3 이 부문에 대해서는 『창무회』 창간호, 1983 참조.

4 구희서의 『뿌리 깊은 나무』, 1978. 9.

5 이순열, 앞의 글; 채희완 앞의 글, 김태원 춤비평 『공연과 리뷰』 108호(2021) 참조.

〈한국 창작춤 1978, 우리는 이렇게!〉 회고전 〈도르래〉에는 임학선, 윤덕경, 임현선, 최은희, 이노연, 이애현이 출연했다. 동시 공연작이었던 〈소리사위〉는 임학선, 윤덕경, 임현선, 최은희, 이노연 외 총 11명, 마찬가지로 공동 안무, 출연이다. 이때만 해도 창무회의 주체는 이대 한국무용 전공 졸업생 동인 집단 체제였던 것이 틀림없다. 그런데 2022년의 현 시점으로 봐서 창무회 대표는 초창기의 지도교수였던 김매자로 되어 있다. 한국창작무용연구회, 약칭 창무회가 이대 한국무용과 출신의 전문무용수 동인 집단으로 출발했다면 지도교수는 어디까지나 방계(傍系)인 선배나 선생에 지나지 않는다. 따라서 창무회 집단 동인일 수는 없다. 김매자는 1988년 창무회 예술감독으로 취임, 이때부터 창무회는 젊은 동인 집단 창무회와 지도교수 및 예술감독 휘하의 창무회로 분화하는 양상을 띠게 되었다.

신무용 세대의 창작무용과 각 대학 무용과 출신들의 창작무용 공연이 일반화되고 '창작무용' 사조가 보편화된 1980년대, 김매자는 처음으로 무용전용소극장을 운영했고 한국무용 위주의 국제 페스티벌을 운영하며 창무회 이름을 유지 계승하고 있다. 그렇게 됨으로써 창무회, 한국창작무용연구회는 초기와 후기로 갈라지게 되었고 이번 회고전 〈한국 창작춤 1978, 우리는 이렇게!〉 공연을 통해 '창무이즘'으로 확대된 김매자 창무회의 이데올로기에 제동이 걸릴 수밖에 없게 되었다.

사조는 부침하면서 역사가 되고 무용으로 말하면 무용사로 기록될 뿐이다. 사조의 주체들은 젊은 정열로 시대에 반항하고 사회에 저항하며 그들의 꿈과 비전을 펼치려고 하는 사이 그들은 성장하고 독립되어 나간다. 주체들이 떠나고 난 다음 그 사조는 껍데기만 남는다. 이른바 사조의 형해화(形骸化)다.

얼마나 많은 열매들이 맺히느냐가 그 예술사조의 위대함이다. 신무용 사조는 지나갔다. 창작무용 사조도 지나갔다. 아닌가? 아직도 머물러 있는가? 30년, 50년 머물러 있는 사조는 헛것이다. 껍데기다. 진실한 무용예술의 아바타일 뿐이다.

내가 보기에 앞으로 성장할 사조의 나무는 무용 원천에서 뿌리를 내린 동서 무용 기원의 현대화, 아니면 함께 어우러지는 커뮤니티 댄스의 지역 탈춤, 민속무용 같은 막춤, 그리고 공간을 하나로 아우르는 시공극복의 수단 ― 굿판, 커피숍, 음식 가게, 미술관·박물관, 그리고 마을 공회당 공연 같은 공간 탐색 프로젝트 정도가 그 가능한 방향이 아닐까 생각한다.[6]

---

6 이 글은 『몸』지 2022년 8월호 시평을 손댄 것임을 밝혀 둔다.

이 익 섭

강남 갔던 제비가 돌아오면은 | 개굴개굴 개구리 목청도 좋다 |
호시무라 게이코

강남 갔던 제비가 돌아오면은

한동안 제비를 볼 수 없었던 때가 있었다. 우리 강산에서 빼놓을 수 없는 풍경을 만들던 제비가 갑자기 자취를 감추고 한 마리도 볼 수 없었다. 그야말로 물 찬 제비같이 날렵한 몸짓으로 푸른 들판을 날던 모습이 다시는 보이지 않았다. 가을이 되어 강남으로 날아갈 때가 되면 하늘 높이 비행 연습을 하다 전깃줄에 새카맣게 떼 지어 앉곤 하던 낯익은 풍경이 사라지고 없었다.

제비가 언제부터 자취를 감추었던지 잘 모르겠다. 올해는 왜 제비가 안 오지, 하는 생각이 났던 일이 있었는지도 기억에 없다. 그러고 보면 우리 주위에서 미처 깨닫지도 못하는 사이에 자취를 감춘 게 한두 가지가 아니다. 논둑을 거니면 후닥닥후닥닥 놀라 날아오르던 메뚜기도 자취를 감추었고, 밤은 밤대로 살아 움직이게 하던 반딧불도 사라지고 말았다. 반딧불을 잡아서는 호박꽃에 넣고는 그 안에서 반짝반짝 빛을 내는 것이 신기해서 밤새 가두어 두었다가 다음 날 아침에 날려 보내던, 그렇게 가까이 지내던 반딧불이, '형설지공(螢雪之功)'의 주인공 그 반딧

불이 소리도 없이 사라지고 말았다.

완전히 자취를 감춘 것으로는 여우도 있다. 물론 호랑이도 있다. 호랑이는 그때도 흔하지는 않았지만 장날에 읍내에 갔다가 어두워 집으로 오면서 호랑이를 만났던 이야기는 수시로 들으며 자랐다. 아직 호랑이를 못 보았다 하면 그런 소리를 하면 호랑이 만난다고 해서 입조심을 할 정도였고, 6·25 직전 어떻게 새끼를 잡게 되어 경찰서에서 키우던 게 화제가 되었을 정도로 호랑이가 적어도 강원도 산골에는 있던 짐승이었다. 여우는 정말 흔하고 흔하였다. 마을 안에서도 쉽게 만나고 학교 갔다 오는 길에서도 만나곤 하였다. 사람을 만나면 곧바로 도망가는 것이 아니라 얄밉게 뒤를 핼끔핼끔 보면서 슬금슬금 꼬리를 뺐다. 우리 시골에는 큰 너럭바위 밑에 여우 소굴이 있다 하여 그 골짜기를 '여우바윗골'이라는 뜻으로 부르는 지명이 지금도 남아 있다.

그리고 보니 물개도 흔하였다. 여름에 해수욕을 하러 바닷가로 가면 고향에서 '볼'('火'를 뜻하는 '불'과 달리 장음이다)이라고 부르는 백사장에 누워 쉬던 놈들이 슬금슬금 바닷물로 들어가곤 하였다. 6·25 때 군인이 휴가를 올 때는 워낙 전시(戰時) 중이라 그랬는지 카빈총을 휴대하고 나왔다. 시골뜨기들이 총을 가지고 나타난 것을 우쭐거리고 싶었던지 괜히 까치 따위를 쏘기도 하였는데 한번은 누군가 바다로 물개를 잡으러 가자고 충동질하여 어선을 빌려 타고 바다로 나간 적이 있었다. 그때 물개들은 사정거리에 들어올 듯 들어올 듯 눈앞에서 알짱거리다가 무슨 기미만 보이면 쏜살같이 물속으로 사라져 총 한 번 쏘아 보지 못하고 말았다. 우리가 미국 서부 1번 도로를 달리면서 보는 바다사자들처럼 그렇게 많은 개체는 아니었으나 물개는 적어도 누구나 쉽게 볼 수 있는 종류였다. 그런데 지금 이 얘기를 하면 아무도 믿으려 하지 않으려 할 정도로 이제는 까마득한 옛이야기가 되고 말았다.

들추어 보면 한두 가지가 아닌데 우리는 이런 것들이 언제부터 사라졌는지, 아니 사라지기나 한 것인지도 잘 깨닫지 못한다. 그러다 어느 날 문득 옛 풍경을 떠올리며 갑자기 주위가 허전하다는 느낌을 받게 된다. 여우만 하여도 그렇다. 닭을 잡아먹지 않으면 애총이나 파먹어 미움만 샀던, 무엇보다 그 헬끔거리는 꼴이 미워 도무지 정이 가지 않던 그 여우조차도 그 빈자리가 허전하게 생각되고 괜히 그놈들이 있던 시절이 풍요로웠던 때로 다가온다.

내가 무엇이 보이지 않아 허전해하는 것으로, 경우가 좀 다르지만 종달새도 있다. 책에 보면 종달새는 텃새로, 그러면서도 겨울에는 더 흔하게 전국 어디서나 쉽게 볼 수 있는 새로 되어 있다. 그래서일까. 종달새는 대개 낯선 새로 생각하지 않는 듯하다. 초등학교 때 옆반 여자 반 반장의 별명을 '종달새'라 했던 일이며 "보리밭 종달새 우지우지 노래하면 아득한 저 산 너머 고향집 그리워라"의 '종달새'를 조금도 낯설어하지 않았던 것을 보면 종달새는 우리들에게 친숙한 새였을 법하다. 그러나 주변에 물어보면 종달새를 직접 본 일이 있다는 사람은 의외로 만나기 어렵다. 나도 한 차례 이른 봄 방언 조사를 나갔던 곳에서 하늘 높이 치솟았다가 내리꽂히는 듯 내려오던 새를 보고 저게 종달새로구나라고 했던 일 말고는 종달새를 본 일이 달리 없고, 그래서 종달새는 그 색깔이며 크기며 울음소리도 전혀 모르는 새로 남아 있다. 그럼에도 그 고공에서 내리꽂던 모습의 영상이 강렬하게 남아 있어 그 장면을 다시 좀 보고 싶은데, 아는 만큼 보인다는데 워낙 희미한 상태 탓인지 다시는 볼 수 없다. 종달새는 보리밭을 좋아하고 주로 거기에서 서식하며 새끼도 거기에서 깐다고 한다. 그 흔하던 보리밭이 귀해지면서 종달새도 자취를 감춘 것일까 종달새 역시 아득한 그리움으로만 남아 있다.

제비가 이 땅에 오지 않는다는 것을 처음에는 미처 깨닫지 못하였지만 그것을 알게 되었을 때는 그 허전함이 다른 동물에 비해 훨씬 컸다. 그러면서 그동안 세상이 이상하게 한구석 허전하게 느껴지던 것이 떠올랐다. 미국에 가 있을 때 시간이 지나면서 비슷한 경험을 한 적이 있었는데, 시간이 지날수록 이것이 무얼까 무얼까 하며 잘 잡히지 않으면서도 이상하게 채워지지 않는 구석이 있었다. 그러다가 어디를 지나며 높지도 않은 언덕을 보고는 왈칵 하며 가슴이 뛰었는데 그때 그 잡히지 않던 마음이 산에 대한 그리움이라는 걸 깨닫게 되었다. 그저 허허로운 들판만 보고 살면서 산이 그리웠던 것이다. 그래서 차가 있는 후배에게 부탁하여 산이 있는 북쪽 메인주를 다녀오기까지 하였는데, 제비가 없는 세상은 마치 산이 없는 벌판과도 같았던 것 같다.

동요에서만에도 우리는 얼마나 제비를 가까이하며 살았는가.

정이월 다 가고 삼월이라네
강남 갔던 제비가 돌아오면은
이 땅에도 봄이 온다네.

이 땅의 봄도 제비가 몰고 오는 듯이 노래할 만큼 제비는 우리 생활과 깊게 얽혀 있었다. "푸른 바다 건너서 봄이 봄이 와요. 제비 앞장세우고 봄이 봄이 와요"라고도 노래 불렀다. 아니 아예 '삼월삼짇날'을 그 어떤 세시풍속보다 제비 오는 날로 여겨 오지 않았는가. 그뿐 아니라 가을에 강남으로 떠날 때쯤엔 내년 봄에 다시 오라는 간곡한 부탁까지 해 보내지 않았던가.

가을이라 가을바람 솔솔 불어오니
푸른 잎은 붉은 치마 갈아입고서
남쪽나라 찾아가는 제비 불러 모아
봄이 오면 다시 오라 부탁하누나.

흥부를 부자로 만들어 준 호박씨라도 물어다 줄지 모른다는 기대까지
겹쳐 처마에 와 집을 지으면, 마루며 토방에 똥을 싸서 지저분해지는 것
도 똥 받침을 만들어 받쳐 주면서까지 귀한 손님이라도 맞이하듯 제비
는 누구나, 어느 집에서나 반겼다.

제비는 일단 인간과 가장 가까운 거리에 붙어살고자 하는 습성 때문
에 사랑을 받게 되었을 것이다. 한 지붕 밑에서 그야말로 한 식구처럼
살지 않는가. 물론 소나 닭, 개, 고양이 같은 것들도 있지만 그것들은 이
름 그대로 사람들이 키우는 가축들이다. 꽃으로 말하면 그것들은 화초
요 제비는 야생화인데 그러면서도 굳이 처마 밑에 보금자리를 튼다.

인가(人家)에 둥지를 틀고 사는 새로는 참새도 있다. 그런데 참새는 제
비와 대조적으로 오히려 미움의 대상이었다. 제비는 해충을 잡아 우리
에게 이익을 줄 뿐 해를 주는 일이 없다고 익조(益鳥)의 대표로 내세우면
서 참새를 특히 벼를 파먹는다고 해 미워하면서 해조(害鳥)의 대표로 내
세웠던 것이다. 나중 참새도 해충을 많이 잡아먹어 해조만은 아니라고
배웠지만 우리 의식 속의 참새는 미운 새였다. 정월 대보름날 새벽 대문
을 열며 "워이 워이, 우리 논에 들지 말고 자 장자(長者) 집에 들어라"라
고 내쫓던 새도 참새였고, '새 본다'고 논가에 가 논에 못 들게 했던 새
도 참새였다. 떼를 지어 다니며 막 패면서 말랑말랑한 벼를 쪽 빨아 물
을 빨아먹고 나면 그 벼 이삭은 허옇게 되었다가 나중 까맣게 되어 전혀
먹을 수 없게 된다. 얼마나 많은 공력을 들여 지어 놓은 곡식이고 벼 한

제비집

톨이 아쉽던 시절 참새처럼 미운 새는 없었다.

제비는 이 못된 참새 때문에 반사적으로 더 귀여움을 받았을 것이다. 그런데 이런 것이 아니더라도 참새는 인가에 집을 짓는다 하여도 본채에 짓지 않고 헛간 같은 데, 그것도 어디 있는지 잘 모르게 짓고, 또 어느 놈이 어느 놈인지 모르게 여러 마리가 들락거린다. 그에 비해 제비는 단 한 쌍만 오고 집도 사람 눈에 딱 보이는 자리에 아주 건축미가 있게 깔끔하게 짓는다. 날씬한 몸매며 털의 색깔이며 참새와는 비교가 되지 않아 귀여움을 독차지하지 않을 수 없었다.

그런 제비가 봄이 몇 번씩 바뀌어도 언제부터인가 모습을 드러내지 않았다. 완전히 발을 끊었다. 그 날렵한 몸짓으로 푸른 들판을 수놓던 모습이 다시는 보이지 않았다. 그 율동적이던 들판이 생기를 잃었다. 언제 이토록 다른 세상이 되는 줄도 모르는 사이에 우리는 온통 황량한 세계 그 한복판에 서 있게 되었다.

그런데 제비가 돌아왔다. 어디에 제비가 돌아왔다는 소문이 들리기 시작하더니 고향 마을에도 이 집 저 집 제비가 돌아와 집을 짓고 새끼를 낳아 키워서는 가을에 돌아갔다가 봄이면 잊지 않고 다시 왔다. 지지배배 지지배배. 방언 조사를 한 녹음을 틀면 조사 때는 미처 못 들은 제비 소리가 배경에 깔려 들렸다. 한 쌍이 빨랫줄에 앉아 있는 모습이 내 카메라에 잡힌 것도 있고, 새끼들이 어미가 오는 소리를 듣고는 입을 벌리

부드러움의 미덕

고 야단을 치는 모습도 카메라에 담겼다. 제비를 다시 보는 기쁨이 커서 장면 하나하나 마음을 들뜨게 하지 않는 것이 없었다. 다시 못 올 곳이 라고 홀연히 떠났던 이 땅을 다시 찾아온 것이다. 농약을 줄이면서 논에 메뚜기가 다시 후두둑거릴 정도로 우리 환경이 좋아진 것을 그 먼 곳에 서 용케 알아차렸던 모양이다. 어떻든 집을 버리고 떠났던 자식이 다시 찾아와 준 것이다.

제비는 한 번 오면 한 해 새끼를 두 배를 깐다. 그 새끼들이 자라는 모 습을 보는 것이 제비가 주는 가장 큰 즐거움일 것이다. 어미가 잠자리 같은 먹이를 물고 오면 서로서로 자기가 받아먹겠다고 그 노란 주둥이 를 입이 찢어지라고 한껏 벌리며 재지발거리는 것을 보면 그렇게 귀여 울 수가 없다. 제비가 이 땅을 찾아오는 것은 무엇보다 이 새끼를 치기 위해서일 것이다. 제비에게 정이 가는 것은 바로 이 점이기도 할 것이 다. 사람은 전통적으로 특히 첫아이는 친정에 가 낳곤 하지 않았는가. 제비도 말하자면 우리나라를 친정쯤으로 생각하는 것이 아닌가. 그 제 비가 다 키운 새끼들과 함께 이 땅을 떠나면 어찌 다음 해에 다시 만나 고 싶지 않겠는가.

제비를 다시 만나면서 슬그머니 궁금증이 하나 생겼다. 다시 못 보거 니 하던 제비를 다시 보게 된 그 소중함 때문에 이는 마음이었을 것이 다. 해마다 찾아오는데, 다음 해에 찾아오는 놈은 저들 중 어느 놈일까 하는 것이었다. 어미가 다시 오는 것일까, 그렇다면 새끼들은 어떤 식 으로 새 보금자리를 정하는 것일까? 만일 어미 세대가 더 이상 못 오고 그 집에서 부화된 새끼 중에서 그 집으로 온다면 여러 마리 새끼 중 어 느 놈에게 선택권이 주어질까? 그런데 새끼를 해마다 두 배씩 까는데 한 마을에 오는 제비의 숫자가 느는 것 같지는 않은데 그 까닭은 무엇일까?

어디 이런 것들을 연구한 문헌이 있는가 찾아보아도 눈에 별로 띄지 않았다. 모르는 것이 없는 인터넷에 물어보아도 신통한 대답이 없다. 어느 영상을 보면 제비 다리에 전자 감지기를 다는 것이 보였는데 어디에선가 연구들을 하기는 하는 것 같은데 '제비 박사'로 불리는 분이 있다는 말은 들을 수 없었다.

고향 시골 집 처마에 다음 해 봄에 새로 날아온 제비를 보며 "오, 네가 왔구나!" 하고 반겨 할 수 있는 날이 왔으면 좋겠다. 그리고 남해안 부근에서 띄우는 영상을 보면 우리 고향보다 훨씬 많은 제비 떼의 모습들이 보이는데 이 북녘에도 좀 더 많은 제비들이 찾아와 옛날처럼 전깃줄 가득히 앉았다 떠나는 모습을 다시 볼 수 있으면 얼마나 좋을까 싶다.

괜한 욕심을 부리고 있는지 모른다. 집 짓는 자료도 논흙이요 먹이도 주로 논 위를 날며 잡는데 지금 농촌에서 논이 얼마나 빠른 속도로 사라지고 있는가. 택지로 바뀌는 것은 말할 것도 없고 농토로 남아 있는 것도 밭으로 바뀌어 가고 있으니 제비들이 언제 또 마음을 바꿀지 모른다. 지금 이만큼이라도 제비를 볼 수 있는 것을 분외로 누리는 행운으로 여겨 마땅할 것이다. 제비가 돌아와 이 땅에도, 이 몸에도 봄이 찾아왔거늘.

　　　　　　　　　　　　　　부드러움의 미덕

개굴개굴 개구리 목청도 좋다

한여름 밤 시골 논둑에 서서 온 세상을 꽉 채우는 개구리 울음소리를 들어 본 일이 있는가. 미국에 살다 오랜만에 찾아온 막내 누이가 강릉에서 좀 떨어진 남쪽 바닷가에 가 저녁을 먹고 집으로 오는 길에 느닷없이 개구리 소리가 듣고 싶다고 하였다. 같이 차에 타고 있던 두 누이도 함께 흥분을 드러내었다. 그러고 보니 나도 고향에서 개구리 소리를 들어 본 기억이 까마득하였다. 논이 질펀한 들판이 나타나자 큰길을 벗어나 마을로 들어가는 작은 도로로 방향을 틀어 논들 가운데 차를 세웠다. 전조등을 끄고 시동을 껐다. 와, 이 우주라니. 개골깨골 개골깨골 꽉꽉 개골깨골 꽉꽉. 온통 온 우주가 개구리 소리로 꽉 메워져 무엇 하나, 우리 생각 하나도 뚫고 들어갈 틈이 없었다.

다시 집으로 오는 차 속에서 네 오누이는 누가 먼저랄 것 없이 들뜬 마음으로 합창을 하고 있었다.

개굴개굴 개구리 노래를 한다

아들 손자 며느리 다 모여서
밤새도록 하여도 듣는 이 없네
듣는 사람 없어도 날이 밝도록
개굴개굴 개구리 노래를 한다
개굴개굴 개구리 목청도 좋다

이 동요를 신통히도 노령이 되도록 곡조며 가사를 잊지 않고들 있었다. 어렸을 때 그야말로 밤새도록 목청 좋게 울어 대는 개구리 소리를 들은 기억이 기분 좋게 남아 있어서였을 것이다. 그러나 어인 일인지 적어도 나에게는 개구리 소리와 얽혀서는 어느 한 장면도 또렷이 남아 있는 것이 없다. 어린 시절의 기억이란 단편적이긴 하여도 얼마나 생생하게 살아 있는가. 멍석에 누워 밤하늘에 은하수가 흐드러진 사이로 별똥이 흐르던 장면이며, 다리미질하기 좋게 이슬을 맞히기 위해 콩밭 위에 내어 널었던 하얀 옥양목 빨래들이 초저녁 어스름에 풍기던 신비스러운 장면 같은 것들은 지금껏 또렷한 영상으로 남아 있다. 개울에서 보싸움을 하던 장면 하나하나도 그렇다. 맨손으로 모래를 쌓아 보를 만들어 거기에 물이 가득 고이던 장면, 그것을 한 번에 힘차게 터트리면 기세 좋게 내려 달리던 물살, 그런데 아, 그 기세가 아래 보에 막혀 차츰차츰 기운을 잃고 맥없이 빙빙 돌던 장면들, 이런 것들이 지금껏 얼마나 생생하게 살아 움직이는가. 그런데 개구리 소리에 대해선 도무지 떠오르는 기억이 없다. 그럼에도 그날 밤 우리 남매들은 다같이 동심(童心)으로 돌아가 천진하고 무구하였다. 뚜렷한 기억은 없어도 목청도 좋게 울던 개구리 소리가 어딘가에 깊이깊이 잠재하고 있어서였을 것이다.

그날 밤의 흥분은 오래 잊고 있던 세계를 일깨워 주었고, 그래서 그후 나는 기회만 되면 개구리 소리를 찾아 들었다. 마침 그럴 수 있는 여건이 주어졌다. 방언 조사를 위해 고향에 자주 가면서 대개 저녁은 누군가와 어울려 먹게 되고 그래서 거처에는 밤에 들어갔다. 7번 국도를 타고 강릉 시내에서 8킬로미터쯤 북쪽으로 가다가 오른쪽으로 꺾으면 왼쪽으로는 시냇물이 흐르고 오른쪽으로는 산 아래로 논이 펼쳐지는 길이 나온다. 그러면 마음이 급해져서 차를 세운다. 좀 더 내려가 오른쪽으로 '탱주목'이라는 작은 고개를 넘으면 이내 내 생가인 거처가 나오고 그 앞으로 좀 더 아늑한 산에 둘러싸인 논들이 나온다. 거기 개구리 소리가 더 맑게 온 골짜기를 가득 채우는데, 그래서 강릉 시내에 사는 누이 하나는 거기 개구리 소리가 제일 좋다고 혼자 차를 몰고 와 누구도 모르게 가만히 듣고 간다고 하고, 나도 좀 더 깊이 파묻히고 싶으면 거기에 가서 다시 듣는데, 거기에 가 그러자면 생가에 차를 세우고 현재의 주인인 재당숙 내외와 한참 인사를 나누어야 하는 절차가 있어야 한다. 그걸 참지 못하고 먼저 이 중간에서 급한 마음을 달래야 하는 것이다. 차를 세우고 전조등을 끄고 시동을 끄면 세상이 온통 어둠으로 가득 차는데 그 어둠을 다시 개구리 소리가 가득 채운다.

깜깜한 밤과 요란한 개구리 소리. 이때의 개구리 소리는 요란이 아니고 오히려 적막이다. 갑자기 온 가슴이 무아와 평화로 가득 차오른다. 자연의 소리는 아무리 높고 요란해도 시끄럽지 않다. 이과수 폭포의 어느 한 지점은 바로 가까이서 폭포를 쳐다볼 수 있는 곳이었는데 거기서는 정말 천지를 가득 채우는 물소리 이외에는 아무것도 들리지 않았고, 그것은 무슨 열반에라도 드는 경지였다. 그것은 언젠가 내가 설악산 마등령을 넘다가 완전한 정적 속에서 지구가 도는 앵 하는 소리만 들렸다고 한 그 경지와도 같았다. 소리로 꽉 차는 세계는 완벽하게 정적으로 휩싸인 세계와 이상하게도 닿아 있었다. 개구리들의 소리도 정적의 세계다. 무한히 순수하고 무한히 평화롭다.

개구리 소리로 동요까지 만들어진 것을 보면 그것이 사람들에게 주는 인상이 강렬한 데가 있어서일 것이다. 정말 그것은 혼자 가볍게 듣고 말기에는 특이한 매력이 있다. 그 매력에 빠진 후로 나는 기회가 되면 다른 사람들도 현장으로 데려가 들려주곤 하였다. 강릉에서는 단오 행사의 하나로 여러 해째 강릉사투리대회를 개최하고 있는데 어느 때부터는 국립국어원에서 그 행사를 참관하러 왔다. 그 일행이 행사 후 숙소로 갈 때는 내 차로 가곤 하였는데 그때 개구리 소리 들어 보겠느냐고 제안하면 그 장면이 쉽게 다가오지 않는 듯한 태도이면서도 호기심을 나타낸다. 그러면 바닷가의 숙소로 들어가기 전에 이미 익힌 방법대로 농촌 쪽으로 방향을 바꾸어 얼마간 가다가 논들이 나타나면 차를 세우고 전조등과 시동을 끈다. 어김없이 개구리 소리가 골을 꽉 채우고, 일행은 함께 그 광경에 도취하고 나중 만나서도 이때의 경험을 소중한 기억으로 얘기한다.

이럴 때 내가 곁들이기를 좋아하는 얘기가 있다. 저놈들이 처음부터 저렇게 합창을 하는 것이 아니라고. 처음엔 한두 놈이 조심스럽게 꾸룩꾸룩 시작하면 이내 여러 놈이 화답하며 온 골이 개구리 소리로 차게 된다고. 어떨 때는 그것을 그 현장에서 직접 체험할 수도 있다. 우리들의 웅성거리는 소리 때문인지 개구리 합창이 일시에 멈추는 때가 있다. 그러다가 다시 시작할 때는 으레 처음 한두 놈이 꾸룩거리다가 다시 일제히 합창에 참여하는 것이다. 이 이야기는 또 으레 육당(六堂) 최남선(崔南善)의 글로 이어진다.

— 혼자매 크지 못하도다. 그러나 뷔인 들에 부르짖는 소리는 본대 떼

지어 하는 것이 아니로다. 벗 부르는 맹꽁이 소리는 하나가 비롯하야 왼 벌이 어우르는 것이로다.

육당의 이 글은 단순히 자연 현상을 묘사하기 위해 쓴 것은 아니다. 춘원(春園) 이광수(李光洙)의 첫 소설『무정(無情)』(1918)의 서문 일부다. 그 서두에서 "누가 마음 있는 이며 누가 느낌 있는 이며 누가 입 있는 이뇨. 남보다 곱 되는 설움과 아픔과 갑갑함을 가진 우리네 가운데 아무 들리는 소리의 없음이 이럴 수 없도다"라고 일제강점기의 설움과 고통을 토로해 내지 못하고 있는 무력한 현실에 대한 안타까움을 호소하고는, 이럴 때에 춘원과 같은 귀재(鬼才)가 나타나 우리가 그리도 애타게 기다리던 소리를 들려 준 것에 감격한다. "그러나 어지신 검이 그의 큼직한 그릇을 우리 때문에 아끼지 아니하시어 외배(春園의 또 하나의 호)란 쇠북이 우리네 사이에 있게 되도다. 그에게 갖은 소리를 지닌 줄이 있으며 갖은 가락을 감춘 고동이 있어 고르는 대로 트는 대로 듣고 싶은 소리가 샘솟듯 나오며 알고 싶은 가락을 실 낳듯 잣게 되도다. 그의 덕에 아프면 앓는 소리, 즐거우면 웃는 소리, 갑갑한 때 부르짖음, 시원한 때 지저거림, 떠들기, 속살거리기를 마음대로 할 수 있게 되도다." 그러면서 이어지는 말이 "혼자매 크지 못하도다"라며, 비록 지금은 춘원이 외로이 애쓰고 있지만 그의 이 선각자로서의 첫 발걸음이 불길이 되어, 마치 개구리 소리가 그렇듯 우리나라의 새 문명이 온 나라에서 활기차게 꽃피우리라는 희망을 북돋운다. "낱 사람 외배와 작은 책『無情』의 그림자가 어떻게 크며 울림이 어떻게 넓다 하랴. 이로써 비롯한 이 땅 이 사람의 소리가 늘고 불고 가다듬어져서 마침내 하늘과 사람을 아울러 기껍게 할 줄을 믿을 때에 누가 다시 가슴 앓는 벙어리 될까를 설워하랴. 무궁화동산의 아름다운 꽃이 누리의 고움을 더하는 큰 거리가 못 되겠다고 걱정하랴. 울어라, 울어라, 줄기차게만 울어라."

육당의 명문은 늘 우리를 사로잡는 힘이 있지만 이 절창(絕唱)은 유난히 힘이 넘친다. 육당 스스로도 선봉에서, 그야말로 "육당과 춘원이 없었다면 텅 비었을", 개화기라는 한 시대를 세우고 이끌어 나갔지만 선각자의 막중한 책무를 어떻게 이처럼 장려(壯麗)한 필치로 우리를 압도할 수 있는지, 그 전문을 여기에 옮기지 못하지만 잘 알려져 있지 않은 이 서문의 울림은 나에게는 그의 독립선언문에 비견할 만큼 크게 느껴진다. 그럼에도 나는 이 머리말 중에서 "뷔인 들에 부르짖는 소리는 본대 떼지어 하는 것이 아니로다. 벗 부르는 맹꽁이 소리는 하나가 비롯하야 왼 벌이 어우르는 것이로다" 부분이, 이 기막힌 비유가 가장 깊게 인상에 남아 있다. 사실 인류의 역사는 천재들이 이끌어 오지 않았는가. 그것을 개구리 소리에 비유한 것이 어찌나 절묘한지 나는 기회 있을 때마다 이 구절을 인용하곤 한다. 가령 국어학회가 오늘날과 같이 번창한 그 시초는 얼마나 작고 열악한 것인지를 이야기할 때도 육당의 이 구절을 인용하기를 좋아하고 특히 주위 사람들에게 개구리 소리를 들려 줄 때는 이 이야기를 빠뜨리지 않는다.

하긴 어디 개구리 소리뿐이랴. 두만강의 발원지를 본 적이 있는데 그저 조그만 옹달샘이었다, 무성한 신록도 처음엔 눈에 뜨이지도 않는 새싹들이 아닌가. 언제였던지 기억도 아물아물하지만 퇴임하기 한참 전이니 꽤 옛날이었을 터인데, 고향집에 들러 저녁까지 먹고 나온 날인데, 어릴 적 추억을 찾아 논둑이며 도랑가를 거닐다가 날이 어두워지면서 별이 하나 보이기 시작하였다. 조금 더 있으니 저쪽에서 또 하나 보이고 또 좀 있으니 이쪽에서도 희미하게 반짝였다. 열 개를 볼 때까지 기다리

부드러움의 미덕

겠노라고 서서 하늘만 쳐다보고 있는데 멀리서 저녁 먹으러 들어오라고 외친다. 이 별들도 저녁을 먹고 나오니 하늘을 가득 채우고 은하수까지 큰 띠를 이루며 있었다.

그러고 보면 작은 것이 위대하다. 과연 한 알의 밀알이 큰 밀밭을 이룬다. 육당이 당장은 맹꽁이 한 마리의 외로운 울음이지만 그것이 온 들판을 채우는 개구리 소리를 이끌어 내리라고 외쳤을 때의 그 외침은 막막하게 막힌 세상에서 희망이 안 보여 더욱 크게 울부짖은 애절한 기도였을지도 모른다. 그러나 그 기도는 예견이기도 하였던 것일까. 그 맹꽁이 소리는 모두를 불러일으켰다. 지금 우리는 너도나도 개굴개굴 개구리 목청도 좋지 않은가. 언제 다시 들판에 나가 개구리 소리에 묻히고 싶다.

호시무라 게이코

— 한국어는 이제 결코 한반도 안의 언어가 아니다. 이 놀라운 발전을 생각하면 나는 눈물이 솟곤 한다. 초등학교에 나는 내 이름을 가지고 들어가지 못하였다. 우리말을 쓰면 벌을 받는 것이 무서워 소변이 마려워도 말 한 마디 못하던 시절이 떠올라 눈시울이 뜨거워지는 것이다.

앞의 글은 『한국의 언어』(신구문화사, 1997)의 머리말 한 부분이다. 이 책은 애초 미국 뉴욕주립대학교(Stony Brook 소재)가 발의하여, 미국 사람들에게 한국의 고급 문화를 소개할 목적으로, '한국의 언어', '한국의 역사', '한국의 문학', '한국의 종교' 등 11개 분야를 선정하여 한국어 원고를 서울대학교 측에서 집필하고, 그 번역과 영역본의 출판을 뉴욕대학교 측에서 맡기로 한 기획의 일환으로 집필되었던 것이다. 그러니까 이 책은 한국어판으로 출간할 것을 염두에 두지 않고 쓴 책이다. 영어판의 저본(底本) 구실만 하면 그 임무가 끝나는 것이었는데 어떤 계기로 한국어판이 영어본보다 먼저 출간하게 되어 앞의 글은 그 한국어판의 머리말로 쓴 것이다.

『한국의 언어』는 뒤이어 영어판으로 나왔지만 생각지도 않게 나중 여기저기서 주목을 받아, 일본어, 중국어, 러시아어, 독일어, 터키어 등으로 번역되어 그야말로 한국어가 이제 한반도 안의 언어만이 아니라는 것을 실감하게 되었는데, 이 머리말을 쓸 때는 그 이전이었다. 그럼에도 미국 고급 독자들에게 한국어를 소개하는 책자가 기획된 것도 그렇거니와 이미 세계 여러 대학에 한국어 강좌가 개설되고 있어 우리말이 세계로 그 무대를 넓혀 가는 현상은 널리 알려진 현실이었으므로 "한국어는 이제 결코 한반도 안의 언어가 아니다"라고 자신 있게, 아니 자랑스럽게 말할 수 있었던 것이다. 그러면서 떠오르는 것이 내 어린 시절의 아픔이었다.

초등학교 2학년으로 막 진급하면서 곧바로 해방이 되어 그야말로 일본어의 올가미에서도 해방이 되었으나, 1학년 1년 동안은 학교에서 일본말만 하고 살았다. 더구나 1학년 담임선생이 일본 여자였다. 조선 선생이었다 해도 달라질 것이 없었을지 모르나 1년 내내 한 마디도 모르는 일본말만 듣고 살았을 것이다. 그런 상태에 놓이면 사람이 어떤 꼴이 될까? 지금 아무리 생각해 보아도 1학년을 마칠 무렵에는 담임선생이 하는 말을 조금은 더 잘 알아들을 수 있었는지, 내가 기초적인 몇 마디쯤은 일본말로 할 수 있었는지 전혀 기억이 없다. 그때 내 이름이 호시무라 게이코(星村桂光)라는 것은 기억에 남아 있는데, 그 이름으로 불린 일이 있었는지, 누가 네 이름이 무엇이냐고 하면 그 이름으로 대답한 일이 있었는지조차 전혀 기억에 남아 있지 않다. 한번은 담임선생이 학교에서 십 리나 떨어진 우리 집으로 가정방문을 온 적이 있는데 나는 일찍 집을 나와서는 동네를 빙빙 돌다가 담임선생이 돌아갔을 때쯤 돼서야 집으로 돌아왔다. 워낙 수줍음이 많아서이기도 해서였겠으나 일본말로 무얼 물으면 대답을 못 하고 쩔쩔 맬 것을 두려워했던 것이 아니었나 싶다. 그 1년을 떠올려 보면, '공황(恐慌)'의 '恐' 자 대신 '空' 자를 넣어 새 단어를 만들면 그 비슷한 상태를 나타낼 수 있을까, 그냥 텅 빈 상태로만 떠오른다. 끔찍하고 참혹했던 형벌의 기간이었다고 하는 것이 더 맞을지 모르겠다.

이기문 선생의 글을 보면 우리 선배들은 1학년부터 일본어로만 공부하지는 않았다. "나는 4학년 1학기의 어느 날 '조선어' 시간을 지금도 똑똑히 기억하고 있다. 교실에 들어올 때부터 선생님의 태도에는 어딘가 다른 점이 있음을 느낄 수 있었다. 선생님은 한참 동안 묵묵히 서 계시다가 우리말로 편지 쓰는 법과 시조 몇 수를 가르치고 나서 이것이 마지막 '조선어' 시간임을 말하고 처연히 걸어 나가셨다." 말하자면 알퐁스 도데의 「마지막 수업」이 우리에게도 있었던 것이다. 그러나 나는 이 글을 읽으면서 그 역사적 한 페이지의 처연함보다 선배들은 적어도 우리말도 함께 쓰면서 학교를 다녔구나 하는 부러움이 컸다.

식민지라 하여 강제로 성(姓)까지 갈게 하고 초등학교 1학년부터 모어(母語)를 못 쓰게 폭압적(暴壓的)이었던 나라가 일본 말고 또 있었는지 모르겠다. 언제 한국에 와 유학하여 한국어를 연구하고 지금 일본 동경외국어대학에서 한국어를 강의하는 후쿠이(福井玲) 교수와 몇이서 저녁을 함께 먹는 자리에서 놀라운 이야기를 들을 일이 있다. 후쿠이 교수가 일본 학생들에게 자기 조상들이 한국을 통치하면서 이름도 일본식으로 바꾸게 하고 말도 일본말만 쓰게 하면서 한국어 말살 정책을 폈다는 얘기를 들려주면 전혀 믿으려 하지 않는다는 것이다. 괜히 한국 사람들이 일본을 미워하며 부풀려 얘기하는 것이지 자기 조상들이 그렇게 야만적인 짓을 하였겠냐며 아무리 물증을 제시하며 설명해도 들으려 하지 않는다는 것이다. 얼마나 야만적이었으면 자기 후손들도 받아들이지 못하겠는가.

모두에 제시한 머리말에는 "우리말을 쓰면 벌을 받는 것이 무서워 소변이 마려워도 말 한 마디 못 하던"이란 말이 있다. 요즘 아이들처럼 약고 당당하였으면 담임 허락쯤 아랑곳하지 않고 급한 용변을 쉽게 처리하고 왔을 것이다. 그때는 어른이라면 쩔쩔매고 더욱이 선생이라면 절대 복종만 하던 시절이었고, 도시(都是) 교실이나 학교가 전체적으로 군영(軍營) 같은 분위기여서 어디 감히 담임 허락 없이 교실을 나설 엄두를 내며, 수업 중에 소변이 마렵다는 말을 어디라고 꺼낼 수 있었으랴. 바지에 실례를 하는 친구들이 그래서 있었을 것이다. 그런데도 조선말을 하였다고 하여 교실 뒤에서 두 팔을 들고 벌을 받는 일이 있었다. 쉬는 시간에 나가 놀면서는 자연히 조선말을 썼을 터인데 그걸 누군가 담임선생에게 일러바치는 일이 있었다고 한다. 나는 기억에 없는데, 주변에서 들어 보면 각자에게 카드 같은 것을 주어 누가 무슨 잘못을 하거나 조선말을 하는 것을 선생에게 이르면 그 잘못한 사람의 카드 하나를 고발한 친구가 가지게 되고, 그것이 쌓여 다섯 장을 다 빼앗긴 학생은 벌을 받고 카드가 많은 학생은 수신 점수를 더 받는 제도가 있었다고 한다. 어떻든 학교에서 조선말을 쓰는 일은 금지 사항이었고 그것을 어기면 벌을 받았다. 결국 우리를 벙어리로 만드는 만행(蠻行)이었는데 한참 재잘거려야 하는 새싹들에게 얼마나 가혹한 형벌인가. 그때를 떠올리면 그때의 우리가 가엾게만 느껴진다. "그 시절이 떠올라 눈시울이 뜨거워진다"고 하였는데, 지금도 머리말의 이 부분을 누구에게 읽어 주기라도 하려면 저도 모르게 울먹거리게 된다.

세상이 많이도 변하였다. 가히 천지개벽(天地開闢)이라고 하는 것이 옳을 것이다. 얼마 전까지도 우리는 외국인은 으레 한국어를 모른다고 생각하였다. 그래서 엘리베이터를 같이 탄 외국인을 두고 "그 친구 코 되게 크네"라 하였더니 "코가 커서 죄송합니다"라고 했다는 우스갯소리도 있다. 여기서 이미 세상이 바뀐 게 드러나지만, 재작년인가 한글날 행사의 사회자가 둘 중 한 명은 외국이었는데 얼굴을 보지 않으면 외국인이라는 것을 전혀 알아차릴 수 없도록 우리말이 능숙하였다. 이 외국인을 포함해 각각 다른 나라에서 온 외국인들이 한국어로 진행하는 방송 프로그램도 있고, 우리말로 유튜브를 하는 외국인들도 쉽게 볼 수 있다.

이 변화들이 언제부터 어떤 계기로 시작되었을까? 쉽게 해답이 나올 것 같지는 않다. 어떻게 보면 야금야금 우리도 모르는 사이에 어느 한쪽에서부터 꿈틀거리기 시작하였을 것이다. 1976년 미국에 갔을 때만 하여도 한국에서 왔다면 한국이 어디에 있느냐는 질문을 열 명 중 일고여덟 명은 하였던 듯하다. 예외적으로 바둑을 좋아하여 자동차 트렁크에 바둑판을 싣고 다니는 친구나 거리에서 꽃을 파는 통일교 신자들은 먼저 한국에서 왔느냐고 묻는 경우도 없지 않았으나 대개는 한국이라는 나라가 지구 어디에 있는지조차 모르고들 있었다. 그러다 20년이 지난 1997년에 다시 갔을 때는 다투어 한국에 대해 자기도 알 만큼은 알고 있다는 것을 과시나 하려는 듯 "안녕하세요" 등 한두 마디 우리말을 섞어서까지 대하는 태도들을 보였다. 그야말로 격세지감(隔世之感)을 느끼지 않을 수 없었는데 짐작건대 1988년에 열렸던 올림픽이 일단 큰 영향을 일으켰던 것이 아닐까 싶었다.

우리 세대는 이런 현실이 실감으로 잘 다가오지 않는다. 꼴찌 언저리에서 헤매던 학생이 우등상을 타게 된 것 이상으로 현실감이 생기지 않는 것이다. 우리 전자제품이 미국 일류 백화점의 최상석에 진열되어 있다는 것만 하여도 그렇다. 내가 직접 가서 눈으로 확인하면 어떨까. 도무

부드러움의 미덕

지 실감이 나지 않는다. 내가 있을 때는 일류 백화점에서 한국 제품은 어느 구석에도 없었고 대개는 3류쯤의 백화점에서 세일품으로 거래되고 있었다. 무엇이 세계 10위 안에 들고 무엇이 세계에서 일곱 번째고, 어느 나라에 무기를 얼마치를 수출하고, 무엇이 빌보드 차트에 1위에 올랐고 하는 것들을 들으면 과연 그럴까, 어쩌다 반짝하고 말 현상이겠지 하는 생각이 늘 바닥에 깔린다. 모스크바에 갔을 때 거리 곳곳에 한국 제품의 광고판이 당당하게 걸려 있는 것을 볼 때도 현실 같지가 않았다.

이 변화 속에서 한국어도 그와 발맞추어 함께 위세(威勢)를 떨치고 있는 것일 것이다. 내가 극히 단편적으로 외국에서 겪은 체험에서도 한국어의 위세는 놀랍기만 하였다. 지금도 기분 좋게 떠오르는 장면 하나는 2005년 10월 8일 모스크바에서 열린 러시아판『한국의 언어』출판기념회에 갔을 때 러시아 신사 숙녀분들이 줄을 서서 그 책에 내 서명을 받으며 행복해하던 모습들이다. 언제 비슷하게나마 이런 꿈을 꾸어 본 일이 있었던가. 정말 꿈만 같던 일이었다. 그날 러시아 학생들은 제10회 한국어 말하기 및 동요 암송 대회에 참가하고 있었는데 특별 공연으로 모두 한복을 차려입고 조그만 연극도 하였다. 어마어마하게 큰 나라 러시아 한복판에서 작디 작은 나라의 말 한국어가 큰 울림으로 울려 퍼지고 있었던 것이다.

정년퇴임 후이기는 하나 벌써 여러 해 전에 중국 대련외국어대학 한국어과에 초청 강

제10회 한국어 말하기 · 동요 암송 대회

연을 갔을 때 학부 3학년 이상만 모였는데도 청중이 강당 하나를 메웠다. 한 해 신입생이 300명이나 된다고 했다. 이 학과 하나가 나중에는 단과대학으로 승격하기도 하였다. 그 몇 년 후 산동대학교 한국어과에서 대학원 학생을 대상으로 그 얼마 전에 출간한 『한국어문법』(서울대학교출판부, 2005)로 한 달 동안 집중 강의를 한 적이 있었는데 주말에는 남학생 하나를 시켜 태산(泰山)이며 공자묘(孔子廟) 등을 구경시켜 주었다. 그때 그 학생은 기회만 되면 나도 모르는 우리나라 아이돌 노래의 가사를 베낀 종이를 주며 자기가 부르는 한국말 노래의 발음이 맞는지 보아 달라고 하였다. 학생들이며 교수들이며 노래뿐 아니라 한국 드라마에 대해서도 모르는 것이 없었다. 그 후 늘 먼발치로라도 한 번 보고 싶던 안나푸르나를 보러 네팔에 갔을 때 가이드 말에 의하면 네팔에서 한국에 노무자로 오기 위해 한 해 한국어능력시험을 치는 사람이 8천 명이라 하였다. 자기는 몇 명의 강사를 데리고 한국어 학원을 하는데 수강생이 넘친다고 하였다.

이제는 사실 이런 이야기쯤은 얘깃거리도 되지 않는다. 각 대학의 국문학과 대학원은 외국인이 안 오면 운영이 어려울 지경이 되었고, 외국에 한국어를 보급하기 위해 설립된 세종학당도 무려 82개국에 나가 있다. 국문과 출신만으로 한국어 강사를 충당할 수 없어 국문학과와 구별하여 한국어과라는 학과가 신설된 지도 오래다. 빅뱅이라고 해야 할까, 정말 무엇에 홀린 듯한 세상이 되었다.

대학을 졸업하던 무렵 읽은 이범선(李範宣)의 단편 「돌무늬」가 가끔 떠오르곤 한다. 내 돌무늬에 '호시무라 게이코'도, 그 터무니없는 세월의 흔적도 어디엔가 희미하게라도 검은색 무늬를 띠고 있을 것이다. 참으로 긴 세월을 살았다.

장 경 렬

미라보 다리 아래로 센강이 흐르고
우리의 사랑도 흐르네

언제나 그러하듯, 혜화역 근처 대학로에 가면 사라진 것들에 대한 그
리움으로 마음이 아프다. 온갖 치기와 객기에 휘둘리며 대학 생활의 초
창기를 보내던 그곳에는 이제 남아 있는 것이 별로 없기에. 모든 것이
변했다. 한때 서울대학교 도서관과 문리대 강의실이 있던 곳은 물론 운
동장이 있던 곳 어디도 온갖 상가 건물로 어지럽다. 정문을 지나면 바로
들어설 수 있었던 교정은 마로니에 공원의 터가 되어 남아 있지만, 마로
니에 나무만 빼고 어디서도 옛날의 모습을 찾을 수 없다. 남아 있는 것
이라고는 서울대학교 본부였던 공원 남쪽의 건물 하나뿐이다. 대학로
건너편도 모두 변했다. 오직 남아 있는 것이라고는 학림다방뿐이다. 하
지만 이름만 남아 있을 뿐 건물도, 삐걱삐걱 소리를 내는 나무 계단을
따라 들어섰던 다방의 정취도 옛것이 아니다.

며칠 전에 일이 있어 대학로 근처에 갔다가, 길 건너편에 서서 학림다
방 쪽을 한참이나 바라보았다. 이름만 그대로일 뿐 옛 모습을 찾을 수
없는 학림다방을 바라보다가, 눈길을 그 옛날에 간이식당이 있던 다방

아래층으로 옮겼다. 이제 식당이 있던 자리에는 약국이 들어서 있다. 눈길을 혜화동 로터리 방향으로 옮겨 진아춘이라는 중국집이 있던 곳을 더듬어 찾아보기도 했다. 그렇다. 다방에서 식당으로, 또는 중국집으로 향하던 나와 친구들이 어느 곳보다 자주 찾던 간이주점이 학림다방과 진아춘 사이에 있었다. 화가 아저씨가 누이동생과 함께 운영하던 '튀김집'이라는 이름의 주점!

서울대학교 문리대학이 인문대학, 사회과학대학, 자연과학대학으로 분리되어 관악산 기슭으로 옮겨 갈 무렵인 1975년 2월 말 저녁이었다. 정확하게 44년 전의 일이다. 친구들과 나는 아직도 추위가 상당하던 그 무렵에 튀김집에서 문리대 교정과의 이별을 애도하는 모임을 가졌다. 술잔을 주고받던 도중 나는 친구들에게 물었다. "우리가 온갖 객기는 다 부려 봤지만, 저 센강에서 목욕해 본 사람 있냐?" 몇몇 친구가 나를 바라보며 물었다. "넌 해 봤냐?" "아니, 지금 하러 갈 생각이야. 같이 갈 친구!" 주점을 나서는 나를 친구들이 하나둘 뒤를 따랐다. 그리고 우리는 길을 건너 센 강가로 갔다. 그런 다음 추위를 무릅쓰고 뛰어들었다.

센강이라니? 지금은 복개되어 모습을 찾아볼 수 없지만, 문리대 교정 앞쪽에는 구정물이 흐르는 개천이 있었는데 우리는 그 개천을 '센강'이라 불렀다. 뿐만 아니라, 문리대 정문 앞 개천 위의 다리를 '미라보 다리'라 부르기도 했다. 규모 면에서든, 분위기 면에서든, 어찌 파리의 센강과 당시 서울대학교 문리대 앞 개천을, 미라보 다리와 정문 앞 다리를 비교나 할 수 있었겠는가. 하지만 기욤 아폴리네르(Guillaume Apollinaire)의 시 「미라보 다리」에 기대어 우리는 주변의 누추한 환경을 그렇게 미화했던 것이다. 그리고 그 무렵 우리 모두는 누구나 프랑스어로든, 우리말로든, 그 시를, 적어도 그 시의 첫 연을 입가에 간직하고 다녔다.

"Sous le pont Mirabeau coule la Seine / Et nos amours / Faut-il qu'il m'en souvienne / La joie venait toujours après la peine(미라보 다리 아래로 센강이 흐르고 / 우리의 사랑도 흐르네 / 하지만 괴로움에 이어 항상 기쁨이 옴을 / 나는 잊지 않아야 하나니)". 마리 로랑생(Marie Laurencin)과의 사랑이 깨지자 실연의 아픔에 괴로워하던 아폴리네르가 세월과 사랑의 무상함을 흐르는 강물에 비유하여 노래했던 이 시가 당시 서울대학교 문리대를 다니던 학생들 모두의 마음을 빼앗았던 것이다.

나와 친구들이 센강으로 뛰어들던 그 무렵은 다시 말하지만 상당히 추울 때였다. 그리고 때가 때인지라 구정물조차 흐름을 멈춘 채 엷은 얼음에 덮인 채 여기저기 웅덩이로 남아 있을 뿐이었다. 아무튼, 우리는 신발을 벗어던지고 옷은 그대로 걸친 채 엷은 얼음을 깨고 얼마 남아 있지 않은 개천의 물웅덩이 속으로 뛰어들었다. 그리고 주저앉거나 뒹굴었다. 온갖 오물이 우리 몸을 더럽힌 것은 당연지사. 썩은 개천물이라도 수량이 적절하여 흐르기만 했다면! 그랬다면, 우리 몸은 그처럼 심하게 오물로 더럽혀지지 않았으리라.

사실 그 무렵 우리 현실은 서울대학교 문리대 앞 개천만큼이나 정체되어 있던 때였다. 세월이 무상하고 사랑이 무상하더라도 좋으니, 우리 시대와 사회가 흐르는 물에 정화되듯 맑아지고 깨끗해질 수만 있다면! 당시 우리는 괴로움에 이어 찾아올 기쁨을 애타게 기다리며 살아야 했다. 개천의 물구덩이에 주저앉거나 뒹굴던 우리에게 추운 2월의 센강은 바로 우리의 현실이었던 것이다.

우리가 온갖 오물을 묻힌 채 웃고 떠들면서 주점으로 돌아오자 한바탕 소동이 벌어졌다. 우리의 몸에서 나는 냄새가 어찌나 심했던지, 주점 안에 있던 친구들 모두가 눈살을 찌푸리거나 코를 감싸 쥐었다. 우리를 구석으로 내모는 친구도 있었고, 심지어 밖으로 뛰쳐나가는 친구도 있었다. 그런 가운데 이변이 일어났다. 오물을 씻도록 우리에게 물수건을 가져다주던 화가 아저씨의 누이동생이 따뜻한 물이 담긴 세숫대야를 가져왔다. 그리고 오물에 더럽혀진 우리의 발을 씻겨 주기 시작했다. 몸을 구부린 채 우리의 발을 씻어 주던 그녀의 모습에서 내가 본 것은 성녀(聖女)였다. 최후의 만찬 자리에서 제자들의 발을 씻겨 주셨다는 예수의 이야기가 문득 떠오르기도 했다. 진정으로 아름다웠던 그녀의 모습이 지금도 기억에 선하다.

사실 화가 아저씨의 누이동생은 우리 모두에게 '구원의 여신'과도 같은 존재였다. 주점을 찾는 우리에게 더할 수 없이 상냥하고 친절했던 그녀를 누구든 좋아했다. 상냥하고 친절할 뿐만 아니라 미모와 유머 감각도 뛰어났었다. 어찌 우리 모두의 누이동생이 아닐 수 있었겠는가. 심지어 몇몇 녀석은 그녀의 모습에서 미래의 신붓감을 찾기도 했다.

센강 목욕 사건이 있은 후에도 우리는 드물게나마 튀김집을 찾곤 했다. 그러던 어느 날 우리는 비보(悲報)이자 낭보(朗報)를 접하게 되었으니, 화가 아저씨의 누이동생이 우리 가운데 한 친구와 결혼을 약속했다는 것이었다. 그는 도대체 숫기라고는 없어 보이는 아주 조용한 친구였다. 그런 친구가 우리 모두가 공유하는 '구원의 여신'을 천상에서 지상으로 끌어내리게 된 것이다. 애도해야 하는가, 축하해야 하는가. 물론 그날 자리에 모였던 우리 모두는 그 친구에게 축하의 말을 건넸고, 튀김집의 술을 바닥냈다.

아마도 오랜만에 대학로를 찾던 며칠 전에 내가 서서 학림다방과 주변에 눈길을 주던 곳은 바로 센강 목욕 사건이 벌어졌던 그 자리였을 것이다. 그곳에 서서 튀김집과 센강 목욕 사건을 떠올리면서, 나는 다시금

　　　　　　　　　　　　　　　부드러움의 미덕

아폴리네르의 시 구절을 떠올렸다. 「미라보 다리」의 제2연은 이렇게 이어진다. "Vienne la nuit sonne l'heure / Les jours s'en vont je demeure(밤이 오고 시간을 알리는 종이 울리고/세월은 가지만 나는 남아 있네)". 그 자리에서 나는 생각을 이어갔다. 그렇다, 정체되어 있던 현실의 세월마저 강물이 흐르듯 흘러가고 모든 것은 변했다. 심지어 한겨울에 개천으로 뛰어들던 치기 어린 젊은이였던 우리도 늙은이가 되었다. 그럼에도 나는 여전히 여기 이곳에 남아서 강물처럼 흘러간 세월을 그리워하고 흔적 없이 바뀐 세상에 마음 아파하고 있지 않은가. 그렇게 하는 것이 옳은 일일까. 어찌 사라지고 흘러간 것들에 대한 그리움으로 마음 아파하는 것이 내가 해야 할 일의 전부이겠는가. 그날 나는 나를 질책하며 돌아섰다.

참, 궁금하지 않은가. 화가 아저씨의 누이동생과 친구의 결혼은 성사되었을까. 어쩌다 40년도 더 흐른 후 몇 년 전에 우연히 그 친구를 만나 후일담을 들었다. 그들은 결혼한 뒤 자식을 낳고 현재 잘 살고 있다고. 또한 화업(畵業)에 절치부심하던 튀김집 화가 아저씨는 저명 화가로 발돋움하게 되었다고. 즐거운 소식에 어찌 기쁘지 않을 수 있었겠는가. 하지만 여전히 옛날을 그리워하며 변하지 못한 채 치기 어린 마음으로 삶을 살아가는 나이니, 어찌 되뇌지 않을 수 있었으랴. "밤이 오고 시간을 알리는 종이 울리고/세월은 가지만 나는 남아 있네."

(2019. 2. 24.)

환란의 시대, 이 시대의 시인과 시의 역할

코로나 바이러스의 위세에 눌려 자가 격리 생활을 시작한 지 다섯 달이 될 무렵, 인터넷 사이트에서 눈길을 끄는 글 한 편과 마주하게 되었다. 이는 인도에서 발행되는 영자 신문 『더 스테이츠맨(*The Statesman*)』의 5월 8일자의 의견란에 수록된 것으로, 글을 쓴 이는 웨스트벵갈 지역 구시카라 대학의 영문과 교수 수칼리안 찬다(Sukalyan Chanda)라고 한다. 이 글의 이른바 '머리글'은 이렇게 시작된다. "오늘날 우리에게는 내면의 힘과 희망에 대한 라빈드라나스 타고르의 생각을 재발견할 필요가 있게 되었다. 코비드-19라는 유행병은 전 세계적으로 수많은 사람의 삶을 바꿔 놓고 있다. 유행병과 이에 따른 격리 생활로 인해, 우리는 점점 더 외로워지고 있으며 으스스한 불안감에 시달리게 되었다. 이 황량한 시대에 타고르의 글은 누구도 혼자가 아니며 우리가 함께임을 일깨운다."

누구도 예측하지 못했고 앞으로 어떻게 진행될지 누구도 예측하기 어려운 질병으로 인해 전 세계가 불안에 떨고 있는 요즘, 위대한 시인의 작품에서 마음의 위안을 찾자는 식의 논조는 시의적절한 것이긴 하다.

하지만 이와 유사한 논조의 글이야 어디서나 확인할 수 있지 않은가. 그렇기에 문제의 글에서 더 이상의 관심을 거두려 했지만, 마음을 바꿀 수밖에 없었던 것은 글의 시작 부분에 나오는 윌프레드 오웬(Wilfred Owen)이라는 이름 때문이었다. 오웬은 제1차 세계대전 당시 독일군과의 전투 중에 입은 부상으로 인해 1918년 11월 4일에 25세의 나이로 세상을 떠난 영국의 시인이다. 제1차 세계대전이 공식적으로 종결된 날이 그해 11월 11일이니까 이보다 일주일 앞서 죽음을 맞이했던 것이다. 그처럼 이른 나이에 세상을 등진 이 시인은 살아생전에 겨우 다섯 편의 작품을 발표했을 뿐, 우리에게 알려진 그의 작품 대부분은 그의 사후에 세상의 빛을 보게 된 것이다. 하지만 그는 오늘날 영국에서 가장 널리 사랑받는 몇 안 되는 시인 가운데 하나이고, 특히 전쟁 시에 관한 한 최고의 시인으로 평가받고 있다.

지난해 가을, 나는 우연히 그의 작품을 여러 편 찾아 읽게 되었는데, 특히 「기이한 만남(Strange Meeting)」이라는 시에 마음과 눈길을 모으던 때의 기억이 아직도 생생하다. 이 시에는 죽음을 통해 '전쟁의 참화'를 벗어난 한 영국군 병사의 이야기가 담겨 있다. 죽음에 이른 그는 죽은 자들이 머무는 지하 세계에서 바로 전날에 자신이 죽인 독일군 병사와 마주한다. 둘 사이의 "기이한 만남"이 이루어진 것이다. 지하 세계에서 만난 둘은 솔직한 마음의 대화를 나누는 가운데 화해와 용서에 이르고 마침내 함께 영원한 잠의 세계로 향한다. 이 시에서 나는 진정으로 맑고 순수한 영혼의 언어를 감지할 수 있었다. 말 그대로 내 몸과 마음은 슬픔과 연민과 감동에 휩싸이지 않을 수 없었다.

아무튼, 내가 오웬의 시를 찾아 읽던 때인 작년 가을만 해도 전혀 상상치 못했던 환란의 시대가 우리의 현실이 되었다. 사실 그가 삶의 마지막 나날을 보내던 그 시기는 지금 우리가 처한 환란의 시대와 적어도 한 가지 측면에서 크게 다르지 않다. 어떤 의미에서 그러한가 하면, 그가 세상을 떠난 해인 1918년은 제1차 세계대전이 종식된 해이기도 하지만 '스페인 독감'이라는 질병이 발발한 해라는 점에서 그러하다. 오웬이 당시 전쟁터에서 어머니에게 보낸 편지에도 스페인 독감에 감염된 동료 병사들에 관한 이야기가 나오는데, 그해 1월에 발발하여 1920년 12월까지 3년 동안 창궐했던 이 질병에 당시 18억가량이었던 세계 인구 가운데 5억이 감염되었다고 한다. 그리고 적게는 1천 7백만, 많게는 5천만 — 심지어는 1억 — 의 인명이 이 질병에 희생되었다고 한다. 당시이 질병에 목숨을 잃은 한국인도 적지 않았는데, 인제대학교 김택중 교수의 논문(서울대학교 『인문논총』 제74권 제1호, 2017)에 의하면, "1919년 3월 조선총독부가 공식 집계한 결과 독감 유행으로 식민지 조선의 1918년도 추정 인구 17,057,032명 중 7,556,693명의 환자가 발생하였고, 이 가운데 140,527명이 사망하여 사망률은 0.82%였다"고 한다.

어찌 보면, 예기치 않은 죽음이 세상을 지배하는 환란의 시대가 백 년만에 다시 인간 세계를 찾아온 것이다. 코로나 바이러스로 명명된 병균에 감염된 첫 사례가 2019년 12월 1월 중국에서 보고된 이후 8개월을 조금 넘긴 올해 2020년 7월 중순까지 1천 4백 50만 명 이상이 감염되었고, 60만 명 이상이 목숨을 잃은 것으로 알려져 있다. 지난 백 년 동안 발전에 발전을 거듭해 온 의술에도 불구하고 이처럼 엄청난 수의 인명이 희생되다니! 우리나라의 경우에도 감염자가 1만 3천 명이 넘고, 사망자 수는 거의 3백 명에 이른다고 한다.

이런 수치를 놓고 많은 이야기가 오가고 있다. 이 가운데는 한국이 질병 대처에 모범적 사례라는 평가도 있다. 하지만 이런 평가를 접할 때마다 내 마음은 편치 않다. 이 질병으로 인해 세상을 떠난 한 분 한 분에 대한 안타까움이 여전히 마음을 무겁게 짓누르기 때문이다. 이 끔찍한 질병이 아니면 우리와 함께 앞으로도 오랫동안 세상의 햇볕과 대기를 함께 즐길 사람들이 돌연히 세상을 떠난 것이다. 어찌 그 숫자에 적다고 하여 마음이 편할 수 있겠는가!

상념으로 인해 편하지 않은 마음을 다독이며 찬다 교수의 글을 마저 읽었다. 타고르의 여러 작품 ─ 그러니까 "누구도 혼자가 아니며 우리가 함께임을 일깨"우는 타고르의 글 ─ 이 지니는 소중한 의미에 대한 그의 글을 끝까지 읽는 동안 내 마음을 떠나지 않던 것은 글의 앞부분에서 그가 언급한 오웬에 관한 이야기였다. 타고르는 아들의 전사로 인해 말할 수 없는 고통에 시달렸을 오웬의 어머니인 수전 오웬(Susan Owen)으로부터 1920년에 다음과 같은 내용의 편지를 받았다고 한다. "거의 2년 전입니다. 나의 사랑하는 첫째 아들이 마지막으로 한 번 더 전쟁터로 떠나게 되었지요. 아들이 저에게 작별 인사를 하던 날, 우리는 함께 햇빛 속에 장엄한 모습을 드러내 보이던 바다 저 너머로 눈길을 주고 있었어요. 우리가 무너지는 가슴을 추스르며 프랑스 쪽으로 눈길을 주는 동안, 시인인 제 아들이 당신의 경이로운 시 한 편을 읊조렸습니다. '이것이 이 세상을 떠날 때 내가 하는 작별의 말이 되게 하소서'로 시작되는 바로 그 시편 말입니다."

'머리글'의 출처에 해당하는 찬다 교수의 글 마지막 부분까지 살펴 읽은 뒤에 나는 곧바로 오웬의 어머니가 타고르에게 보낸 편지가 인도하는 대로 타고르의 시집 『기탄잘리』를 서가에서 찾아 시집에 수록된 제 96시편을 읽었다.

내가 본 세상은 너무나 아름다웠습니다. 이것이 이 세상을 떠날 때 내가 하는 작별의 말이 되게 하소서.

드넓은 빛의 대양 위로 활짝 펼쳐져 있는 연꽃이 숨기고 있는 꿀을 맛보았으니, 나는 축복 받은 사람입니다. 이것이 내가 하는 작별의 말이 되게 하소서.

무한한 형상들로 가득 찬 이 놀이터에서 나는 한껏 놀았으며, 바로 이곳에서 나는 형상이 없는 님의 모습을 언뜻 보기도 했습니다.

내 몸 전체와 팔과 다리는 감각의 한계를 초월하여 존재하는 님의 손길에 감동의 전율을 느끼기도 했습니다. 만일 여기에서 내 생명을 끝맺고자 하신다면, 그렇게 하소서. 이것이 내가 하는 작별의 말이 되게 하소서. (장경렬 역, 열린책들, 2010, 128쪽)

시집을 펼쳐든 채 시의 구절구절이 지니는 의미를 헤아리는 동안 자연스럽게 내 마음에 떠오르는 것이 있었으니, 이는 어머니 곁에서 이 시를 읊조리는 오웬의 모습이었다. 아아, 나는 시인이 아니기에 언어화하지 못하지만, 그럼에도 내 심안(心眼)에는 그 당시 그의 표정과 모습이 어찌 그리도 생생하게 떠오르던지! 절망과 죽음이 지배하는 전쟁터를 눈앞에 떠올리면서도 살아온 삶에 대한 긍정과 사랑의 마음을 잃지 않는 한 젊은이의 모습을 떠올리면서, 나는 마음이 숙연해짐을 느끼지 않을 수 없었다. 아울러, 그의 마음과 모습을 상상 속에 헤아리며 타고르의 시편 구절구절을 짚어 읽는 동안, 한 젊은이의 고뇌가 내 마음을 더할 수 없이 저미게 했고, 그로 인해 코끝이 찡해지고 눈이 흐려짐을 어찌할 수 없었다.

찬다 교수가 말하듯, 이 시에서 인간의 삶은 "아름다운 영적 체험"으로 묘사되고 있다. 하지만 언제 어떻게 마감될지 모르는 것이 우리네 인간의 삶이기도 하다. 특히 환란의 시대에 우리의 삶은 예측불허의 것일 수밖에 없다. 그렇기에 우리의 마음에 불안감은 가중될 수밖에 없지만, 타고르는 이 시를 통해 불안에 떠는 우리의 마음을 다독인다. 환란에도 불구하고 세상의 밝고 환함을 감지하는 눈— 즉, "내면의 힘"—을 잃지 않도록, 그리고 죽음이 다가와 동행을 요구하더라도 자신이 "축복받은 사람"임을 잊지 않도록. 묘하게도, 타고르가 말하는 "작별의 말"은 단순한 체념의 말로 읽히지 않는다. 이는 삶 자체와 죽음까지도 긍정적으로 받아들이기를 간곡히 다독이는 시인—그것도 자신의 고통을 초월하여 더할 수 없이 맑은 긍정의 눈으로 세상을 바라보는 능력을 지닌 진정으로 위대한 시인—이 우리에게 전하는 "희망"의 말로 읽히기도 한다. 찬다 교수의 글 마지막 부분에서 가져온 앞서 언급한 '머리글'은 이런 맥락에서 이해해야 하리라.

타고르처럼 맑은 긍정의 마음을 지닌 시인과 그의 시가 우리 곁에 존재하는 한, 그리고 이를 이해하고 사랑하는 이들이 세상 어디에도 존재하는 한, 우리는 누구도 외로울 수 없다. 우리는 마음과 마음을 이어 주는 시인의 그의 아름다운 시를 통해 '하나'가 될 수 있기에. 우리는 모두가 외롭지만 물리적인 외로움을 뛰어넘어 마음으로 '하나'가 될 수 있기에. 문득 사랑의 마음으로 세상을 살아가는 삶이 어떤 것인가를 실천적으로 보여 주었던 시인—감히 말하건대, 말 그대로 '성자의 삶'을 살았던 시인—인 구상의 「홀로와 더불어」가 마음을 스친다. "나는 홀로다. / 너와는 넘지 못할 담벽이 있고 / 너와는 건너지 못할 강이 있고 / 너와는 헤아릴 바 없는 거리가 있다. // 나는 더불어다. / 나의 옷에 너희의 일손이 담겨 있고 / 나의 먹이에 너희의 땀이 배어 있고 / 나의 거처에 너희의 정성이 스며 있다. // 이렇듯 나는 홀로서 / 또한 더불어 산다. // 그래서 우리는 / 저마다의 삶에 / 그 평형과 조화를 / 이뤄야 한다."

코로나 바이러스로 인한 유행병으로 인해 세상을 떠난 이들 — 적게는 우리나라의 300명 남짓의 분들, 많게는 전 세계의 60만 명 이상의 분들 — 이 타고르가 말하는 긍정의 눈과 마음으로 이 세상에게, 그리고 이 세상의 사랑하는 이들에게 "작별의 말"을 했기를! 그리고 우리도 이 세상을 떠날 때가 되면 그와 같은 "작별의 말"을 할 수 있기를! 아울러, 여전히 내 마음에 남아 있는 '희망'의 말이 있다면, 그분들의 떠남에 안타까워하고 슬퍼하는 마음을 우리 모두가 공유함으로써, 점점 더 외로워지는 것이 우리네 삶일지 몰라도 여전히 마음으로 함께하고 있음에 우리 모두가 마음의 위안과 내면의 힘을 얻기를! 문득 내 마음을 스치는 시 구절이 또 하나 있으니, 우리에게 타고르만큼이나 소중한 시인인 한용운이 남긴 시 「님의 침묵」을 환하게 밝히는 다음과 같은 사랑과 이별의 말이다. "우리는 만날 때에 떠날 것을 염려하는 것과 같이 떠날 때에 다시 만날 것을 믿습니다. / 아아, 님은 갔지마는 나는 님을 보내지 아니하였습니다. / 제 곡조를 못 이기는 사랑의 노래는 님의 침묵을 휩싸고 돕니다."

(2020. 7. 27.)

부드러움의 미덕

어머니 또는 엄마라는 마법의 말

하나, 정명환 선생님의 말씀을 다시금 음미하며

지난해인 2021년 여름에 정명환 선생님께서 나에게 선생님의 저서 『프루스트를 읽다』를 보내 주셨다. 이는 옛날에 발표한 글을 여기저기서 모으고 그것에 수정 작업을 가해 발간한 여느 유형의 책이 아니라, 최근 몇 년 동안의 끈질긴 독서와 사색, 분석과 성찰을 선보이는 그야말로 역저에 해당하는 책이다. 구순을 넘기신 선생님께서 이 같은 역저를 출간하심에 놀라워하는 마음으로 나는 선생님의 이 귀한 저서를 읽기 시작했다. 읽기 시작한 지 얼마 안 되어, 머리말에 담긴 어느 한 말씀과 마주하고는 잠시 읽기를 멈추고 생각에 잠기지 않을 수 없었다. 예상치 않은 자리에서 선생님의 깊은 속마음을 엿보게 되었기 때문이었다. 그리고 선생님의 마음을 이보다 더 적절한 자리에서 또한 이보다 더 환하게 짚어 보게 하는 말씀이 없으리라는 생각이 들기도 했기 때문이었다. 아울러, 이 한 말씀이야말로 선생님의 최근 독서 체험이 담긴 『프루스트를 읽다』를 읽는 데 암시적으로나마 소중한 지침(指針)이 될 수도 있으리라는 막연한 생각이 이어졌기 때문이었다. 선생님께서는 이렇게 말씀하셨다.

"노년이 되어서야 철이 들었는지, 요새 어머니 생각이 간절하다."

이어서, 그런 마음을 되새기기라도 하시듯, 선생님께서는 저서의 첫째 글에서 어머니에 관한 일화 가운데 하나를 떠올리셨다. 그리고 그 자리에서 당신의 어머니께서 느꼈을 법한 당신에 대한 "섭섭함"을 이야기하기도 하셨고, "연년세세 어머니의 기일이 돌아오면 그 일이 생각나서 가슴이 뜨끔거린다"는 속내를 드러내기도 하셨다.

선생님께서 귀천하시기 얼마 전에 전화로 그 대목에 관해 이야기를 나눴기 때문인지 몰라도, 어버이 — 실은 어머니 — 의 고마움을 되짚어 보기로 약정한 날을 보내는 동안에도 나는 잠시 어머니 생각을 간절하게 하시던 정명환 선생님을 떠올리고는 한없이 가라앉는 마음을 주체하지 못했다. 꼽아 보니 선생님께서 귀천하시기 불과 3주 전인 2월 말 선생님과 이야기를 나누었던 나에게 선생님의 귀천은 말 그대로 믿기지 않는 뜻밖의 일이었다. 이제 선생님께서 귀천하신 지 두 달이 가까워 오지만, 그 사실이 여전히 믿기지 않아 나는 그저 망연자실할 뿐이다.

망연자실한 마음으로나마 정명환 선생님의 "요새 어머니 생각이 간절하다"는 말씀을 다시금 음미하면서, 나는 내 나이에 스물을 더한 나이의 나의 어머니를 생각한다. 솔직히 말해, 나는 나이를 먹을 만큼 먹어서도 여전히 어린아이처럼 '어머니'가 아닌 '엄마'라는 호칭을 사용한다. 어떤 호칭을 사용하든, 나는 나의 엄마가 내 곁에 계셔서 행복하다. 하지만 나의 엄마는 요즘 편치 않으시다. 어찌 가라앉은 내 마음이 조금이라도 환한 곳으로 향할 수 있겠는가.

둘, 롤링스의 단편소설 가운데 한 편을 다시 찾아 읽으며

가라앉은 마음을 추스르는 동안, 나는 눈앞에 닥친 일을 처리하기 위해 아주 오래된 『리더스 다이제스트(Reader's Digest)』라는 잡지의 과월호들을 들척이던 며칠 전의 일을 기억에 떠올린다. '아주 오래된 『리더스 다이제스트』를 들척이다'니? 최근에 어느 잡지사의 요청으로 수필 문학에 관한 글을 써야 했기 때문이었다. 아주 멋진 수필의 예를 그 잡지의 과월호에서 읽었던 것이 기억에 떠올라, 혹시 해당 글이 수록된 잡지가 남아 있다면 이를 찾아 다시 읽고 인용하고자 했던 것이다.(고등학생 시절에 사서 읽곤 했던 이 잡지의 영문판 과월호 수십 권가량이 아직도 내 곁에 있다.) 그런데, 잡지의 과월호들을 뒤적이다가 나는 어릴 적에 읽은 것이 기억나는 글 가운데 어느 한 편에 눈길을 주게 되었다. 이는 "맨빌에 계신 어머니" 정도로 그 제목이 번역될 수 있는 "A Mother in Mannville"이라는 단편소설로, 목차를 훑어본 뒤에 해당 지면을 펼치니, 사전을 뒤적이며 이 작품을 읽었음을 증명하기라도 하듯 몇몇 영어 단어 아래쪽에 내 어릴 적의 볼품없는 글씨체로 뜻풀이까지 덧붙여 놓은 것이 보였다. 이 소설을 읽은 것이 언제였던가. 막연히 어릴 적이었다는 것만을 기억할 뿐, 구체적인 내용도 기억에 가물가물했다. 하지만 이를 읽었을 때의 마음속 깊은 울림이 있었던 것만은 여전히 기억의 저편에 남아 있었다. 옛 기억을 더듬어 가면서, 나는 찾고자 하였던 글에 대한 생각을 잠시 접고 이 단편소설을 일삼아 다시 읽었다.

이제 나이가 들어 되찾아 읽으면서 확인한 바이지만, 이는 미국의 소

『리더스 다이제스트』
1968년 2월호, 124쪽에
수록된 제목과 삽화

설가 마저리 키넌 롤링스(Majorie Kinnan Rawlings, 1896~1953)가 1936년에 발표한 단편소설을 『리더스 다이제스트』의 편집자가 축약하여 1968년 2월호, 124~128쪽에 수록한 것이다. (스캐닝을 하여 현재의 글 한쪽에 올려 놓은 삽화 오른쪽 아래에는 문제의 소설이 When the Whippoorwill—에 수록된 글을 축약한 것임을 밝히고 있는데, 이는 롤링스가 "A Mother in Mannville" 등의 단편소설을 모아 1940년에 발간한 소설집의 제목이다. 이 소설집의 제목에 등장하는 "whippoorwill"은 우는 소리가 'whip-poor-will'로 들린다 하여 이름이 그렇게 붙여진 '쏙독새'를 말한다.) 롤링스는 『한 살짜리 새끼 사슴(The Yearling)』으로 퓰리처상을 수상한 작가로, 미국 플로리다의 전원 지역에 거주하며 그곳 사람들의 삶을 소설로 형상화하는 일에 주력한 미국의 대표적인 '전원 작가'이기도 하다.

아무튼, 비록 '축약된 형태'의 것이긴 하지만, 오랜 세월이 지난 뒤에 롤링스의 단편소설 가운데 한 편을 다시 찾아 읽게 되었던 것이다. 소설

부드러움의 미덕

의 내용은 다음과 같다.

글 속의 화자는 롤링스가 그러하듯 여성 작가로, 좀처럼 써지지 않는 글을 쓰기 위해 한적한 곳을 찾고자 한다. 때는 10월이기에 단풍도 즐길 겸 작가는 캐롤라이나 고산 지대에 자리한 어느 한 고아원의 부속 건물을 임시 숙소로 정한다. 고아원의 본체에서 1킬로미터 정도 떨어진 곳에 그 건물이 있는데, 작가는 난방용 장작을 패 줄 사람이 필요하여 이 일을 해 줄 이를 물색해 달라고 누군가에게 부탁한다. 얼마 후, 열두 살 정도 되어 보이지만 나이에 비해 체구가 작은 소년이 그녀가 머물고 있는 곳을 찾는다. 그런데 놀랍게도 낯선 사람이 찾아오면 의당 짖어 대야 할 자신의 애견(愛犬)인 패트가 그 소년 곁에 얌전히 있는 것이 아닌가! 아무튼, 저렇게 작은 체구의 소년이 힘든 일을 제대로 할 수 있을까 하는 의구심을 갖지만, 소년은 놀라울 정도로 뛰어난 솜씨를 발휘하여 엄청난 양의 장작 더미를 가지런히 쌓아 놓는다. 이에 소년을 신뢰하게 된 작가는 필요한 땔감을 얻기 위해 날마다 그에게 장작 패는 일을 맡기게 된다.

곧이어 작가는 '제리'라는 이름의 그 소년이 네 살 때부터 고아원에 맡겨졌음을 알게 된다. 그런데, 어느 날 장작을 패기 위한 도끼의 손잡이가 부러진다. 부러진 손잡이를 고치는 일이 고아원의 목공소에서 해결된 뒤에, 작가는 소년에게 수리 비용을 지불하고자 한다. 하지만 소년은 자신의 실수 때문에 손잡이가 부러진 것이기 때문에 그 비용은 의당 자신이 부담해야 한다고 말한다. 이에 작가는 누가 일을 맡아 하든 그런 일은 어느 때나 발생할 수 있기에 그가 책임질 필요는 없다고 말하면서, 수리 비용을 자신이 지불할 것을 고집한다. 이에 소년은 마지못해 작가의 말을 따른다. 작가는 이렇게 말한다.

나의 말을 듣고서야 아이는 돈을 받으려 했다. 아이는 자신의 부주의함에 대해 책임을 지는 위치에 서 있고자 했다. 아이는 주체적인 자유 의지의 소유자였으며, 자신에게 맡겨진 일을 조심스럽게 수행하고자 했다. 그리고 그 일이 잘못되었을 때 아무런 변명 없이 자신이 느끼는 바의 책임을 감수하려 했다.

아이는 자신이 해야 할 필요가 없는 일까지도 나를 위해 해 주었다. 마음이 크지 않고서는 결코 할 수 없음이 확인되는 그런 멋진 일을 아이는 나를 위해 해 주었던 것이다. 그 자리에서 바로 해결할 수 있는 일이기에 훈련 과정을 통해 따로 배울 필요가 없는 일들, 그 어떤 앞선 경험이 따로 없어도 할 수 있는 일들을 해 주었다.

요컨대, 제리는 성실하고 생각이 깊은 소년이다. 작가는 그와의 만남을 이어가던 중, 일이 생겨 자신의 애견인 패트를 소년에게 맡기고 주말 동안 숙소를 떠나 있게 된다. 그리고 돌아와 패트를 잘 돌봐 준 소년에게 1달러의 사례를 한다. 소년은 그 돈에 바라보며 머뭇거리다가, 받아 들고 자리를 뜬다. 아무튼, 그 모든 과정을 거치는 가운데 작가와 소년은 가까운 사이가 된다. 이윽고 어느 날 밤에 소년이 작가의 숙소를 찾는다. 소년을 맞아들인 작가는 그와 함께 벽난로 앞에 앉아 이야기를 나눈다. 물론 작가의 애견인 패트도 그들과 자리를 함께하는데, 패트는 작가 자신이 "애견에게 베풀지 못했던 그런 종류의 편안함을 소년의 곁에서 찾는다." 이야기를 나누던 중 소년은 이글거리는 벽난로의 불꽃을 바라보며 이렇게 말한다.

"아주머니는 약간 저의 어머니와 닮아 보여요. 특히 어둠 속, 난로 곁에서 보니 그래요."

부드러움의 미덕

이에 소년이 네 살 때 고아원에 맡겨졌음을 알고 있는 작가는 그런 아이가 어떻게 자기 어머니를 기억할 수 있겠는가 하고 의문을 갖게 된다. 그런 작가에게 소년이 말한다.

"저의 어머니는 맨빌에 계셔요."

사실 어릴 적에 이 소설을 읽으면서 나는 맨빌(Mannville)이 어디에 있는지 몰랐다. 다만 막연하게 산속의 고아원에서 떨어져 있는 어느 도시일 것으로 생각했을 뿐이었다. 이번에 다시 이 소설을 읽다가 확인해 보니, 이 세상에는 '맨빌'이라는 지명이 딱 한 군데 있음을 알게 되었다. 이는 캐나다의 앨버타주에 있는 작은 마을의 지명이다. 캐롤라이나 고산 지대는 미국의 캐롤라이나 지역을 가로지르는 곳에 위치해 있으니, 만일 소년이 말하는 맨빌이 그곳이라면 이는 소년이 있는 고아원에서 엄청나게 머나먼 곳이다. 아무튼, 작가는 이 자그마한 체구의 아들을 방치하고 있는 소년의 어머니에 대해 분노감까지 느낀다. 그런 작가와 소년의 대화는 이렇게 이어진다.

"최근에 어머니를 본 적이 있니?" 내가 이렇게 물었다.
"저는 매년 여름마다 어머니를 만나요. 저를 데리러 사람이 오지요."
나는 소리치고 싶었다. "왜 너의 어머니는 너와 함께하지 않는 거니? 너를 다시 보내다니, 어떻게 그럴 수 있는 거지?"
아이가 말했다. "어머니는 여력이 되면 언제든 맨빌에서 이곳으로 저를 보러 오셔요. 그런데 지금 어머니는 실직 상태예요."
아이의 얼굴이 불꽃에 비쳐 환하게 빛나고 있었다. "어머니는 저에게 강아지 한 마리를 보내고 싶어 하셨어요. 하지만 여기서는 어떤 애도 강아지를 키울 수 없어요. 지난 일요일에 제가 입고 있던 양복을 기억하시죠?' 자랑스러워하는 소년의 표정에는 꾸밈이 없었다. "어머니가 저에게 크리스마스 선물로 보낸 거지요. 지난번 크리스마스 때엔 ─ ." 아이는 옛 추억을 음미하면서 숨을 길게 들이마시고는 이렇게 말했다. "어머니가 저에게 롤러스케이트를 보내 주셨어요. 전 다른 애들에게 그걸 가지고 놀게 해요. 조심해서 가지고 놀라고 당부하지만 말예요."

작가는 소년의 어머니가 소년을 완전히 내치거나 잊은 것은 아니라고 생각하면서도, 여전히 분노의 마음을 억누르지 못한다. 가난 때문이든 다른 무엇 때문이든, 어찌 어머니라는 위인이 그럴 수 있단 말인가! 소년은 패트를 돌봐 준 대가로 작가가 소년에게 준 돈 1달러를 자기 어머니에게 "하얀 장갑"을 사서 보내는 데 쓸 계획임을 밝히기도 한다. 곧이어 소년이 말한다. "어머니는 하얀 장갑을 좋아하셔요." 소년은 1달러의 돈이면 그것을 사는 데 부족함이 없지 않겠냐고 묻기도 한다.

마침내 한동안 머물던 고아원의 부속 건물을 떠날 때 소년이 작가에게 온다. 작가가 소년에게 말한다.

"제리야, 그동안 너는 나에게 아주 멋진 친구가 되어 주었어. 네가 보고 싶을 거야. 패트도 너를 보고 싶어 하겠지. 나는 내일 떠난단다."

그 말에 소년은 아무런 대꾸도 하지 않은 채 말없이 자리를 뜬다. 작가는 그런 소년을 지켜보기만 할 뿐, 달리 어찌하지 못한다. 떠나는 날 작가는 소년이 찾아오기를 기다리지만, 그는 끝내 모습을 보이지 않는다. 그날 늦게 숙소의 열쇠를 반납하러 고아원의 본관을 찾았다가, 작가는 그곳의 여직원과 이렇게 대화를 나눈다.

"제리에게 작별 인사를 하고 싶은데, 그 아이를 좀 불러 주시겠어요?"

"그 아이가 지금 어디에 있는지 모르겠네요." 여직원이 말을 이었다. "아이의 몸이 좋지 않은 것은 아닌가 걱정이 돼요. 오늘 점심때 식사를 하지 않았거든요. 아이들 가운데 누군가가 제리가 언덕 위의 월계나무숲으로 가는 걸 보았다고 하더군요."

여직원은 모르고 있지만, 작가는 그 월계나무숲이 소년이 패트와 함께 가서 숨바꼭질 놀이를 하는 등 소년과 패트 둘만의 놀이터임을 잘 알고 있다. 아무튼, 마음 아픈 작별 인사를 하지 않게 되어 차라리 잘되었다는 생각에 거의 안도감까지 느끼는 작가가 여직원과 대화를 이어 간다. 둘 사이의 대화가 계속 이어지는 이 소설의 마지막 부분을 이 자리에 옮기기로 하자.

내가 말했다. "저는 제리의 어머니에 관해 선생님과 이야기를 나누고 싶었어요. 왜 그 아이가 여기에 있는 거죠? 하지만 저는 제가 예상했던 것보다 좀 더 서둘러 떠나야 할 것 같네요. 여기 약간의 돈을 선생님께 맡기고 싶습니다. 선생님께서 이 돈으로 크리스마스 때나 그 아이의 생일날에 아이를 위해 뭔가 선물을 사 주셨으면 해요. 제가 직접 선물을 사서 아이에게 보내는 것보다는 그게 더 나을 것 같네요. 어쩌다 아이가 가지고 있는 걸 모르고 같은 걸 보낼 수도 있으니까요. 예컨대, 스케이트 같은 것 말예요."

여직원은 정직한 노처녀 특유의 눈을 깜박이며 이렇게 말했다. "여기서는 스케이트 같은 게 별 소용이 없어요."

그녀의 명청함이 나를 짜증나게 했다.

"제가 말씀드리고자 하는 게 무언가 하면요, 저는 그 아이의 어머니가 보낼 법한 것을 다시 사 주기를 원하지 않는다는 거예요. 그 아이의 어머니가 아이에게 이미 보냈다는 사실을 모르고 있는 스케이트와 같은 걸 사서 보내게 될지도 모르기에 드리는 말씀입니다."

내가 이렇게 말하자, 그녀가 나를 뚫어지게 쳐다보았다.

"무슨 말씀인지 모르겠는데요." 그녀의 말이 이어졌다. "그 아이에게는 어머니가 없어요. 스케이트도 없고요."

이렇게 끝나는 소설의 끄트머리에는 내 어릴 적의 볼품없는 바로 그 글씨체로 이렇게 적혀 있었다. "1968. 10." 계산해 보니, 나는 약 54년 전에 '축약된 것'이긴 하나 롤링스의 단편소설과 마주했던 것이다. 그처럼 긴 세월이 지난 뒤에, 나는 아마도 그때 그러했을 것처럼 작품의 마지막 구절까지 읽고 마음이 깊이깊이 저며 옴을 느끼지 않을 수 없었다. 소년의 외로움과 어머니의 사랑을 향한 소년의 간절한 마음이 함께 읽혔기 때문이다. 소년은 상상 속에서나마 어머니의 모습을 그리고, 어머니를, 또한 어머니의 사랑을 그리워하고 있었던 것이다. 소설 속의 소년 제리가 그러했던 것처럼, 비록 곁에 없어도 있는 것으로 상상하거나 곁에 없기에 더욱 그리워함으로써 삶의 외로움을 견딜 수 있도록 도움을 주는 존재, "앞선 경험이 따로 없어도" 우리가 생래적으로 또는 본능적으로 우리 마음속 깊은 곳에 간직하고 있는 애틋하고도 소중한 존재, 그런 존재가 다름 아닌 어머니가 아닐지?

문학적으로든 학문적으로든 인간적으로든 감히 정명환 선생님 근처에도 가지 못할 위인이 나임을 잘 알고 있지만, 그럼에도 나 역시 선생님께서 나이가 들어 간절한 마음으로 떠올리시던 어머니를 향한 사랑과 그리움의 마음을 내 마음 깊이깊이 이해하고 또 이에 공감한다. 아니, 나 역시 어머니 또는 엄마라는 존재가 나에게 얼마나 크고 소중한 존재인지를 배우지 않아도 본능적으로 안다.

부드러움의 미덕

셋, 김종철 시인과 박시교 시인의 시를 기억에 떠올리며

더 이상 여기에 덧붙이는 어떤 말도 췌사(贅辭)일 것임을 나는 알고 있다. 그럼에도 나는 여기서 췌사를 멈출 수 없다. 마치 엄마의 주위를 공연히 맴도는 어린아이처럼, 일없이 엄마의 품에 뛰어들거나 엄마에게 매달리는 어린아이처럼, 나는 깊은 울림을 간직한 엄마 또는 어머니라는 마법의 말에서 여전히 헤어날 수 없기 때문이다. 그런 나의 마음을 헤아리기라도 한 양 기억의 한 구석에서 시 한 편이 자리를 털고 일어나 내게 다가온다.

> 나는 어머니를 엄마라고 부른다
> 사십이 넘도록 엄마라고 불러
> 아내에게 핀잔을 들었지만
> 어머니는 싫지 않으신 듯 빙그레 웃으셨다
> 오늘은 어머니 영정을 들여다보며
> 엄마 엄마 엄마, 엄마 하고 불러 보았다
> 그래그래, 엄마 하면 밥 주고
> 엄마 하면 업어 주고 씻겨 주고
> 아아 엄마 하면
> 그 부름이 세상에서 가장 짧고
> 아름다운 기도인 것을!
>
> ― 김종철, 「엄마 엄마 엄마」 전문

하기야 "엄마"라는 "그 부름이 세상에서 가장 짧고 / 아름다운 기도"라는 깨달음이 어찌 어느 한 시인만의 것이겠는가. 엄마와 함께 이 세상을 살아가는 나 같은 행운아나 엄마를 잃고 슬퍼하는 이가 공유하고 있는 것이 "엄마"야말로 "그 부름이 세상에서 가장 짧고 / 아름다운 기도"라는 깨달음일 것이다.

아무튼, 언젠가 내가 이 시에 관해 논의한 바 있듯, 이 같은 깨달음은 "엄마 하면 밥 주고 / 엄마 하면 업어 주고 씻겨 주"기 때문인 것으로 읽힌다. 깨달음의 동기가 그러하다면, 생각이 지나치게 유아적이라는 비판에서 벗어나기 어려울 것이다. 하지만 그런 비판은 이른바 '어른의 시각'에 근거한 것일 뿐이다. 사실, 이 시의 묘미는 엄마 앞에서든 또는 엄마를 생각하는 동안에든 우리 모두는 불현듯 우리도 모르게 어린아이가 된다는 만고의 진리를 드러낼 듯 감추고 감출 듯 드러내고 있다는 데 있다. 위의 시에서 시인은 바로 그런 어린아이가 되어 있는 것이다. 그런 의미에서, "엄마"라는 말은 그 자체가 신비로운 "부름"인 것이다. 그리고 그렇기에 "엄마"는 곧 하나님의 '말씀(the Logos)'과도 같은 것이기도 하다. "빛이 있으라 하시매 빛이 있었고"(창세기 1장 3절)라는 기독교 성경의 구절이 암시하는 바의 기적이 우리네 인간 세계에서도 가능하다면, 이를 가능케 하는 것은 "엄마"라는 신비로운 "부름"이 아니겠는가. 그 부름이 우리에게 또 하나의 천국과도 같은 세계, 따뜻하고 아늑한 세계로 불현듯 우리도 모르게 우리를 이끌기 때문이다. "엄마"라는 "부름"이야말로 "세상에서 가장 짧고 / 아름다운 기도"임은 이 때문이다.

아마도 정명환 선생님께서 "노년이 되어서야 철이 들었는지, 요새 어머니 생각이 간절하다"고 말씀하셨던 것은 어머니라는 신비로운 부름이 나이가 든 선생님의 마음을 새삼스럽게 감싸 안았기 때문이 아닐지? 그런 의미에서 보면, "노년이 되어서야 철이 들었는지"라는 선생님의 말씀에서는 일종의 반어(反語)가 짚이기도 한다. 말하자면, '인세홍진(人世紅塵)'을 초연할 수 있는 나이가 되어서야 어른의 흐린 마음을 걷어 내고 다시금 어린이의 맑은 마음을 되찾게 되었는지'로 읽히기도 한다. 시인 윌리엄 워즈워스(William Wordsworth)가 "어린이는 어른의 아버지(the Child is father of the Man)"라고 했을 때 그것이 암시하는 바의 경지 ― 그러니까, '어린이가 어른이 되는 경지'가 아니라 '어른이 다시 어린이가 되는 경지' ―를 '철이 들다'라는 표현에 담고 계신 것으로 볼 수는 없을지? 아니, 어찌 보면, 이때의 '철이 들다'는 사전적 의미에서의 '사리를 분별하는 능력이 생기다'가 아니라, 비유적 의미에서 '진정한 사랑이 무엇인지를 알게 되다'일 수도 있으리라. 첨언하자면, 정명환 선생님의 『프루스트를 읽다』는 이처럼 '다시 어린이가 된 어른'의 맑은 눈길이 가능케 한 문학 텍스트 읽기가 아닐지? 내가 이 글을 시작하면서 이 말씀이 『프루스트를 읽다』를 읽는 데 암시적으로나마 소중한 지침이 될 수도 있으리라는 생각'을 어렴풋하게나마 하게 되었던 것은 이 때문일 것이다.

정명환 선생님께서 새롭게 느끼셨을 법한 자식을 향한 어머니의 사랑과 어머니를 향한 자식의 사랑을 되짚어 보는 바로 이 순간, 또 한 편의 시가 기억의 저편에서 낮은 목소리로 나에게 속삭인다.

> 그리운 이름 하나 가슴에 묻고 산다
> 지워도 돋는 아련한 풀꽃 향기 같은
>
> 그 이름
> 눈물을 훔치면서 되뇌인다
> 어-머-니
> ― 박시교, 「지상에서 가장 아름다운 이름」 전문

이 시에 대해서는 그 어떤 췌사도 덧붙이지 않기로 하자. 아니, 이제

나의 췌사 자체를 멈추기로 하자. 다만 저편 하늘나라에서 어머니와 다시 만나 도란도란 이야기를 나누고 계실 정명환 선생님의 환한 표정을 마음속에 그려 보기로 하자.

(2022. 5. 12.)

부드러움의 미덕

정 재 서

주술적 믿음에 기대고 싶은 시대 |
유토피아 환상 좇는 인류 열망 | 성인 · 신선 · 부처는 시대의 산물 |
서평들 잊혀진 신화 찾기, 신화 그리기를 통한 재신화화의 여정
| 토테미즘의 부활과 생태적 공존의 꿈

주술적 믿음에 기대고 싶은 시대

　자동차를 오래 몰다 폐기할 때가 되면 느끼는 감정이지만, 중고차 매매상에게 끌려 폐차장으로 향하는 자신의 차를 보면 무언가 연민의 정 같은 것이 일어난다. 오랜 기간 눈이 오나 비가 오나 가족들의 발이 되어 묵묵히 봉사했던 그 차가 비록 쇳덩어리지만 이제 마지막 길을 간다. 그런데 아무 느낌도 없다면 그 사람은 비인간적이라 할 것이다. 그렇다! 우리는 지금 쇳덩어리, 생명 없는 기계에 대해서조차 인간적 · 비인간적이라는 표현을 하고 있다. 과거에 우리는 자연과 대화를 했다고 하는데 이제 바야흐로 기계와도 교감을 하는 시점에 온 것인가?

　미로 같은 도서관에 가서 책을 찾을 때나 난장판인 연구실에서 자료를 찾을 때에도 신기한 현상이 있는데, 내가 원하는 그 책이나 자료가 제 발로 걸어 나오듯이 눈앞에 턱 나타나는 일이 한두 번이 아니었다. 나만 그런 줄 알았더니 의사 친구 한 명도 그런 경험을 자주 한다고 털어놓았다. 그래서 그는 아예 도서관에 책의 천사가 있어서 공부를 도와주는 것이라 생각한단다. 이쯤 되면 아예 동화를 써라, 타박할 분도 계시겠지만 사실 이러한 주술적 감수성은 고대인이라면 일상적으로 지닌 능력이었다.

중국의 한대에서 위진남북조에 이르는 시기에는 인간과 하늘이 교감한다는 이른바 '천인감응설'이 크게 유행했다. 가령 『수신기(搜神記)』 같은 책을 보면, "한나라 경제 3년에 한단 땅에서 개와 돼지가 교미하는 일이 있었다. 이때 조왕이 정도에 어긋난 짓을 하더니 마침내 여섯 나라와 함께 반란을 일으켰다(漢景帝三年, 邯鄲有狗與彘交. 是時趙王悖亂, 遂與六國反)."처럼 이상한 현상은 모두 하늘의 징조로 해석하였다.

동양이든 서양이든 중세까지는 이 같은 주술적 사유가 우세했지만 근대에 이르러 합리주의적 사고가 대두하면서 막스 베버(M. Weber)가 얘기했듯이 우리 모두 탈주술의 시대, 과학의 시대로 진입하였음은 주지의 사실이다. 그러나 유사과학인 연금술이 폐기되고 정통 과학으로 발전하였다고 믿듯이 하루아침에 주술적 사유가 소멸되어 합리적 생각으로 대체되는 것은 아니다. 인류학자 탐바이아(J. Tambiah)는 우리의 인식 구조는 주술적인 것과 합리적인 것이 다중적으로 공존하는 형태라고 주장한다.

오늘 우리는 지나친 합리화로 인해 메마른 인성에 활력을 넣어 주기 위해 오히려 주술적 감수성을 필요로 하는 재주술화의 시대에 살고 있다. 이삼십 년 전만 해도 허황하기 그지없을, "내가 소망하면 온 우주가 그것을 이루도록 도와준다."는 주문이나 다름없는 메시지를 전하는 코엘료의 『연금술사』 같은 책이 공전의 베스트셀러가 될 만큼 이 시대는 주술적 감수성을 갈구한다.

조선 시대에 어떤 정승이 자고 일어나 보니 오뉴월인데 갑자기 서리가 내렸더란다. 그 광경을 본 순간 정승의 망건 줄이 툭, 끊어져 버렸다고 한다. 때 아닌 서리가 자신의 실정(失政) 탓으로 여겨져 온몸의 피가

부드러움의 미덕

얼어붙었고 그로 인해 머리가 당기며 망건 줄이 끊어지고 만 것이다. 천인감응설이 믿을 만한지는 논외로 하더라도 그것이 우리에게 도덕적 상상력을 환기시키는 것만으로 족하다. 세월호 침몰이라는 미증유의 참극을 당해 망지소조(罔知所措)하고 있는 이 난국에 정녕 망건 줄이 끊어질 만큼 책임을 통감하는 이 누구인가? 아닌 게 아니라 한여름에 때 아닌 우박이 분분히 쏟아져 심란함을 더하는 이 계절임에랴!

유토피아 환상 좇는 인류 열망

인류는 생존 조건이 어려웠던 시절, 주어진 환경을 극복하고자 애쓰는 한편 모든 것이 완전한 이상사회가 어딘가에 존재하리라는 꿈을 꾸었다. 즉 유토피아에 대한 열망을 지녔던 것이다. 중국의 가장 오래된 시집인 『시경(詩經)』에는 이미 이러한 생각이 엿보인다. "큰 쥐야, 큰 쥐야 우리 기장 먹지 마라. 3년 동안 길렀건만 인정사정 없구나. 너를 두고 떠나가리, 낙토를 찾아가리. 낙토, 낙토, 거기에서 나는 살리(碩鼠碩鼠, 無食我黍. 三歲貫女, 莫我肯顧. 逝將去女, 適彼樂土. 樂土樂土, 爰得我所)."[『시경(詩經)』 「석서(碩鼠)」] 이 시에서는 탐관오리의 착취에 견디다 못해 살기 좋은 낙원을 소망하는 백성들의 마음을 읊고 있다.

근대 중국의 대학자 푸스녠(傅斯年)은 「이하동서설(夷夏東西說)」이라는 유명한 논문에서 상고시대의 중국 대륙은 하족(夏族)과 이족(夷族)이 각기 서방과 동방을 지배했다고 주장한다. 이 때문인지 중국신화를 보면 서방 민족과 동방 민족이 꿈꾸었던 유토피아가 각기 다르게 나타난다. 즉 서방에는 곤륜산(崑崙山)이, 동방에는 삼신산(三神山)이라는 유토피아

부드러움의 미덕

가 있다고 상상했던 것이다. 먼저 서방의 곤륜산은 어떠한 낙원인가? 서쪽 끝에 있는 그곳에는 주수(珠樹)와 낭간수(琅玕樹) 등 옥을 열매로 맺는 나무들과 다섯 길이나 되는 거대한 벼가 무성하게 자라고 있다. 곤륜산이 유명했던 것은 무엇보다도 서왕모(西王母)라는 아름다운 여신이 살고 있기 때문이었는데 이 여신은 불사약을 지녀서 인기가 높았다. 다음으로 동방의 삼신산에 대해 알아보자. 『사기(史記)』「봉선서(封禪書)」에 의하면 이 산들은 발해(渤海) 한가운데에 있는데 신선들이 황금과 은으로 지은 궁궐에 살고 불사약이 있으며 모든 사물과 짐승들이 다 희다고 하였다. 이 삼신산은 봉래(蓬萊), 방장(方丈), 영주(瀛洲)라는 세 개의 섬으로 이루어져 있다.

그런데 허황한 상상으로만 여겨졌던 이들 두 낙원에 대해 지대한 관심을 표명했던 두 임금이 있었으니 그들은 바로 진시황(秦始皇)과 한무제(漢武帝)였다. 진시황은 주술사 서복(徐福)으로 하여금 대선단을 이끌고 발해부터 우리나라 서해, 남해 전체를 샅샅이 훑어 삼신산을 찾게 하였다. 서복 일행은 남해도와 부산 영도(이 섬에 봉래산과 영주동이라는 지명이 현존한다!), 제주도 서귀포를 거쳐 일본으로 갔다고 한다. 비록 삼신산은 못 찾았지만 이로 인해 서해를 통한 동아시아 해상 교류가 촉발되었다는 주장이 있다. 한무제는 서왕모의 불사약에 흥미를 보여 장건(張騫)을 대월지국(大月氏國)에 파견할 때 곤륜산을 찾아보도록 명했다고 한다. 역시 낙원을 찾지는 못했지만 서쪽 끝 곤륜산에 대한 관심이 실크로드를 개척하게 된 하나의 동기가 되었다는 가설도 있다. 서양에서도 지리상의 발견을 추동했던 원인 중의 하나로 (콜럼버스가 이미 증언했듯이) 황금의 나라 지팡구 등 동양에 대한 환상을 배제할 수 없다. 이렇게 환상도 때로 실제 역사를 만든다.

성인 · 신선 · 부처는 시대의 산물

오늘날 자본주의 사회에서는 재산의 많고 적음으로 계층을 구분하는 것이 보편화되어 있으나 아주 먼 고대에는 정신적 수준 곧 영성(靈性)의 등급에 따라 계급이 정해졌다. 가령 문명의 초기 단계에서는 제사장이 모든 것을 지배하지 않았던가? 중국 최초의 정복왕조인 은나라의 임금은 사제와 통치자를 겸한 무군(巫君, Shaman King)이었다. 동양사회에서의 사-농-공-상의 신분 서열도 대체로 이런 관점에서 이해될 수 있다. 고도의 정신 능력을 갖춘 이상적 인물인 사(士)를 정점에 놓은 뒤 그 아래 농-공-상은 편견의 여지가 있으나, 옛날 사람들의 관념(주로 사의 입장)에 의하면 결국 "거짓말을 얼마나 적게 하느냐"에 따라 신분이 결정된 셈이다. 원칙은 이렇고 실제로는 사가 제일 큰 거짓말을 하는 경우가 허다했지만.

영성에 의한 등급을 여전히 고수하고 있는 곳은 종교 분야이다. 유교에서는 일반 유자(儒者)보다 높은 등급으로 현인, 다시 그 위로 아성(亞聖)과 성인을 설정해 놓았다. 가령 성균관 문묘(文廟)에 배향된 유교 인

부드러움의 미덕

물들을 보면 최고 성인으로 공자가 있고 그 밑에 안자, 맹자 등 아성이 있으며 다시 그 아래로 주자, 정자 등과 한국의 퇴계, 율곡 등 현인들이 포진하고 있다. 도교에서는 일반 도인이 수련을 잘하면 최고 단계인 신선의 지위에 오를 수 있다. 옛날이야기에 많이 등장하는, 하늘을 날고, 도술이 뛰어나며 불로장생하는 슈퍼맨이 곧 신선이다. 그런데 이 신선도 등급이 있다. 갈홍(葛洪)에 의하면 "최상의 인물은 몸을 들어 하늘로 올라간다. 이것을 천선(天仙)이라고 한다. 다음 가는 인물은 명산에서 노닌다. 이것을 지선(地仙)이라고 한다. 마지막 수준의 인물은 우선 죽었다가 나중에 허물을 벗는다. 이것을 시해선(尸解仙)이라고 한다(上士擧形昇虛, 謂之天仙. 中士遊於名山, 謂之地仙. 下士先死後蛻, 謂之尸解仙)."[『포박자(抱朴子)』「논선(論仙)」]

신선 전기집을 보면 중국인의 시조 황제(黃帝)는 용을 타고 하늘로 올라간 천선으로 기록되어 있다. 우리나라의 경우 홍만종(洪萬宗)의 『해동이적(海東異蹟)』에 30여 명의 신선이 실려 있는데 단군, 동명성왕 역시 천선으로 서술되어 있다. 흥미로운 것은 초기에는 천선이 많다가 후대에는 지선과 시해선이 압도적으로 증가한다는 사실이다. 이것은 지상의 삶에 대한 강렬한 욕구, 피할 수 없는 죽음에 대한 합리화 등에 의해 새롭게 나타난 현상이었다. 비슷한 현상은 기독교에서도 일어났다. 자크 르 고프(Jacques Re Goff)는 중산층이 형성되는 13세기 무렵에 내세의 중간 장소로서 천국도 지옥도 아닌 연옥이 탄생했음을 논증한 바 있다. 이러한 사례들로부터 영성의 개념 및 구성도 역사 현실과 무관하지 않음을 엿볼 수 있다.

최근 프란치스코 교황이 방한하여 윤지충 등 조선의 순교자 124분을 복자로 추존하는 의식, 곧 시복식(諡福式)을 거행하였다. 가톨릭에서 복자는 성인 전 단계의 존재이다. 복자에서 상당한 기간이 경과하고 기적의 사례가 검증되면 성인으로 추존된다고 한다. 우리나라에서는 1984년에 이미 김대건 신부 등 103분이 시성(諡聖)된 바 있다. 대한민국은 유교의 현인, 도교의 신선 등(불교는 깨달은 분들이 너무 많아 생략했지만 수많은 부처들)과 더불어 이제 가톨릭의 성인과 복자까지 다수 배출한 영성 높은 나라가 되었다. 이에 부끄럽지 않게 모두 마음 자세를 가다듬을 일이다.

부드러움의 미덕

서평들

잊혀진 신화 찾기,
신화 그리기를 통한 재신화화의 여정

『신화순례』(김봉준 저, 미들하우스, 2012)는 단순한 신화 이해나 설명을 위한 책이 아니다. 그것은 신화에 대한 감동과 깨달음의 비망록이다. 아울러 그것은 답사나 기행이 아닌 '순례'라는 말이 암시하듯이 신화에 대한 저자의 지고한 경의와 순정이 바쳐진 기념비이기도 하다. 우리는 물어야 한다. 무엇이 저자로 하여금 불확실성의 이 시대에 신화에 헌신토록 했는지를.

예술로서 시대의 고통을 극복하려 했던 시절, 뜻하지 않은 병마와의 투쟁, 종족 간의 평화를 위한 노력 등 행간의 술회로부터 우리는 신산한 그러나 다의적인 저자의 삶에 대해 알게 된다. 그것은 마치 영웅신화에서 퀘스트(Quest)의 행로를 보는 듯하다. 삶의 행로를 반추하면서 저자는 문득 우리의 잃어버린 삶의 모형 곧 신화에 대해 성찰하게 된 것은 아니었을까? 우리의 삶이 언젠가 신화로부터 멀어졌다는 반성, 신화와의 괴리가 야기한 오늘날의 모든 문제들, 신화적 정신의 회복만이 우리의 삶을 원상으로 돌려놓을 수 있다는 믿음, 이로부터 재신화화에 대한 저자의 열망이 비롯했을까?

그러나 이러한 논리적 추론은 막상 『신화순례』를 접하는 순간, 맞든 안 맞든 그다지 중요한 일이 아니라는 느낌으로 무색해진다. 그렇다! 앞에서도 말했듯이 이 책은 신화에 대한 관념적 해설서가 아니라 체득을 통하여 일점일획까지 생생한 신화적 행위의 기록이기 때문이다. 이제 우리는 저자의 순례기를 통해 신화에 대한 깨달음과 실천의 여정을 떠나기로 하자.

서론에 이어 제2장 "대자연과 신화순례"에서 저자는 우선 북미 인디언 신화를 찾아간다. 애리조나 중서부 지역과 멕시코 북부 일대에 살았던 호호캄이란 농경족의 유적지를 답사하고 그들이 남긴 질그릇의 문양으로부터 대모신(大母神) 숭배의 증거를 찾으며 인간과 신 사이를 중개하는 카치나라는 정령들의 인형으로부터 호피 세계의 모습을 더듬고 그들의 지하 거주지인 키바를 통해 대지와 여신 숭배의 흔적을 확인한다. 그리고 호피족의 기원신화인 '뱀족 이야기'를 듣고 그들의 축제에 참여하는 등 북미 인디언 신화의 실상을 체험한다.

다음으로 저자는 연해주 깊은 숲속 오지에 사는 우데게이족을 만나러 간다. 이들은 말갈족의 후예이고 곰과 호랑이 신화를 지녔다. 이들이 우리 민족과 혈통을 공유하고 있다는 것을 '고수레'와 같은 습속에서 확인하고 갤룬 왕의 건국신화를 들으며 세벤이라는 가택신(家宅神), 중국과는 다른 형상의 용 조각품, 고구려 무용총의 벽화를 연상케 하는 춤, 샤먼 등에서 우리 문화 내지 동북아 문화의 원형을 추측한다.

이어서 저자는 연해주 고려인의 아픈 역사를 보듬고 아무르 강변의 암각화에서 울주군 반구대 암각화와 동류의 형상을 보며 시베리아로 발길을 돌린다. 샤머니즘이 생생히 살아 있는 브리야트족의 유물에서 산신과 선녀의 원형을 살피고 지구의 눈물이라는 바이칼 호수 알흔섬의 부르한 바위에서 유라시아의 평화를 염원하는 큰 굿판을 벌인다. 시베리아로의 대장정을 마친 후 저자의 발길은 남하하여 몽골로 향한다. 텡그리를 숭배하는 몽골 샤먼의 의례를 참관하고 그들의 주거인 게르에서의 생활을 체험한 후 호수의 자연신인 나가를 통하여 아시아의 용 신앙에 대해 생각한다.

저자의 신화 여정의 종착지는 한국이다. 태고의 정신을 간직한 북미 인디언, 연해주 우데게이족, 시베리아 브리야트족, 몽골족 등의 신화를 섭렵한 후 우리 신화에서 건국신화, 영웅신화 이전의 잃어버린 원신화(原神話)를 찾고자 하는 것이다. 제3장 "잃어버린 우리의 신화를 찾아서"에서 저자는 선문대 할망, 웅녀, 유화, 성모천왕, 바리공주 등의 여신 신화에 주목하고 지신밟기 등 무속 및 민속의례에 관심을 기울인다.

궁극적으로 이 다채로운 신화의 여정을 통해 저자는 무엇을 깨닫고 무엇을 말하려는가? 제4장 "신화의 부활"에서 저자는 가부장적 신화에 의해 억압된 신석기 시대 대모신 신화의 정신을 부활시킴으로써 인간과 자연 간의 괴리, 종족과 종족 간의 갈등이 첨예화된 현세를 치유하고 통합할 수 있다고 믿는다. 저자가 기대고 있는 짐부타스의 가설이 학계에서 정론으로 확립된 것은 아니지만 저자의 신화 체험은 가설 이상의 믿음을 확보하기에 충분하다. 이러한 믿음을 그는 마을 신화의 재건, 다문화 축제, 신화교육 등의 구체적 실천을 통해 현실화시켜 나간다.

주목할 만한 작업은 잊혀진 신화를 찾아내고 그것을 이미지로 재현해 내는 '신화 그리기'이다. 그리스 로마 신화가 단절되지 않고 서양 상상력의 원천이 되어 근대 신화학의 정전(正典)이 된 것이 초기의 벽화 이래 르네상스 이후 수많은 작가들에 의해 재현된 이미지에 힘입고 있다는 사실, 오늘날 일본 문화산업의 흥성이 에도 시대 이래 생산된 풍부한 요괴 이미지 자원에 근거를 두고 있다는 사실을 우리는 기억해야 한다. 동양신화는 고대의 벽화 이후 유교 현실주의의 억압을 받아 제대로 이미지화할 기회를 얻지 못하였다. 이러한 견지에서 저자의 신화 그리기 작업은 문화사적으로 중요한 의미를 지닌다 할 것이다.

저자는 스스로 밝혔듯이 신화학자가 아니며 이 책 역시 신화학의 저작이 아니다. 그러나 이 책은 신화의 본질이 무엇이며 그것이 우리의 삶을 어떻게 관통하는지를 보여 주는, 나아가 신화를 통해 바람직한 삶을 구현하고자 하는, 신화학 이상의 성찰과 비전을 담은 책이다. 따라서 이 책은 신화에 관심 있는 일반 독자들뿐만 아니라 안락의자에서 신화를 재단하고 분석하는 신화학자들에게도 생동적인 깨달음과 실천의 방안을 제시해 줄 양서임에 틀림없다.

토테미즘의 부활과 생태적 공존의 꿈

장룽(姜戎)의 『늑대 토템』은 2004년 중국 대륙에서 출간된 이후 뜨거운 대중적 인기리에 현재 루쉰(魯迅), 선충원(沈從文), 장아이링(張愛玲) 등 문호들의 작품과 어깨를 나란히 할 정도로 엄청난 판매량을 기록하고 있는 작품이다. 이 책의 인기는 중국 국내에만 그치지 않아 영어, 불어, 독어, 한국어, 일어, 몽골어 번역판이 이미 나왔거나 진행 중에 있고 2007년에는 홍콩에서 영문판으로 '맨 아시아 문학상'을 수상하기도 하였다.

부드러움의 미덕

작가 장룽은 일찍이 문화대혁명 시절 내몽고에 하방(下放)되었을 때 당시 체험했던 초원 유목 생활을 바탕으로 이 책을 써 냈는데 특히 늑대의 생태와 특징에 근거, 유목문화의 입장에서 농경문화를 비판하고 중국 국민성의 개조를 제창하는 내용은 이 책의 중심 주제로서 찬반양론의 숱한 쟁론을 불러일으켰다.

작가는 11년간의 체험 위에 20여 년간의 연구와 구상을 거친 후 6년간의 집필을 통해 장장 50만 자(중국어)에 달하는 이 소설을 완성했다고 하는데 우여곡절만큼 길기도 한, 그러나 흥미진진하기 그지없는 이 장편 대작의 이해를 위해서는 우선 전체 내용에 대한 간략한 스케치가 필요할 것이다.

작가는 내몽고 올론 초원으로 하방된 북경의 지식 청년 천천의 초원 늑대에 대한 관찰, 그것으로부터 촉발된 중국 문명과 역사 그리고 국민성에 대한 사색 및 반성을 전지적 관점에서 서술하고 있다. 천천은 초원의 무법자 늑대에 대해 강하게 마음이 끌린다. 그는 양부 비리거의 손에 이끌려 늑대들이 가젤 몰이를 하는 광경을 보고 치밀한 조직력과 기동성에 감탄한다. 이후 그는 늑대들의 말 떼 습격, 새끼 늑대의 양육 등을 통하여 늑대의 본성과 특징을 이해하고 그것이 유목민족의 사회, 신앙, 습속, 세계관 등에 막대한 영향을 미쳤음을 깨닫는다. 그러나 초원의 평화는 사회주의 정권의 실용주의 정책과 미신 타파 운동, 이주민들에 의한 농경지 개척 등에 의해 깨어진다. 갈대숲은 방화로 인해 불태워지고 야생동물들은 남획되며 초원 늑대에 대한 대대적인 소탕전이 벌어진다. 그리하여 늑대는 사라지고 천천은 초원을 떠난다. 20년 후, 학자가 된 천천은 동고동락했던 벗 양커와 함께 몰라보게 달라진 올론 초원으로 돌아온다. 그들은 말라붙은 시냇물, 모래밭이 된 목초지, 쥐 떼 천지가 된 마을을 바라보고 가슴 아파하며 사라진 늑대 토템과 유목문화를 안타까워한다. 그 후 2002년, 베이징의 천천에게 올론 초원이 거의 사막화되었다는 비극적인 소식이 들려온다. 그리고 시내로 엄습해 오는 황사를 바라보는 천천의 모습과 함께 소설은 우울하게 대미(大尾)를 맺는다.

이 책은 기본적으로는 내몽고 초원 민족의 생활에 대한 민족지 혹은 늑대의 생태에 대한 동물기로서의 성격을 지니고 있다. 늑대를 비롯 가젤, 마르모트 등 초원 서식 동물과 말, 양, 개 등 가축과 관련된 유목민족의 사냥, 방어, 목축 등의 행위, 다시 그로부터 파생된 풍속, 종교, 관념 등에 대한 세밀한 관찰과 묘사는 이 책을 유목문화에 대한 훌륭한 보고서로 간주해도 좋을 정도이다. 가령 늑대의 습성과 생리, 기질 등에 대한 작가의 깊은 이해와 애정은 이 방면의 고전인 시턴『동물기』의 그것을 능가하고도 남음이 있다. 그러나 작가는 이 책이 민족지나 동물기를 넘어 새로운 소설 형식 혹은 인문학적 통찰을 담은 계몽서로서 읽히기를 의도하고 있느니 만큼 문학적·사상적 측면에서 그 성취를 따져 볼 필요가 있다.

먼저 문학적 측면에서 우리는 이 작품이 기존의 소설 형식과 많이 다르다는 점에 주목해야만 한다. '맨 아시아 문학상' 수상 연설에서 작가는 "본래의 문학 형식을 탈피해서 작품으로 하여금 더욱 넓은 세계관과 보편적 가치를 지니게 하고 싶었다"고 피력한 바 있다. 아닌 게 아니라 『늑대 토템』은 기존의 소설과는 달리 이야기 중간중간에 논설이 끼어드는, 즉 소설 서사와 지식 담론의 교잡(交雜) 현상이 두드러진다. 소설의 말미는 아예 '늑대 토템에 대한 강좌와 대화'로 명명되어 전적으로 자신의 문명론을 개진하고 있다. 이러한 서사 형식은 정통 사실주의 소설의

　　　　　　　　　　　　　　부드러움의 미덕

입장에서 보면 소설의 진행을 방해하는 비사건(non event)적 서술로 간주되지만 중국문학에서는 고대의 전기(傳奇)소설로부터 근대 직전의 백화(白話)소설에 이르기까지 꾸준히 활용되어 온 형식이었다. 현대에 와서 이 형식은 『영혼의 산』으로 노벨문학상을 수상한 가오싱젠(高行健), 고소설 기법의 재현에 관심을 가진 한사오궁(韓少功) 등에 의해 실천되고 있으며 한국문학의 경우 일찍이 이문열의 이른바 '교양주의' 소설에서 그 예를 찾아볼 수 있다.

문학적 측면에서 또 한 가지 주목해야 할 것은 늑대 토템이라는 신화적 주제의 소설적 형상화이다. 작가는 흉노, 돌궐, 몽고 등 유목민족의 늑대 수조(獸祖) 신화를 통해 우리의 무의식에 각인된 신화시대의 반인반수적 감수성을 불러일으키고 이로부터 연역된 풍부한 문화적 코드들을 서사화해 내는 데에 성공하였다. 특히 작가의 이 방면의 재능은 늑대들이 군마(軍馬)의 무리를 습격하는 장면과 초원의 유토피아인 백조의 호수를 묘사하는 대목에서 예술적 정채(精彩)를 발한다.

다음으로 사상적 측면에서 이 책은 다양한 쟁론을 야기한 것만큼이나 복잡한 문제의식을 함축하고 있다. 주인공 천천의 술회를 통해 드러난 작품의 기본 사상은 유목문화와 농경문화의 대립을 통해 주변 민족과 한족(漢族), 서양과 동양의 흥망성쇠를 통찰하는 문명사관이다. 천천은 늑대 토템에 기초한 유목문화의 진취성, 개방성이 한족 농경문화의 소극성, 보수성보다 우월하다는 인식하에 중국 역대 왕조의 득실을 고찰하고 현대 중국이 강국으로 성장하기 위해서는 나약한 농경문화적 타성을 버리고 유목문화적 정신을 수혈하여 국민성을 개조해야 한다고 역설한다. 천천의 이러한 인식은 동서양 문명 비교에 이르러서는 유목문화적 성격을 농후히 지닌 서양인이 진취적이고 개방적인 자세로 인해 동양인보다 일찍 근대화에 성공할 수밖에 없었다는 결론까지 도출하게 된다. 이미 많은 쟁론이 있었지만 이러한 단순화된 이분법적 문명론은 분명히 약육강식의 패권주의, 대중 영합적 통속철학 등의 혐의가 없지 않다. 아울러 루쉰을 부지런히 언급하긴 했지만 근대 초기에 유행했던 국민성 담론을 의미심장하게 제기하는 것 자체가 시대착오이다. 아무튼 이 단순 소박한 문명론은 작가 장룽이 앞으로도 계속 짊어질 수밖에 없는 부담이다.

그러나 단순 소박한 문명론에도 불구하고 빛이 바래지 않는 사상 내용들이 있어서 이 책의 가치는 그다지 절하되지 않는다. 무엇보다도 인간과 동물과의 교감에 근거한 강한 생태 의식이야말로 이 책을 관류하는 커다란 정신이다. 이 굳건한 생태 의식을 토대로, 합리성과 실용주의에 의해 급격히 붕괴되어 가는 자연의 모습, 그리고 그로 인한 거대 도시의 종말을 이 책은 올론 초원의 사막화를 통해 묵시론적으로 보여 준다. 그뿐만이 아니다. 이 책의 생태 의식은 정치성을 지향하고 있다. 과학주의, 관료주의에 의해 늑대의 멸종을 도모하고 거침없이 자연을 파괴하는 교조적 사회주의에 대한 비판이 도처에서 행해지고 있는 것이 그것이다. 이 밖에도 중국 문명의 우월성을 해체하고 주변 문화의 영향을 강조한 것이나 동양사를 중국사 중심으로 바라보지 않고 유목민족 국가의 입장에서 이해하려 한 점 등은 종래의 통설을 벗어난 신선한 관점으로 평가된다.

결론적으로 문학적·사상적 측면에서의 의의를 종합할 때 한마디로 이 책은 평론가 멍판화(孟繁華)가 적절히 지적했듯이 "학식과 문학 능력이 기묘하게 결합된" 걸작이 아닐 수 없다. 따라서 이 책의 장점은 문학적 감동과 아울러 해박한 지식을 선사해 주는 데에 있고 그러한 의미에서 근래에 만나기 힘든 기서(奇書)임에 틀림없다.

이른바 '유목민적 사유'가 횡일(橫溢)하는 이 시점에서 『늑대 토템』은 과연 우리에게 어떠한 영감을 줄 것인가? 늑대의 송가(頌歌)이자 만가 (輓歌)이기도 한 이 책을 통해 우리의 메마른 심성 깊숙이 내장되어 있는 토테미즘의 부활을 예감하며 생태적 공존의 꿈에 젖어 보는 것은 어떨 까?

정 진 홍

"정신일도하사불성(精神一到何事不成)" 순례기

"정신일도하사불성(精神一到何事不成)" 순례기

글을 열면서

— 어떤 말을 되뇐다는 건 참 묘한 일입니다

언제부터인지 모르겠습니다. '메멘토 모리(Memento mori)'라는 말을 일상어인 듯 많은 사람들이 일컫습니다. "죽음을 기억하라!"는 말인데 "너도 언젠가는 죽는다는 사실을 늘 기억해라!"라고 옮기면 더 가까이 와닿을 것 같습니다. 우리 중에 누군가 이 말을 우리말로 방금 말한 것처럼 그렇게 하면 아마도 너무 당연해서 "그걸 모를 사람이 어디 있어!" 하고 시큰둥하게 반응하고 말 겁니다. 그런데 이를 "메멘토 모리!"라고 하면, 그 말이 이제는 죽은 언어가 된 라틴어여서 낯설기 짝이 없는데도, 갑자기 숙연해지기조차 합니다. 게다가 이 짧은 라틴어 문장을 그대로 제목으로 한 책이 이른바 '당대 한국의 최고 지성'이라는 분의 마지막 저작이라고 하면 사람들은 아예 옷깃을 여미고 그 말을 가슴에 새기듯 되풀이하여 읊습니다. 드러나게든 드러나지 않게든요. 묘한 일입니다.

제 못된 사시(斜視) 탓이겠습니다만 '메멘토 모리'란 말이 승전장군의 오만을 저어하여 그의 개선 행진의 마차에 노예를 동승시켜 군중의 환호에 들뜬 장군 곁에서 속삭이듯 계속 지껄이게 한 데서 비롯된 것이라는 연원담(淵源談)을 유념하면, 이 말을 하는 사람은 오만해질 수 있는 '뛰어난 사람'과만 어울리는, 그래서 그들에게 겸손하도록 충고하는 '노예를 빙자한 참으로 엄청난 잘난 사람'이든가, 아니면 이미 '엄청난 사람'이어서 그런 말을 들어야만 하겠다고 스스로 다짐해야만 하는 '노예의 경고를 요청하는 참으로 겸손한 잘난 사람'일 법하다는 데로 생각이 이어집니다. 이에 이르면 이런 현상은 더욱 묘해집니다.

'주문(呪文)의 출현'을 이런 현상에서 유추해도 좋을지 모르겠습니다. 무척 일상적인 '괜찮은 이런저런 생각'을 조금 뒤틀고, 모호하게 하고, 줄이고, 낯선 옷을 입히고, 꼴을 바꾸고, 가락 비슷한 것에 싣고, 어떤 틀에 담아, 짐짓 실증적이라고 여겨지는 어떤 권위에 닿게 하면서 이를 되풀이해 읊게 하여 현실적이든 비현실적이든 사람들이 겪는 '닫힘'을 짐짓 '열림'이게 하는 것이 주문이지 않나 하는 생각이 드니까요. 게다가 우리는 그런 '말'을 갖고 싶은 '필요'를 언제 어디서나 '충동적'으로 느끼곤 합니다. 왜 그러는지 알 것 같은데도 정연한 설명은 잘 되지 않지만요. 아무튼 주문이 지닌 어떤 힘에 대한 기대나 신뢰겠죠. 그렇다면 그런 말을 가지고 싶은 것은 당연한 일상입니다. 그래서 그렇겠죠. 주문 짓기의 주인은 누구나이기도 하고, 사람은 누구나 주문을 누리는 주체이기도 합니다.

제 이야기가 너무 산만해졌습니다만 이런 말씀을 꼭 드리고 싶은 것은 제게도 주문이라 할 법한 '일생을 따라다니는 말'이 있는데 요즘 그 말에 대한 제 태도가 이전과 사뭇 다르게 되어 가는 게 느껴져서입니다.

부드러움의 미덕

이 느낌은 아직은 뒤죽박죽이어서 잘 다듬어지지 않습니다. 현학적으로 주제화한다면 '주문의 한살이'라고 해도 좋을 듯하고, 그저 읊듯이 말한다면 '주문을 살아온 세월을 뉘우침'이라고 할 수도 있겠는데, 아무튼 제가 많이 늙어 가고 있어 이런 느낌에 이른 것만은 틀림이 없습니다.

1. 어렸을 때
— "마음먹기에 달렸어!"는 여의봉이었습니다

어렸을 때부터 제 안에 단단히 자리 잡고 있었던 말이 있습니다. "마음만 먹으면~" 하는 말이 그겁니다. 흔히 "세상살이 마음먹기에 달렸어!"라든지 "마음만 먹으면 안 되는 일이 없다!"라고 말합니다. 그 말을 듣지 않은 사람도 없고, 그 말이 자기 말이지 않은 사람도 없습니다. 저도 그 말을 '내 말'처럼 발언했고 기억했고 누렸습니다. 누가 딱히 가르쳐 준 것 같지도 않은데요. 막연하게 말하면 주변에서 누구나 하는 말이니까 저도 했겠죠. 그 말뜻을 모를 까닭도 없고요. 또 그게 옳은 말이라는 것도 아니까요. 또 저는 "마음먹고 하려는데도 잘 되질 않아!" 하는 말도 여기에 담았습니다. 아무튼 저는 그 말이 마음에 들었습니다. 그렇다고 해서 그 말을 주문 외듯 하지는 않았습니다.

그런데 초등학교 4학년 때 일입니다. 전쟁 동안 참혹한 죽음을 당하셨습니다만 제가 좋아했던 담임 선생님이 계셨습니다. 선생님께서 어느 날 칠판에 커다랗고 굵게 한자(漢字)로 '精神一到何事不成'이란 글을 쓰셨습니다. "이 말을 기억해라. 옛 성현이 하신 말씀이다. 매일 열 번씩만 외워라! 그러면 너희는 자기 꿈을 이룰 거다!" 선생님께서는 그렇게 말씀하셨습니다. 그다음 날부터 우리는 매일 공책에 이를 열 번씩 쓰고 검사를 받았습니다. 그 일이 싫지 않았습니다. 지금 생각해도 참 묘한 것은 그때 받은 감동입니다. 말뜻인 즉 '마음만 먹으면 안 되는 일이 없다'는 익숙하기 그지없는 건데 그 말이 한자(漢字)로, 존경하는 담임 선생님의 일필휘지로, 칠판을 가득 메우자 그게 얼마나 매혹적이고 감동적이었는지요. 그 글은 마침내 어마어마한 무게로 제 안에 자리를 잡았습니다. 그 여덟 글자를 한 자 한 자 노트에 쓰면서 저는 "마음먹으면 안 되는 게 없어!" 하는 것으로는 어림도 없는 신비한 힘을 가진 어떤 '형상(image)'이 저를 압도하는 느낌을 가슴 두근거리며 즐겼습니다.

「주자어류(朱子語類)」가 그 말의 출전(出典)이라는 사실을 안 것, 여기에 등장하는 '정신'이란 개념을 이해하려면 어쩌면 주자가 일컬은 '굴신(屈伸)'을 염두에 두어야 하지 않을까 하는 생각을 한 것 등은 아주 나중 일입니다. 그때는 그저 그 말과 글자와 그것의 되읊음이 빚는 내 안의 어떤 감동을 한껏 누리기만 했습니다.

精~何~'를 일상에서 되읊는 일은 마치 요술방망이를 얻은 것처럼 뿌듯했고, 그것을 내가 '지녔다'는 것은, 그것을 내가 마음껏 '활용'할 수 있다는 것은, 아무나 얻을 수 없는 여의봉(如意棒)을 확보한 거나 다르지 않다고 여겼으니까요. 이를 읊으며 겪는 설렘은 족히 10대에서 20대 초반까지 제 삶 속에서 늘 꿈틀대는 '삶을 위한 힘의 원천'이었습니다.

부드러움의 미덕

2. 게으름

— 주문은 이윽고 '질책하는 무서운 잣대'가 되었습니다.

　제 초년살이는 쉽지 않았습니다. 먹고 입고 자고 하는 일상을 하루하루 엮는 일이 힘들었습니다. 그럴수록 저는 '精~何~'를 열심히 되뇌었습니다. 그렇게 하면 삶이 풀리리라 단단히 기대했던 거죠. 그런데도 마음먹는 대로 삶이 풀리는 것은 아니었습니다. 세월은 가는데, 나이는 먹는데, '精~何~'를 잊은 적도 없고, 이를 읊으면서 저를 채근하지 않은 것도 아닌데, 그랬습니다. 게다가 둘러보면 처지가 저와 별로 다르지 않은데도 사는 일을 무난하게 풀어 가는 친구들이 보였습니다. 그런 견줌은 저를 무척 부끄럽게 했습니다. 저의 삶이 잘 풀리지 않는 것은 '精~何~'를 잊어서가 아니라 '정신(精神)이 일도(一到)하도록' 하지 않은 게으름 탓이라는 데 생각이 이르렀기 때문입니다. '精~何~'를 생각이나 말에는 열심히 담았지만 실제 몸짓에 이르게 하지는 못한 탓이리라는 판단을 하게 된 거죠.

　아무튼 이 무렵, 저는 주문도 그것 자체로 스스로 있는 것은 아니라는 생각을 했던 것 같습니다. 주문도 주문다워지려면 그것을 읊는 주체가 바짝 정신을 차리고 단단히 마음을 다지면서 자기가 바라는 것을 온 몸을 다해 애써 주어야 한다는 것을 비로소 터득했다고 해야 할는지요. 아니면 주문도 '관계정황 속의 실재'라는 것이 겨우 보였다고 해야 할는지요. 아무튼 그랬습니다.

　그러다 보니 주문이 이제는 막연하게 설레는 감동도 아니었고, 주문을 살아간다는 것은 이를 되풀이 읊는 것만도 아니었습니다. 그런 감동이나 되읊음만으로는 마냥 모자라기만 한 그런 것이 되었습니다. 주문이 더는 소박한 '힘의 원천'이 아니게 된 거죠. 이를 '주문의 한계'를 터득한 것이라고 부르고 싶기도 한데, 그렇게 말하면 그건 주문과 주문 향유자와의 '이어짐의 구조'를 간과한 것이어서 적합한 묘사가 아닐 거라는 생각이 들어 저어되기도 했습니다.

그러면서도 저는 '精~何~'를 잊거나 버리거나 하지는 않았습니다. 오히려 그것은 더 무겁게 제 안에 깊이 잠겼습니다. 삶을 위한 꿈틀대는 힘의 원천이기보다는 앞으로 살아 나아가려면, 꿈을 이루려면, 마땅히 지녀야 할 제 삶의 태도가 제대로 자리를 잡았는지를 되살피게 하는 '두려운 잣대'로 여겨졌으니까요.

이런 생각은 꽤 오래 이어졌습니다. 3, 40대 삶의 과정에서 '精~何~'는 제게 그렇게 있었습니다. 지금 되돌아보면 이때의 '전회(轉回)'는 참 다행한 일입니다. 그렇잖으면 '精~何~'를 요술방망이로만 여기고, 만약 이를 휘둘러도 일이 풀리거나 열리지 않으면 저 자신이 아니라 이를 탓하면서 이윽고 이 '주문'을 치워 버렸을 테니까요.

3. 재계(齋戒)
— '잘 살아왔는지를 살피는 되읊음'은 재계와 다르지 않습니다

나이가 쉰에 이르고 이를 넘어 예순을 감싸안을 즈음에 제가 겪은 것은 이른바 '자아'가 밖으로 펼쳐 나아가기보다 안으로 가라앉는 그런 것이었습니다. 한 번 겪은 일은, 그것이 스쳐 지나간 경우는 다르겠지만, 대체로 오래 이어집니다. 그래서 '精~何~'를 여의봉처럼 지녔다

든지 게으름을 질책하는 회초리로 여겼다든지 하는 일이 이 나이에 이르러서도 아주 사라지지는 않았습니다. 하지만 여의봉처럼 '精~何~'를 지녔던 일은 분명하게 시들해졌습니다. 그 말이 '성취를 위한 주문'이기를 그만둔 거죠. 또 주문의 성취를 위해선 주문을 주문답게 할 책무가 내게 있다는 '주문을 살아가는 윤리'도 저를 이전처럼 긴장시키지 않았습니다.

이렇게 된 것이 제가 살아온 삶이 웬만큼 이뤄졌다는 오만 탓인지, 끝내 이르지 못함을 승인한 체념 탓인지는 모르겠습니다. 어쩌면 그 둘이 뒤섞여 요동하는 탓이겠지만, 아무튼 그랬습니다. 게다가 예순의 한복판에서 맞은 이른바 '은퇴'는 이런 일을 부추기는 '사건'이기도 했습니다.

거듭 말하지만 그렇다고 해서 '精~何~'를 제가 잊은 건 아닙니다. 저를 충동하는 힘도 아니고, 긴장하게 하는 규범도 아닌데 오히려 그것이 지닌 무게는 이전의 어떤 때보다 더했습니다. 그 무게를 '충동을 가라앉히고 긴장을 잠잠하게 풀어주는 무게'라고 하면 어떨지 모르겠습니다. 덮어 누르는 무게가 아니라 받쳐 주는 무게라고 해도 좋을 것 같고요. 중요한 것은 '精~何~'가 바람과 이룸, 가능성과 현실성의 틀을 벗어나 이제는 저의 실존 자체를 저 스스로 '재계(齋戒)'하도록 하는 맥락에서 저에게 간여하는 것으로 여기게 되었다는 사실입니다.

이를테면 이렇습니다. 저는 '精~何~'를 실용적으로 이해하고 그렇게 살았습니다. 주문의 현실성은 무엇보다도 바로 그 실용성에 있으니까요. 그것이 직접적으로 효용을 발휘하든, 간접적으로 효율적인 실현을 위한 성찰의 계기로 작용하든, 저는 이를 그렇게 누렸습니다. 그리고 '精~何~'는 주문답게 저에게 실용적인 '도움'을 주었습니다.

그런데 은퇴 안팎의 늙음은 이전과는 다릅니다. 흩어진 것을 간추리고 벌려 놓은 것을 접으면서 삶을 다듬고 추슬러야 할 때입니다. 바람이나 이룸이 아니라 '되살핌'이 삶의 규범이어야 할 때라고 해도 좋습니다. 그리고 그 규범의 준거는 실용성이 아니라, 무언지 잘 모르겠는데, '순수'라고 묘사하고 싶은 '어떤 것'입니다. 주문이라는 말의 일상적인 용례와는 어울리지 않지만, 이를 '잘 살기를 바라는 주문'이 아니라 '잘 살아왔는지를 살피는 주문'이라 해도 될는지요. 나이를 먹으면 '精~何~'는 그런 주문이 되더군요.

이를 '마음만 먹으면(精神一到)~'에서 '~먹기(一到)'를 단단히 하는 데만 애를 썼지 '마음(精神)~'에는 전혀 관심을 기울일 여유를 갖지 못했던 세월을 바야흐로 살피게 되었다면 설명이 될 듯도 싶습니다. 그때 먹었던 '마음'이 맑았는지 따뜻했는지 고왔는지 바른 것이었는지, 아니면 거칠고 모나고 휘어진 것은 아니었는지는 살피지 않았던 일이 새삼 이 나이에 '해야 할 일'로 떠오른 거지요.

탈선이나 비약이 될지, 심화나 고양(高揚)이 될지 헷갈려 조심스럽습니다만 저는 늙음이 맞는 '精~何~'와 관련된 이 새로운 과제를 '주문의 재계기능'이라고 일컫고 싶습니다. 닦인 마음으로 맑고 곱게 이제는 할 수 있는 일이 별로 없는 몸을 다스리게 되었다는 사실은 감격스러운 일이니까요. 몸은 어쩔 수 없이 초췌해지기 마련인데 마음이 오롯해지는 늙음이 없었다면 참 사는 것 흉할 뻔했다는 생각마저 하면서요. '精~何~'는 결코 가볍지 않습니다.

부드러움의 미덕

4. 우스갯소리

— 옛날의 지엄한 진리가 우스갯소리가 되는 것은 정말 새로운
일입니다

세상이 좋아진 탓이겠죠. 100년 사는 일이 드물지 않습니다. 여든 살
한복판조차 꽤 북적거립니다. 그 길어진 흐름에 저마저 실리리라고는
정말 예상하지 못했습니다.

그런데 알 수 없습니다. 여든의 고비를 넘어 아흔이 바짝 가까워지는
데 이르니 살아온 세월이 길어 익숙하지 않은 삶이 하나도 없을 것 같은
데, 오히려 이제까지 한 번도 겪지 못한 '새로움'을 매 순간 만나게 됩니
다. 온갖 겪었던 것들이 새로워진다고 해야 바른 묘사일 터이지만 그렇
게 하고 싶지 않을 정도로 이 새로움은 새롭습니다. 살짝 스친 바람이
그리 낯설 수가 없습니다. 저녁노을도 어제와 다르게 오늘 새롭습니다.
땅을 딛는 감촉조차 처음인 듯 반갑고 또 불안하기도 합니다. 자식을 만
나도 그렇습니다. 익숙하기 이를 데 없는데 문득 만난 서먹한 사람 같아
서요. 이런 경험을 이야기하려면 한이 없습니다. 하기야 되풀이되는 일
은 없죠. 물리적인 시간은 거꾸로 흐르지 않으니까요. 무릇 만남이란 마
냥 '새것'과 부닥치는 건데 그렇지 않다고 여겨 온 게 오히려 탈인 거죠.

그런데 이 나이쯤에서 겪는 '정말 새로운 일'이 있습니다. 어린아이의
시절도 지냈고 청년의 삶도 살아 봤습니다. 장년을 겪었고 늙음조차 낯
설지 않게 꽤 살아왔습니다. 그런데 제 몸이 이렇게 쇠해 가는 것을 완
벽하게 확인하는 일은 처음입니다. 무거운 것을 든다든지 일정한 거리
를 달린다든지 하는 데서 부닥치는 몸의 한계를 말하는 게 아닙니다. 다

치고 병들고 하는 것을 말하는 것도 아닙니다. 그런 것을 터득하는 것은 어쩌면 본연적인 인식일지도 모릅니다. 그 한계를 경험하는 일이 절실하지 않았다면 精~何~'가 주문다운 것으로 등장하거나 지속하지도 않았을 겁니다. 이러저러한 까닭으로 몸이 성하지 않게 되는 일에 대한 두려움이나 아픔이 가셔지고 온전하게 되어야겠다는 희구가 없었어도 精~何~'가 그리 간절하게 읊어지지 않았을 거고요. 그렇다면 이러한 일은 새로운 게 아닙니다. 늘 있던 일입니다.

제가 말씀드리고 싶은 것은 몸이 그런 어떤 조건과도 상관없이 마치 웅덩이에서 물이 빠지면서 바닥이 메마른 모습으로 드러나듯이, 싱싱한 나무에서 물기가 사라지면서 앙상해지듯이, 자연스레 말라 간다는 사실입니다. 회복 불가능하게요. 저는 이를 精~何~'가 감당하지 못하는 현상이라고 말하고 싶습니다. 아무리 마음먹기가 단단해도, 아무리 얼로 몸을 재계해도, 이 쇠함을 막지는 못합니다. 깊숙한 늙음은 조금도 머뭇거리지 않고 몸을 시들고 마르게 하면서 끌고 갑니다. 끝을 향해서요. 바로 그 몸의 끝으로요.

이 새로움은 이제까지 살아온 어떤 경험으로도 감당할 수가 없습니다. 이제까지는 그래도 마음만 먹으면, 마음으로 몸을 되살피면, 삶을 이리저리 추스르면서 사람구실을 해낼 수 있었습니다. 그것을 가장 효과적으로 해내는 지렛목이 精~何~'였고요. 그래서 이는 '모자라지 않은 쓸 만한 주문'이었습니다. 그런데 이제는 그렇지 않습니다. 마음이 아무리 몸부림쳐도 몸이 움직이지 않습니다. 몸의 움직임의 한계 안에서 겨우 마음은 자기를 지탱할 뿐, 이 한계를 벗어날 수 없습니다. 내쳐 말한다면 이 나이에 이르기 전까지만 해도 마음이 제 주인이었는데 이제는 그렇지 않습니다. 철저한 뒤집어짐이라고 해야 할는지요. 몸이 허락하는 한에서 제가 살아가지 마음의 뜻대로 제 몸이 살지는 않습니다. 몸이 마음을 건사하는 주인이 되었습니다. 그러니 '精~何~'가 더는 저에게 '주문'일 수가 없습니다. 쇠한 몸을 향해 누가, 또는 저 스스로, 아무리 '精~何~'를 읊는다 해도 그게 현실성을 지닐 턱이 없으니까요. 시들어 물기조차 메말라 걸음을 떼기조차 힘든 저에게 누가 "자, 정신을 바짝 차리고 뛰어 봐! 마음만 먹으면 안 되는 일은 없는 거야!" 하고 말한다면 아무리 그 말이 사랑에서 말미암거나 진심에서 우러난 거라 할지라도 그 말은 우스갯소리가 되고 말 거고, 마침내 저주를 감춘 발언으로 여겨지기 십상일 겁니다. 도무지 현실성이 없으니까요. '精~何~'의 주문은 이렇듯 저에게서 제물에 녹아 내렸습니다. 저는 이제 '精~何~'를 되뇌지 않습니다. 그것은 남도 나도 속이는 일일 뿐이니까요.

5. 파라노이아
　　―나이를 먹는 것은 편집증 환자가 되어 가는 것인지도 모릅니다

저는 이제 '精~何~'를 버렸습니다. 잃었다고 해도 좋습니다. 제 깊은 늙음이 그렇게 하도록 한 거라고 변명을 하고 싶기도 합니다. 그런데 평생 나를 지탱해 주던 주문을 잃는 일은 저를 우울하게 합니다. '얼은 빠진 채 몸만 앙상하게 남았다'는 것을 인정하는 일이니까요. '精~何~'는 이러한 저를 위로해 주지도 않고 격려해 주지도 않습니다. 살아오는 내내, 숱하게 마주친 속수무책인 정황을 끊고 열어, 저에게 풀림을 만끽하게 했었는데 이제는 스스로 자기를 사리는 것 같습니다. 하긴 그렇게 하는 일이 '精~何~'의 현명한 태도일 것 같기도 합니다. 그렇게 하지 않

으면 자기도 모르는 사이에 자기가 치워질 거니까요. 이미 쓸데없어서요. 그런데 이런 일이 저를 참 아프게 합니다.

저와 제가 살아온 주문이 한꺼번에 쇠해지는 이런 현상이 저에게 주는 아픔은 당장 지금 여기에 늙어 있는 저의 '물 빠진 몸'이나 추레해진 마음'에 대한 것만도 아니고, 형해가 된 주문 때문만도 아닙니다. 이제껏 살아온 제 아흔 해 가까운 세월이 어쩌면 '속아 산 것'은 아닌가 하는 회의 때문입니다. 바꿔 말하면 精~何~'는 처음부터 참이 아니었던 것, 다만 '제한적인 효용'은 승인할 수 있다 할지라도 그것이 '순수하게 절대적'인 것은 아니었던 것, 그래서 실은 주문일 수 없었던 것인데, 이를 짐짓 더할 수 없는 주문으로 여기며 이를 읊고 살아왔다면 그 삶은 한심하기 그지없는 것이 아니었나 하는 생각 때문입니다.

게다가 그렇게 된 것은 나도 모르는, 또는 내가 간과한, 어떤 '의도'에 의해, 또는 '권위'에 의해, 제가 휘둘렸던 탓은 아닌가 하는 생각조차 들기 때문이기도 합니다. 그래서 누구나 그런 말을 참이라고 여겼던 상식(常識)이라는 일상의 권위가 나에게 이를 과(課)했다는 사실, 주자의 말씀에서 비롯했다는 것이 준 무게, 담임 선생님의 일필휘지에서 받은 감동 등이 이제는 석연한 것이지 않게 되었다는 것도 이 회의에 담아야 할 것 같습니다.

생각할수록 '마음만 먹으면~' 하는 말은 참 '유치한 터득'인 것 같습니다. 아사(餓死) 지경에 이른 죽기 전의 아이에게 정신 차리면 살 수 있다고 아무리 말한들 그 아이가 그럴 수도 없으려니와 그런다 해도 먹지 않으면 죽는 거지 살겠다고 마음먹는다고 그 상태에서 나아질 까닭이 없는데도 '마음만 먹으면~'을 되뇌었으니까요.

부드러움의 미덕

그리고 보면 '精~何~'는 긍정이든 부정이든 결과를 설명하면서 책임을 지우는 묘한 논리에 지나지 않는지도 모릅니다. 삶의 주체는 당사자이고, 당사자만이 삶을 책임져야 하는 주체라는 것을 전제하면서 좋은 결과는 그가 바짝 정신을 차려 이뤄진 것이고, 나쁜 결과는 그가 게으르고 멍청한 얼빠진 삶을 살았기 때문이라고 주장하는 그런 논리요. 사람은 더불어 사는 건데 공동체의 몫은 이 주장 안에 전혀 들어 있지 않습니다. 그러니 아무래도 '精~何~'는 지배의 도덕이거나 착취를 위한 장치이지 않나 하는 회의를 제가 하게 된 것은 어쩔 수 없는 일이었습니다. '거대한 음모의 구조'가 내건 현판에 쓰인 '현혹하는 구호'가 '精~何~'이지 않나 하는 못된 생각을 한 것이요. 그리고 이런 말을 길거리에서 남녀노소 아무나 붙들고 말해 주고 싶기도 했습니다. "'精~何~'에 속지 마세요!"라고.

아무래도 저는 편집증(偏執症, paranoia) 환자가 되어 가는지도 모르겠습니다. 이런 생각은 틀림없이 과대망상이나 피해의식이나 불신 등의 어느 것, 또는 그 모두가 뒤섞인 증상이니까요. 서서히 망령이 들어 가는지도 모르죠. 노망은 마음이 몸에 온전히 종속된 상태에서 일어나는 삶의 모습이니까요.

6. 질병

　　—몸과 마음을 떼어 놓는 이원론은 아무래도 질병인 것 같습니다,
　　치유되어야 하는.

사람은 몸이 있어 비로소 사람입니다. 태어나 몸이 있지 않으면 아직

존재하지 않는 거고, 죽어 몸이 없으면 이미 존재하지 않는 거니까요. 그러니까 생각도 정신도 얼도 몸이 있어 비로소 있게 됩니다. 생각의 주체는 몸을 지닌 사람입니다. 그렇다면 몸과 마음은 둘이 아니죠. 그것은 하나인 거죠. 그런데 몸의 한계가 느껴지면 생각은 그 너머를 그리게 됩니다. '몸에 속한 마음'이 아니라 '몸을 넘어선 마음', '몸이 없어도 있는 마음'이 있으면 좋겠는 거죠. 몸이 없으면 아예 그런 생각조차 말미암지 못하는 데도요.

아무튼 이러한 삶의 정황은 사람으로 하여금 '새로운 실재'를 끊임없이 상정하게 합니다. 이를테면 태어나기 전이나 죽은 뒤가 궁금합니다. 생명의 태어남은 몸의 현상인데도 그렇다고 말하는 것으로는 충분하지 않은 신비를 느끼게 하니까요. 몸의 한계를 경험하는 거죠. 죽음도 그렇습니다. 몸의 소멸 다음을 짐작도 하지 못하는 몸의 한계를 드러내는 경험이 죽음이니까요. 바로 이 계기에서 사람들은 '몸 아닌 어떤 실재'를 그리는 거죠.

우리에게 전승된 아득한 기억은 몸을 넘어선 어떤 것을 몸에 첨가하지 않으면 안 되겠다고 생각한 흔적을 생생하게 보여 줍니다. 혼이나 영, 얼이나 넋이 그런 것들이죠. 그래서 이윽고 '나'가 '몸'과 '마음'으로 나뉩니다. 육신과 정신이 이원적인 실재(實在)로 그려집니다. 무척 자연스럽게요. 이런 분류는 아주 오래되어 아무런 불편 없이 우리네 삶 안에 당연한 '인식'으로 자리를 잡았습니다. 그때 일컫는 정신은 몸에 속한 것이 아닙니다. 몸보다 근원적이고, 중요하고, 상대적으로 우위에 있는 것으로 그려집니다. 그래서 몸은 정신을 넘어설 수 없다고 판단합니다. 그 역은 참이고요.

부드러움의 미덕

그렇다면 '精~何~'는 다른 게 아닙니다. 정신을 몸과 견주어 택일적으로 우위에 놓고 그 정신이 몸을 다스리도록 규범화한 것이라고 말할 수 있습니다. 그렇다면 그것은 '몸과 마음을 더불어 살아가는 주체'의 경험에서 비롯한 것은 아닙니다. 처음부터 하나인 몸에 깃든 것이 마음인데, 그래서 몸 없으면 마음도 없는 건데, 그 몸이 지닌 유한성에 대한 인식이 몸의 실재에 대한 불안을 키우자 이른바 정신을 몸에서 떼어 내어 몸을 유지하고 싶은 욕구를 몸이 아닌 정신으로 이루려는, 실은 '비현실적인 집념'에서 말미암은 것이 '精~何~'의 실상일 수도 있습니다. '精~何~'에서 벗어나려는 게 어쩌면 파라노이아로 읽히듯 몸과 마음을 나눈 처음 '경험'도 마찬가지로 파라노이아에서 비롯했는지도 모를 일입니다.

이런 서술은 아주 못된 표현입니다. 이른바 이원론을 처음부터 병리현상이라고 단정하는 것과 다르지 않으니까요. 그런데 저는 그렇다고 주장하고 싶습니다. 무릇 나눔은 인식을 위한 방법론적 편의입니다. 존재하는 것은 커다란 하나입니다. 그 하나 안에서 이어지지 않은 것은 아무것도 없습니다. 때로 그게 얽힘이어서 헷갈리고, 머물지 않고 늘 꿈틀거려 종잡을 수 없지만 '나뉜 실재, 또는 단절된 실재'는 없습니다. '관계'라는 것도 처음부터 '하나'의 '존재양태'이지 '나뉜 실재'의 '이음'은 아닙니다. '하나인데 둘'은 너무 헷갈려서 마련한 편의일 뿐입니다. 그렇기 때문에 둘로 나누어 온갖 의미와 가치를 부여하고 이로부터 말미암는 규범을 절대적인 것으로 여겨 인식과 판단과 실천을 모두 아우르게 하는 것은 '자연스럽지' 않습니다. 우리가 삶을 경험하는 한에서는요. 마음만으로 궁리하는 현학적인 논의에서는 정연하게 다듬어지겠지만요.

그러니까 '精~何~'는 철저하게 억지일 뿐입니다. 깊은 늙음은 이를 확연하게 알게 합니다. 물기 없이 시들어 쇠하는 '몸의 마음'이 이를 알게 하는 거죠. 이원론은 '다른 인식'도 아니고, '잘못된 인식'도 아닌 다만 치유되어야 할 질병의 징후라는 사실을요.

7. 어린 신
— 신도 태어나고, 자라고, 성숙하고, 늙고, 마침내 죽습니다

"나이는 숫자에 불과하다!"라고 흔히 말합니다. 늙음을 위로하는 말이기도 하고, 점증하는 숫자로 자기를 인식해야 하는 노년의 일상에 숫자 아닌 삶을 지니도록 경각심을 가지게 하는 말이기도 합니다. 그러나 저는 이 말이 언짢습니다. 거짓말이라고 단언하고 싶기도 합니다. 숫자로 헤아릴 수밖에 없는 것이 나이인데 '숫자일 뿐'이라는 레토릭을 통해 역으로 그 숫자가 함축한 의미를 지워 버리려는 발언이라고 이해되니까요. 결국 사람살이와 나이가 무관하다는 것이 이 주장의 핵심인데, 예외가 없지는 않겠지만, 나이와 무관한 사람살이가 있을 까닭이 없습니다. 어쩌면 이러한 주장에 짝을 이루는 것으로 "천재는 요절한다!"는 말을 들 수 있을 것 같습니다. "봐라. 나이 서른에 이룰 것 다 이루고 떠나지 않았니? 나이는 다만 숫자일 뿐이야. 삶의 내용과는 아무런 관계도 없는 그저 허수(虛數)일 뿐이지!" 그 두 발언은 이렇게 이어질 수 있으니까요.

하지만 이를 조금만 '비틀어' 살펴보면 어떨까요. 나이 서른에 삶을 마감한 그가 쉰까지 살았다면, 아니 그가 일흔도 넘고 아흔도 넘게 살았

부드러움의 미덕

다면, 우리가 일컫는 그의 천재성이란, 또 바로 그 천재성이라는 판단에 의하여 평가된 그의 삶의 온전함이란, 어떻게 되었을까요. 이런 생각은 매우 비생산적인 것임에 틀림없습니다. 일어난 현실에 대한 가정은 무의미하니까요. 하지만 혹시 그가 천재로 평가된 것은 그가 요절한 때문이고, 그의 삶이 나이와 상관없이 온전한 것으로 일컬어진 것도 그의 요절 탓이지 않은가 하는 생각을 해 보면 이러한 가정이 못내 무의미하거나 비생산적이기만 한 것은 아닐지도 모릅니다. "나이는 숫자에 불과해!" 하는 명제에 대한 근원적인 성찰을 충동할 수 있으니까요.

나이 많음이 나이 적음보다 필연적으로 우월하다거나 나이 적음이 필연적으로 나이 많음보다 열등하다는 것을 주장하려는 것이 아닙니다. 나이가 동년배의 삶의 모습을 균등하게 결정한다는 주장을 하는 것도 아니고요. 또 경험 여부가 인식을 결정한다는 주장도 아닙니다. 제가 주장하려는 것은, 물론 개인차가 분명하지만, 나이로 측정되는 몸의 변화를 준거로 한 '삶의 다름'은 불가피하게 묘사될 수밖에 없다는 사실입니다. 지금 어린이들은 우리가 꿈도 꿀 수 없는 미래를 살 겁니다. 그러니 우리가 감히 이를, 이를 수는 없는 일입니다. 또한 그들이 우리의 쇠해가는 삶을 헤아려 주기를 바란다면 그것은 전혀 현실적이지 않은 기대입니다. 동시대를 동 공간에서 살면서도 나이 탓에 삐거덕거리는 굉음은 일상이니까요. 나이는 숫자만일 수 없습니다.

고령은 몸의 퇴행을 자연스럽게 수반합니다. 노망이 들어 망령도 부립니다. 병리적으로 진단되는 알츠하이머병이나 치매는 몸의 손상, 특히 뇌의 손상에서 말미암는 질병이기 때문에 이를 '자연스러운 퇴행'의 범주에 넣을 수 없다고 주장하기도 합니다. 그렇다 할지라도 그것이 본연적으로 노년화의 과정에서 드러나는 현상임에는 틀림없습니다. 게다가 늙음 이전의 연령대에서는 흔한 일이 아니라는 사실을 유념하면 더욱 그러합니다. 회복 불가능한 퇴행은 깊은 늙음이 지니는 지극한 자연스러움입니다. 늙음은 질병이 아닙니다. 저는 자칫 늙음도 치유해야 할 질병이라는 주장이 일면서 죽음조차 그렇다는 주장이 불현듯 우리 삶의 복판에 신호등처럼 우뚝 설까 걱정됩니다. 갸륵하게 인간을 아끼는 진정어린 모습처럼 보이지만 그런 주장은 저에게는 어쩐지 자연을 거스르는 일, 몸을 거역하는 일, 그래서 인간을 무시하는 일이라 여겨지기 때문에요.

이러한 사실은 삶이란 '과정'임을 되생각하게 해 줍니다. 태어나고 성장하고 성숙하고 퇴락하고 죽음에 이르는, 잠시도 머물지 않는 흐름의 이음이란 사실을 조망하게 해 주는 거죠. 머무는 것 없음, 정지하는 것 없음, 무상함이 삶의 본연임 등이 이때 되살핌에서 솟는 두드러진 터득일 겁니다. 그런데 저는 이 사실을 유념하지 않은 채 이를테면 '精~何~'는 '머문 절대적인 것'으로 여기면서 내 흐름에 걸맞지 않는 경우를 겪으며 이렇게 저렇게 이를 바꿔 수용하기도 하고 내치기도 하고, 그러면서 스스로 갈등하고 자학하곤 했던 것은 아닌가 하는 생각이 듭니다. 마땅히 이를 주문 삼아 읊어야 할 때도 있고, 마침내 이를 버려도 괜찮을 때가 있는 것은 지극히 당연한 건데 스스로 몸살을 앓고 있었던 거죠.

신에 관한 이야기는 지천으로 쌓였습니다. 신의 존재를 승인하든 부정하든, 그 신이 잘못 있든 제대로 있든. 신에 대한 이야기는 소란스럽기 짝이 없습니다. 그런데 그리 시끄러운 까닭인즉 어떤 자리에서나 신을 딱 고정하기 때문입니다. 신의 태어남, 신의 자람, 신의 성숙함, 신의 늙음, 신의 죽음을 아우른다면 신 이야기가 지금보다 훨씬 덜 부산하지 않았을까 싶습니다. 논의 자체가 존재론적이지 않고 실존적일 테니까요. 아니면 상황적일 거니까요. 베르나르 베르베르가 「어린 신들의 학교」라는 단편에서 아직 한참 성장해야 할 미숙한 신들의 이야기를 펼치고 있는 것은 그래서 제게 무척 반가운 일이었습니다.

8. 과불(過拂)

　—초월, 영원, 아름다움, 착함, 진리와 절대, 그리고 신은 나를
　그럴듯하게 꾸미려는 사치품입니다

럭비공만 한 수박을 들다가 혼이 났습니다. 그 무게를 견디지 못해 허리가 삐끗했으니까요. 반 시간 남짓 걷고는 어쩌지 못하고 나무그늘에서 쉬어야 했습니다. 어쩌다 유치원 다닐 때 생각이 생생하게 떠올랐는데 어제 일은 도무지 기억이 나지 않습니다. 쌓인 이런저런 기억들이 이제는 듬성듬성한 체로 거르듯 솔솔 빠져나가고 남는 것이 점점 줄어듭니다. 이윽고 쇠한 몸처럼 마음도 가벼워집니다. 얼마나 고마운지요. 이제는 고이 몸으로 돌아온 것 같습니다. 젠체하며 마치 마음뿐인 것처럼 온갖 짓 다 하며 돌아다닌 긴 세월이었는데 이제는 몸이 그러지 말라 하니 조용히 따를 수밖에 없습니다. 몸이 앉으라 하면 앉아야 합니다. 서고 싶어도요. 종종거리고 나돌아 다니고 싶은데 몸이 허락하지 않으면 어쩔 수 없이 조용히 있어야 합니다. 그런데 앉으면 편합니다. 몸이요. 그래서 마음도요. 돌아다니지 않으면 편안해집니다. 몸도 마음도 마찬

가지로요.

이렇게 세월을 따라 흐르면서 깊은 늙음은 몸에 순종하는 일이 쇠하는 '나'가 지녀야 할 우선하는, 그리고 더할 수 없는 덕목임을 터득해 갑니다. 거역할 수 없는 것은 아니어도 그런 마음이 초래할 긴장과 갈등, 체념과 절망은 몸을 그르치고 마음도 상하게 한다는 것도 몸은 가르쳐 줍니다. 결국 '나'가 초라하고 초췌해진다는 것을요.

마지막이 되면 저는, 제 마음은, 저를, 제 몸을, 사랑해 주고 싶었습니다. 넉넉한 마음으로 앙상한 몸을 다독이며 "너 참 애썼다. 고맙다. 사랑한다!"고 말하고 싶었습니다. 몸과 따뜻하고 부드러운 조용한 이별을 하고 싶었습니다. 그렇게 몸과 작별하고 나서 마음은 훨훨 자유를 만끽하며 날갯짓을 하리라 마음먹었었습니다. 마음만 먹으면 안 될 일이 없으니까요.

그런데 막상 닥치니 그렇지 않더군요. 뜻밖입니다. 그렇게 할 수가 없었습니다. 넉넉한 마음조차 몸이 짓는 것임을 알았습니다. 몸이 제 마음을 서둘러 앞지르며 저를 토닥거리면서 자기 품에 안으니까요. 쇠할 대로 쇠한 몸이 제 마음에다 말했습니다. "나하고 함께 하는 거야. 내가 이울면 네 마음도 이우는 거야. 그거 알잖니? 우리는 처음부터 둘이 아니었어. 처음부터 몸으로 있어 비로소 마음도 있게 되었던 거야. 그러니 몸이 끝나면 모두 끝나는 거지. 마음이 따로 남아 노닐 리가 없잖아? 아예 '나'가 없는데!"

처음 이 소리를 몸한테서 들었을 때 저는 이 '현상'을 '마음의 몸으로의 회귀'라고 부르고 싶었습니다. 하지만 그게 아니었습니다. 그러한 묘사는 얼핏 정연한 서술처럼 보이지만 실은 정직하지 않은 기술입니다.

떠난 마음도 따로 없었고 남아 있는 몸도 따로 없었는데 그렇다고 여긴 착각이 빚은 진술이기 때문입니다. 오랜 깊은 늙음의 늙음다움은 마음이 몸짓이었음을 알게 되는 데서 고이 드러납니다. 인간은 몸이고, 몸으로 살다, 몸이 사라지면 없어집니다. 마음이라 일컬으며 기리고 탄(嘆)하고 바라고 좌절한 모든 어마어마한 가치들은 어쩌면 사치였는지도 모릅니다. 아마 그럴 겁니다.

초월이 그러하고 영원이 그러합니다. 아름다움이 그러하고 착함이 그러합니다. 진리와 절대도 다르지 않습니다. 신도 반드시 이에 포함하고 싶습니다. 이런 것들은 참 찬란합니다. 닿을 길 없는 '저기'에 있는 건데 '여기'에서 이를 겪을 수 있다 믿어 우리는 이를 온갖 정성을 다해 자기 것으로 삼아 나를 치장합니다. 성취도 좌절도, 의미도 절망도 이를 얻어 나를 치장하려는 과정에서 말미암는 삶의 결들이었습니다. 마음은 이를 감당합니다. 그러면서 몸을 저만치 밀어내면서 감히 몸이 상관할 일이 아니라고 손사래를 짓습니다. 그렇게 살아왔습니다.

하지만 몸은 이런 것들을 짐짓 돌보지 않습니다. 마음이 굴듯 그렇게 있지 않습니다. 마음이 장미의 아름다움을 찬미할 때 몸은 마음에게 이릅니다. "너는 지금 과불하고 있는 것 아니니? 그것도 아주 지나치게. 곧 그 아름다움이 점차 시들어 그것 자체로 추함이 되고 마침내 버려질 텐데." 그래도 그 사치를 버리지 못하는 '고상한 마음'을 향해 몸은 또 이렇게 말하기도 합니다. "장미는 아름다워! 그래, 그 아름다움을 마음껏 향유할 수 있어야지. 한데 그것이 이윽고 추함에 이를 것임도 유념하면서 그 아름다움을 기려야 진정으로 그 아름다움을 누리는 거 아닐까?"

그 현란한 것들이 얼마나 초췌한 것인지를 몸은 아는데, 마음의 귀결이 몸인 것을 몸은 아는데, 그래서 과불하는 사치가 삶을 탕진하면서 몸에 안기기도 전에 마음이 병들까 저어하는 몸의 진정한 아픔이, 이런 말을 저에게 하고 있다는 것을 이전에는 제 마음이 실감하지 못했습니다. 당연히 몸으로도요.

글을 닫으면서
— 먼산바라기는 마지막 축복입니다.

몸은 화를 내지 않습니다. 저는 그렇게 생각합니다. 몸짓은 그 어떤 것도 자연스러움이라고 믿으니까요. 성하든 성치 않든요. 아니, 화를 낼 상대가 실은 없습니다. 몸이 마음인 건데 마음을 향해 시비를 걸 까닭이 없으니까요. 쇠한 몸이 저어하는 것은 무엇보다도 자중지란입니다. 깊은 늙음의 지혜죠. 오히려 애써 몸은 이 깊은 늙음의 쇠한 몸을 그 마음과 아울러 알뜰하게 보살핍니다. 다음과 같이요.

저는 아직은 스스로 추스를 수 있는 몸으로 걸상을 끌고 남으로 향한 창으로 다가갑니다. 하필 높은 아파트 꼭대기 바로 아래 아래층이어서, 그리고 강가에 있어, 흐르는 강을 내려다봅니다. 멀리 관악이 보이고, 여의도 높은 건물들도 보입니다. 차도에 다니는 차들이 장난감처럼 구릅니다. 한강대교에 차가 막혀 있는 것도 보입니다. 하늘은 제 시야에 가득히 펼쳐집니다. 구름의 작희(作戱)는 이제 익숙해져 서로 장난칠 만큼 친해졌습니다.

부드러움의 미덕

이윽고 '세상'이 한눈에 보이는 듯합니다. 한데 갑자기 소란해집니다. 관악이 저한테 무얼 이야기합니다. 애써 귀를 기울이는데 강물이 나섭니다. 그런가 하면 길이 차들 틈에서 자기도 한몫 하겠다고 끼어듭니다. 그들은 모두 저에 대한 제각기의 기억을 소리쳐 이야기합니다. 저는 안개가 걷히듯 그 이야기가 선명해지면서 과불을 감행했던 사치스러웠던 세월을 거닙니다.

한강대교가 거꾸로 강에 박힌 모습으로 자기를 드러냅니다. 精~何~'를 되뇔 때 일입니다. 거기를 건넌 지아비 잃은 지어미의 얼굴이 떠오릅니다. 사치스럽게 살 때 일입니다. 잠깐 궁금한데 이 세상에 있을 까닭이 없다는 것을 알고 고개를 돌립니다. 이것은 지금 일입니다. 강은 고요해 흐르지 않는 것 같은데 강이 그리도 많은 얼굴들, 옛 얼굴들을 싣고 흐른다는 사실을 알고 새삼 놀랍니다. 이것도 지금 일이고요. 이 얼굴이 솟아 반가운 순간 저 얼굴이 나도 있다고 손짓합니다. 저는 저도 모르게 그 숱한 얼굴들과 유영(遊泳)하는 저를 보면서 웃습니다. 아주 천천히 웃습니다. 지금 여기에서요. 황혼은 언제나 저를 부릅니다. 못내 저와 함께하지 못해 아쉬워하는 일몰의 순간이 짓는 진한 빛깔을 저는 조금만 기다리라고 말하며 겨우 위로합니다. 그때쯤이면 으레 등 뒤에서 소리가 들립니다. "저녁 잡수셔야죠."

먼산바라기는 몸이 주는 마지막 축복입니다. 마음을 재계하는 몸의 지극한 의례입니다. 그게 없었다면 저는 아직도 커다란 개념들을 지껄이면서 여전한 사치스러운 삶에서 한 발도 나오지 못한 채 끝내 하나인 '나'를 '둘'로 살아가며 쇠함에 이르러 솟구치는 "나 왜 이리 힘들지?" 하는 오뇌를 조금도 벗어나지 못했을 겁니다. 하지만 바야흐로 '몸의 평화'가 실현될 거고, 그렇게 되면 이루지 못한 '마음의 평화'란 아예 없는 거여서 오뇌는 절로 풀릴 겁니다. '精~何~'의 순례도 그렇게 끝날 거고요. 참 좋습니다.

그런데 피곤하네요. 몸이요. 아무도 공감할 수 없는, 저만 절실한 독백을 몸을 움직여 쓰다 보니 몸을 넘친 것 같습니다. 이제 쉬어야겠습니다. 몸이 그러라고 하니까요. 순종해야죠. 아니, 저는 그저 몸인 걸요.
걸상을 끌고 창가로 가서 먼산을 바라보겠습니다. 그게 지금의 제 '몸에 잠긴 마음'의 일상, '나'의 삶이니까요. *

부드러움의 미덕

곽광수

프랑스 유감 IV-9

프랑스 유감 IV-9

　과수원들이 있는 들판도 그대로이고, 그 느린 유속의 희부연 초록색 시내도 그대로이다.[1] 나는, 「새 엑상프로방스 이야기」에서 말한 바 있지만, 이쪽으로 산책을 할 때면 그 과수원들의 낙과들을 주워 비닐 주머니에 담아 오곤 했다. 나는 진작부터 그 낙과들을 보았었지만, 그것들을 주워 올 생각을 하지는 못했다. 그 사과들을 주워 와도 들키지도 않고, 또 그것들은 그냥 버려지는 걸 거라고 말해 준 것은 자크였다. 대학 식당에서 알게 된 자크는 인도계 모로코 학생으로 정치대학에 다니고 있었다. 인도계라는 것과 관계있는지, 머리는 완전한 곱슬머리였고, 피부색은 짙은 회색이었다. 키가 크고 신체는 강건해 보였지만, 엄청난 근시여서 조엘처럼 도수 높은 무테 안경을, 그러나 그 안경알이 조엘 안경알

---

[1]　나는 지금(2010년 여름) 내가 유학했던 엑상프로방스를 방문하여, 시내를 돌아다니며 옛 추억들을 떠올리고 있다. 조엘, 장피에르, 드 라 프라넬 교수 등에 대한 이야기 다음으로 지난 호에 내 논문 지도교수였던 샤보 선생님의 추억을 이야기했다. 선생님 댁이 있던, 엑스 변두리의 포낭이라는 아파트를 지나, 지금 막 시가지를 벗어난 참이다.

보다 훨씬 더 두꺼운 무테 안경을 쓰고 있었다. 장 피에르만큼 키가 컸지만, 장 피에르가 몸을 많이 흔들고 몸짓도 많이 하며 남불 말씨로 빠르게 말하는 데 반해, 그는 몸도 말씨도 차분했다. 그래 말이 많은 편이 아니었지만, 그의 불어 발음은 아주 멋있었다. 불어는 아름다운 말이라고 하지만, 말하는 데 따라 그 편차가 크다는 게 내 생각이다. 예컨대 남불 불어, 구체적으로 장 피에르의 불어는 결코 아름답다고 할 수 없다. 이러한 내 생각은 음성학적으로 밝혀질 수 있을지 모르지만, 어쨌든 자크의 불어는 내가 아는 어느 프랑스인의 불어보다도 아름답다고 나는 생각했다. 그래 내가 언젠가 덕담으로: "넌 프랑스인들보다 불어를 더 잘하는구나! 어디서 배운 불어니?"라고 하니, 군말 없이 한마디로: "모로코에서" 하며, 표정의 변화가 별로 없는 얼굴에 빙긋 미소를 띠는 것이었다. 게다가 거기에 맞게 목소리까지 맑았다. 말씨가 차분한 것은 그의 아름다운 불어 발화(發話)를 가져왔지만, 몸도 차분한 것은 그의 덩치로 인해 상당히 위엄 있는 분위기를 만들었다. 게다가 그는 당시의 학생 사회 풍습과는 달리, 많은 경우 윗도리로 양복을 걸치고 있곤 해서 그런 분위기를 더했다. 그렇기에, 우리들이 식당에서 처음 알게 된 계기가 전혀 기억나지 않는 지금 생각해 보면, 그의 그런 분위기에 눌렸을 내가 그에게 다가갔을 리는 없었을 것 같고, 그 편에서 먼저 말을 걸었을 것이다. 내가 그의 성을 모르는 것도 이러한 사정과 관계있을지 모른다: 식당에서 말을 걸 수밖에 없는 상황에서 일시적으로 그냥 가볍게 만나고 지나간다… 식당에서 알게 되는 지면(知面)은 그저 그런 식이었다. 그런데 그의 위엄 있어 보이는 곧게 솟고 단단한 몸에서, 대조적으로 아름다운 불어 말소리가 들려오니(아름다움은 언제나 가녀리게 느껴지는지?), 나는 약간 재미있는 위화감을 느꼈고, 그것과 동시에 그에게 대한 거리감

부드러움의 미덕

이 없어지는 것 같았다. 그리고 그를 특별히 기억하게 되었던 것이다…. 어쨌든 나는 그가 그런 외양의 분위기 때문인지 여럿 가운데 어울려 있는 것을 거의 보지 못했다.

우리들이 처음 알게 된 계기가 기억나지 않으니, 언제부터 알고 있었는지 기억나지 않는 것도 자연스러운 일이지만, 이제 그에 관한 이야기를 시작하려는 시점(時點)은, 그 이후 내가 엑스를 떠날 때까지 그 이야기가 벌어지는 상황이 계속될 터이므로 거의 확실하다: 그가 기숙사 내 방으로 나를 찾아온 것은, 내 장학금 기간의 마지막 해 봄철이었다. 그 이전 어느 때부터인가, 식당에서 서로 만나게 될 때에 그는 조금씩 초췌해 보이기 시작했는데, 그것이, 말을 많이 하지 않고 위에서 말한 그런 외양으로 보인다는 사실, 그리고 짙은 회색의 안색 등과 어우러져, 무척 침울하고 거부감을 일으키는 인상을 주는 것이었다. 그러다가 언제인가, 점심 후 식당 밖에서 그와 이야기를 나누는 가운데 어느 순간 나는 그만 이야기가 빗나가, 프랑스, 게다가 학생 사회의 풍습에 영 어긋나게, 이렇게 물었다:

"너 요즘, 뭐, 잘 안돼 가는 일 있어?"

기실 그의 그, 점점 더 심해져 가는 초췌함과 침울함이 너무나 뚜렷해져 나도 모르게 이야기가 튄 것이었다.

"……"

그가 계속 말이 없었다면, 내 질문은 쓸데없고 번쇄한 대화의 한 조각, 이를테면 야콥슨의 언어의 여섯 기능의 하나인 친교 기능을 수행하는 몇 마디 말로 지나갔으리라. 그런데 내가 그의 그 두꺼운 근시 안경 알 속에 떠 보이는 눈동자를 쳐다보다가 시선을 돌리는 순간:

"우리 아버지하고 문제가 있어."

라는 그의 말이 들려왔다. 여전히 맑은 목소리와 아름다운 불어 발음에 실린 말이었지만, 그 내용이 그늘을 드리웠는지, 내게는 무척 어둡게, 그리고 여느 때보다 상당히 낮게 들렸다. 그가 나 같은 프랑스 정부 장학생이 아니며, 그의 아버지가, 엑스에서 그가 수학하는 비용을 보내 준다는 것[2]을 언젠가 그에게서 들은 적이 있었는데, 그렇다면?… 외국에 자녀를 유학 보낸 우리나라 부모의 경우라면 상상되지 않을 일을 상상하면서도, 나는 더 이상 입을 열지 않았다. 그리고 그 역시 우리들이 헤어질 때까지 아버지에 대해, 또 아버지와의 관계에 있었다는 문제에 대해 한마디도 하지 않았다. 필경 나는 그의 아버지에 대해, 그리고 그 문제에 대해 지금도 물론 아무것도 모르지만, 그것은 또 내가 엑스를 떠날 때까지 이어진 우리들의 기이한 인연의 이유를 모른다는 뜻이기도 하다…….

그가 내 방을 찾아왔을 때, 내 방은 푸아이예 퀼튀렐이 있는 동에 있지 않았다. 앞서 언급된 바 있지만 그랑드 바캉스에, 기숙사 측에서 남아 있는 소수의 학생들을 모두 여학생 기숙사로 모으므로, 새 학년도에는 언제나 방 배정을 새로 하게 되는데, 그해에 내 방은 푸아이예 퀼튀렐 동에서 약간 올라간 지대에 있는 몇 개 동 가운데 하나에 있었다. 기실 푸아이예 퀼튀렐 동은 나중에 건축된 건물이었던 것 같고, 그것보다

---

2 자크에 관한 이야기와는 관계없이 단순히 언급하는 사항이지만, 프랑스는 미국과는 달리 대학의 등록금이 거의 없고, 양질의 식사가 제공되는 대학 식당의 저렴한 식비, 연 1회 비미한 핵수의 조합비를 닙입하는 진국대학생공제조합의 도움을 받는 의료비, 그리고 많은 분야에서 이루어지는 대학생 할인 혜택 등으로 대학생의 생활비도 많이 들지 않으며, 기숙사에 방을 못 얻을 경우 주거비만 본인 부담만으로 해결해야 한다. 우리나라가 경제적으로 상당히 발전한 것으로 간주된 이후 프랑스에서 정부 장학금을 한국 학생들에게 거의 주지 않게 되자, 예컨대 나의 여러 제자들이 프랑스로 자비 유학을 할 수 있었던 것도 프랑스의 이런 교육복지 때문에 가능했다.

는 낡은 높은 지대의 동들은 그러나 방이 더 넓었다. 다소 추레한 행색의 그와 마주 앉아 서로 이것저것 말하는 가운데, 나는 이제 논문을 쓰고 있는데, 장학금 기간은 유월 말에 끝나고 논문의 완성은 그때까지 불가능할 것 같으니 걱정이라고 하니까, "메 느 탕 페 파! 튀 레위시라 비앵(걱정할 거 없어! 넌 잘 해낼 거야)"라고 하며 그는 방 안을 휘둘러보는 것이었는데, 내게는 그 말이 약간 건성으로 들렸다. 그러다가 어느 순간 그는 느닷없이 이렇게 말했다:

"너, 날 여기서 밤에만 재워 줄 수 없겠니?"

그의 질문이 너무나 느닷없는 것이어서 나는 멍청히 그를 쳐다만 보았다. 게다가 방금 이야기가 있은, 곧 끝날 장학금 기간, 아직 끝이 가까이 보이지 않는 논문 등으로 내 초조함을 그도 느꼈으리라는 것을 생각하면, 그 요청이 그야말로 억하심정으로 닥쳤다. 그는 뒤이어 말했다:

"아침 일찍 소리 안 내고 나가서, 저녁 늦게 들어올게. 그리고 물론 방에 있을 때엔 너한테 말도 안 하고 방해되지 않도록 할게."

그의 움푹 들어가 있는 눈의, 두꺼운 안경알로 인해 떠 보이는 눈동자에 절박함이 어려 있었다. 나는 그 이후, 그 순간 내 마음의 움직임을 제어하지 못한 것을 얼마나 후회했는지 모른다. 내가 무슨 성인이나 된다고……. 하기야 때로, 그레이엄 그린의 『사건의 핵심』에서 내가 좋아하는, 주인공 스코비의 내성(內省): "행복하다는 자를 나에게 보여 달라, 그러면 나는 그에게서 에고이즘과 이기심과 사악을, 아니면 철저한 무지를 지적해 주겠다. (…) (…) 사실을 안다면, 소위 말하는 사물의 핵심에 도달한다면 저 별에 대해서까지라도 연민을 느껴야 할 것인가?"를 떠올리며, 자크에 대한 그때의 내 연민을, 아무렴 별에까지 미치는 스코비의 연민에 감히 비교하겠는가만, 그것과 나란히 두고 보면서 내 결정을 잘한 것이라고 나 자신을 추켜올리기도 했지만. 기실 내 방이 그때 푸아이예 퀼튀렐 동에 있었다면, 나는 그의 요청을 힘들이지 않고 거절할 수 있었을지 모른다, 그 동의 방은 침대 말고 다른 잠자리를 마련하기에는 너무 좁았던 것이다. 그해의 그랑드 바캉스에 나는 앞서 말했듯이 조엘의 스튜디오를 썼을 테니까, 그리고 설사 여학생 기숙사에 갔더라도 여학생 기숙사의 모든 동들은 바로 푸아이예 퀼튀렐 동과 같은 형태였으므로. 어쨌든 자크는 그랑드 바캉스 동안 나와 기거(寄居)하지 않았고, 그가 어떻게 여름을 보냈는지 나는 모른다. 그리하여 자크는 그랑드 바캉스가 시작될 때까지 내 방에서 밤을 나게 되었던 것이다.

그는 바로 그날 밤부터 내 방에서 잤다. 밤 이슥히 모포 같은 것과 트랜지스터 라디오를 가지고 왔는데, 세면도구 같은 기본적인 생활용품들을 담았을 가방이 있었을 테지만 기억나지 않는다. 그의 말대로 내가 잠이 깨면 그는 언제나 나가고 없었으니, 나는 그가 우리 방(그렇다, 이젠 우리 방이다!)에서 얼굴을 씻는 것을 봤던 적이 없다. 저녁때에도 대개 내가 침대에 드는 시간에 맞춰 들어오는 것이었다……. 이런 나날들이 얼마만큼 지나가자 거기에 우리들은 습관이 되어 새로운 평상(平常)이 이루어졌다.

그러던 어느 날 저녁, 여느 때처럼 서로의 암묵의 합의로 정해졌다고 할 늦은 잠자리 시간에 그가 들어왔고, 우리들은 각각 달리 힘들인 삶으로 인해 잠에 떨어졌다. 그런데… 지금 이야기하려고 하는 사태가 벌어진 때는, 창문이 밝은 달빛으로 훤하던 것이 곧 알게 될 이유로 너무나 뚜렷이 기억되므로, 밤 시간이 한참 깊어진 시점이었을 것 같다. 나는 갑자기 깊은 잠에서 소스라쳐 깨어났다. 우리말 '소스라치다'는 야콥슨이 말한, 시적 기능을 수행하는 언어의 "촉지되는 측면"을 잘 드러내는

부드러움의 미덕

예의 하나가 될 수 있을지 모른다. '소스라치다'의 소리를 음성학적으로 분석하여 논증할 수도 있겠지만, 한글학회에서 펴낸 『우리말 큰사전』에서 '소스라치다'의 풀이를 보면, 그 소리가 풀이의 내용을 잘 환기하고 있음을 직관적으로 느낄 수 있다: "깜짝 놀라 몸을 떠는 듯이 움직이다." 나는 그야말로 소스라쳐 깨어났다. 나는 지금까지 가위에 눌렸던 적은 더러 있지만, 그때처럼 소스라쳤던 적은 없다. 기실 진짜 소스라치는 것은 깨어 있을 때에 있는 일이 아니라, 잠에서 깨어나게끔 하는 것이라고 생각된다. 이젠 정신분석이 널리 알려져 있어서 누구나 잠재의식, 무의식을 입에 올리지만, 옛날에는 제육감이라는 말을 썼었다. 그때의 경험을 생각할 때면 나는 언제나 제육감이라는 말이 거기에 더 잘 맞는다는 생각을 한다. 그것은 생명 본능이 잠 속에서도 유지하고 있는 감각인 것이다. 그 제육감이 나를 소스라치도록 마구 흔들어 깨운 것이었다. 내 떠진 눈앞에 나타나 있는 것은… 밝은 달빛으로 훤한 창문을 뒤로 하고, 그로 인해 프로필의 윤곽선만 뚜렷하고 그 면은 깜깜한 거대한 인간이 무슨 물체를 높이 들고 서 있는 모습이었다. 그는 막 나를 그 물체로 내려치려는 참이었다! 나는 외마디 소리를 질렀다. 그 소리가 "아악!"이었는지, "누구야?"였는지, 바로 그 순간에도 의식에 없었다. 그것도 소스라침과 마찬가지로 제육감의 감각적인 반응이었을 테니까.

그러자 그 거대한 인간은 얼마간 멈칫멈칫하는 듯하더니, 두 손에 높이 들었던 물건을 천천히 앞으로 내리는 것이었다: 그것은 자크가 가지고 온, 그리고 늘 어디에 가나 가지고 다니는 트랜지스터 라디오였다!… 이윽고 자크의 그 아름다운 불어가, 그러나 여느 때보다는 아주 풀이 죽어서, 그 높이 솟은 깜깜한 프로필의 머리 쪽에서 들려왔다:

"광수, 엑스퀴즈 무아. 쥬 쉬이 솜낭뷜(미안해. 나 몽유병이 있어)."

나는 그 순간에는 이미 침대 위에 앉아 있었는데, 몽유병이라는 게 이렇게나 무서울 경우도 있구나 하는 생각이 그제서야 드는 것이었다. 물론 그런 생각만 있었을 뿐, 내 의식 속에서 거기에 대한 대처 등과 같은 것들은 그냥 멍청함으로 떠오르지도 않았다. 자크의 말이 계속 들려왔다:

"사실 이런 순간이 언제 올지 조마조마했어. 함께 자는 사람이 내 상태를 모를 경우에는 내가 불안해지고, 그 불안이 점점 심해지다가 마지막에 이런 일이 닥쳐. 하지만 일단 상대방이 이걸 알게 되면 내 불안이 갈아 앉고, 그다음부턴 그런 일이 일어나지 않아. 그렇다고 미리 알려주면 상대방이 그걸 예기하고 잠을 잘 자지 못하니, 그러지도 못하고……."

그는 이렇게 말하고, 제 잠자리로 돌아가 눕는 것이었다. 지금 되돌아보면, 과연 그때 내가 젊기는 젊었었구나, 달리 말하면, 그 젊음이 선택한 내 결정에 대한 믿음을 끝까지 견지했었구나라는 생각이 든다. 그런 일을 겪고도, 논문 걱정 가운데서도, 두려움 없이 자크의 해명을 받아들였던 것이다. 지금이라면, 그다음 날부터 어떻게 해서라도 그를 물리쳤을 것이다……. 어쨌거나 과연 그의 말대로 두 번 다시 그런 일은 일어나지 않았다.

그 이후 가끔, 내가 소스라쳐 깨어나지 않았다면 자크가 진짜 나를 라디오로 내려쳤을까라는 의문이 들곤 했는데, 제육감을 믿는다면, 그랬을 것 같다: 그러리라는 본능적인 판단을 했으니까 제육감이 나를 깨웠을 것이다.

앞서, 자크가 처음 찾아왔을 때에 내가 그를 받아들인 것을 나중에 많이 후회했다고 말했는데, 그 사건 때문에 그렇게 말한 것은 아니다. 어쨌든 그해 그랑드 바캉스가 시작되고, 앞서 말한 대로 우리들은 헤어졌고, 나는 속으로 이렇게 자크가 떨어져 나가게 되었으니 잘 되었다고 생각했다. 그러나 자크와의 인연은 그것으로 끝나지 않았다……. 불가에서는 옷깃만 스쳐도 인연이라고 하지 않는가?

그나저나 그동안 자크 덕에 낙과 사과는 내 방에 떨어지지 않아서, 늘 먹고 싶을 때마다 먹을 수 있었다…….

나는 시내 앞에서 발걸음을 되돌려 과수원들을 벗어나, 아까 온 길을 되밟아 나간다. 고속도로 다리를 건너고, 이윽고 다시 포낭 아파트를, 이번에는 오른쪽에 두고 지나간다.

내 엑스 유학 시절 나는 샤보 선생님이 운전하는 그의 차를 이용한 적이 한 번 있었다. 귀이용 학장님이 나의 성공적인 논문 발표를 축하해 주기 위한 자택 만찬에 나를 초대했을 때, 당연히 함께 초대된 샤보 선생님이 자기 차로 나를 데리고, 교외에 있는 단층 독립가옥인 귀이용 선생님 댁에 갔던 것이다. 그때에도 나는 포낭 아파트로 갔고, 거기서 선생님은 나를 픽업했었다. 지난 호에 샤보 선생님 추억을 이야기할 때, 어떻게 선생님을 지도교수로 모시게 되었는지 말하지 않았는데, 기실 그렇게 된 것은 바로 귀이용 선생님이, 베르나노스를 연구하는 분이 있다면서 선생님을 찾아가라고 했기 때문이었다. 베르나노스는 기독교 작가이니까, 그 당시 페기에 대한 박사과정 세미나를 지도하고 있던 귀이용 선생님에게 조언을 구할 수 있으리라는 이야기를 듣고 그를 찾아뵈었던 것이다. 귀이용 선생님은 그랑드제콜의 하나인 명문 고등사범학교 출신으로, 유명한 발자크 연구가인데, 내가 유학에서 귀국한 지 몇 년 후 『르 몽드』지(紙)에 난 추모 기사를 통해 그의 별세 소식을 접했었다……. 나는 「프랑스인들의 추억」에서 귀이용 선생님이 샤보 선생님과 나를 댁 현관에서 몸소 맞이하던 모습을 이야기했는데, 내게는 그것이 여간 파격으로 느껴지지 않았다: (프랑스에서 논문심사위원장이 성공적인 논문발표자를 위해 특별히 개인적으로 축하만찬을 베풀어 주는 것이 관례인지 아닌지 잘 모르니까(지금도) 그것은 접어 두더라도) 우리들의 도착을 알고 현관에까지 나와, 긴 은빛 머리털을 산발로 흩뜨린 채로(그것이 그의 통상적인 얼굴 모습이었다), 커다란 미소를 띠고 내 머리를 두 손으로 감싸 안는 것이었다. 그것은 마치 할아버지가 손자를 어르는 것 같았다(내게는 그렇게 느껴졌다)……. 그런 느낌을 보강이라도 하듯, 그는 이렇게 말했다:"Mon petit docteur(몽 프티 독퇴르)!……" 나는 이 말을, 「프랑스인들의 추억」의 역문에서 "우리 박사님!……"이라고 옮겼는데, 그때 나를 맞이하던 귀이용 선생님의 분위기를 옮기기에는 그것보다 더 나은 말이 생각나지 않는다. 직역을 하면, "나의 꼬마 박사"가 되는데, 이런 경우 소유형용사는 소유의 대상에 대한 소유자의 여러 가지 감정적 뉘앙스를, 예컨대 대표적으로, 여기서처럼 친애의 감정을 나타낼 수 있고, '작다(꼬마)'라는 뜻의 '프티' 역시 어린아이를 환기시키는 데서 기원하여 사랑스럽다는 친애의 감정을 비롯하여 여러 가지 뉘앙스를 표현할 수 있다. 이 정도로 설명하면, 내가 왜 귀이용 선생님의 응접을 파격이라고 느꼈는지, 독자들에게 전달될 것이다.

하지만 귀이용 선생님 자신으로서는 내가 기특하다고 생각했던 게 아닐까?: 우선 그 당시 내가, 내 나이를 열아홉 이상으로 본 프랑스인 친구들이 거의 없을 정도로 젊어 보였다(일반적으로 동아시아인들이 유럽인들보다 대개 젊어 보인다). 그리고 처음 자기를 찾아왔을 때에 더듬거리는 불어로, 게다가 자신 없는 풀 죽은 모습으로 도움을 청하던, 가난한 나라의 프랑스 정부 장학생이, 그래도 제법 연구 성과를 이루었으니, 그 녀석 신통하구나 라고 여겼으리라……. 이 모든 것이 그로 하여금 서른둘의 내 나이를 잊게 한 것일지도 모른다('측은해 보인다'는 '연약함'이라는 뜻

　　　　　　　　　　　　　　부드러움의 미덕

을 통해 '어려 보인다'에 닮는 것 같은데, 그 첫인상이 사라지지 않았을지 모른다).
그래 논문 발표 때에 칭찬을 많이 해 준 분도 귀이용 선생님이었다: 그
가운데 "이 논문은 베르나노스에 대한 논문일 뿐만 아니라 바슐라르에
대한 논문이기도 하다."고 한 칭찬은 오래도록 나를 기분 좋게 했다. 귀
국 후 내가 보내 드린 편지들에 잊지 않고 보내준 회신 첫머리에 "Mon
cher COLLEGUE(친애하는 나의 동료)에게"라고, 반드시 COLLEGUE만을
대문자로 쓰는 유머를 보여 주어 나를 즐겁게 했다……. 그 만찬 초대
날, 최근에 나온 발자크에 관한 그의 또 한 권의 저서에 헌사를 써서 내
게 주기도 했다.

나는 포낭 아파트를 지나, 온 길을 계속 되돌아가 주르당 공원 철책까
지 와서, 철책 모퉁이 네거리에서 앞서와는 달리 이번에는 왼쪽으로 돈
다. 곧 공원 정문에 이르러 그것을 맞보고 있는 길로 접어들자, 아까 시
작한 나의 엑스 추억 산책의 출발점인, 쿠르 미라보 아래쪽 로터리가 바
로 보인다. 한가운데 그 유명한 커다란 분수대가 있는 로터리까지 계속
나아간다. 저만큼 로터리 주변의 카페들과 다른 데보다는 좀 더 많은 행
인들의 오감이 보이는 지점쯤에 이르렀다. 그래, 바로 그 지점쯤이었었
다. 그때가 언제였던가? 조엘에게 보내는 편지[3]에 내가 썼던 사연, —
엘리안이 무슨 핑계를 대고 나를 자기 방으로 오라고 해서 갔다가, 서로
좋아한다는 것을 알면서도 바보처럼 쿵쿵대는 가슴을 안고 그 방을 뛰
쳐나왔던 사연이 있은 이후의 일이었다. 내가 지금처럼 로터리 쪽으로
가고 있는데, 뒤에서 "광수!" 하고 부르는 여자의 목소리가 들려왔다.
엘리안?… 나는 급히, 소리가 들려온 쪽으로 몸을 돌려 바라보았다. 엘

---

3 『길 위에서의 기다림』(숙맥 8호), 73쪽.

리안이 저만큼에서 뛰어오고 있었다. 엘리안은 내 가까이 다가와 내 앞에 섰다. 키가 작은 편인 그녀가 나를 약간 치떠 보는데, 까만 두 눈동자가 투명한 눈물 속에 떠서 흔들리는 것처럼 보였다. 아르메니아 혈통에 기인하는 것인지 그녀의 머리털과 눈동자는 검다.

"......"

"광수, 우리 아빠가 얼마 전에 돌아가셨어. 암이야." 그녀는 숨을 돌렸다.

"......"

"근데, 엄마가 어찌 그럴 수가 있어? 아빠가 돌아가신 지 몇 개월도 안 됐는데, 벌써 남자친구가 생겼어……."

그녀의 두 눈동자를 흔들리게 하던 눈물이 눈시울을 넘으려고 하다가 가까스로 가라앉는다. 그때까지 나는 아무 말도 하지 못했다. 무슨 말을 해야 할지 몰랐다. 다만 마음속으로, 저 큰 슬픔이 아버지의 죽음도 죽음이지만 어머니의 배신에 더 많이 비롯되는 걸 거라고 혼잣말을 했다. 나는 장 피에르 이외에는, 가족 상황에 대해 얼마간이라도 알고 있는 프랑스인 친구가 없었으니, 남자친구들처럼 자주 만나지도 않은 엘리안의 가족 상황을 당연히 모르고 있었지만, 자꾸만 어쩐지 그녀의 가족이 부모와 그녀, 이렇게 셋이었으리라고만 상상되는 것이었다……. 나는 결국 그날도, 엘리안이 자기 방으로 오라고 했던 날처럼 숙맥이었다: 뭐라고 위로할 말을 못 찾았다면, 왜 안아 주지도 못했을까?……

지금 생각해 보면, 나는 엘리안을 몇 번 만나지도 못했었다. 그 가운데 그녀도 나도 마음이 많이 움직였던 것으로 여겨지는 게 아마, 조엘에게 쓴 편지에 언급된, 한 심리학과 친구 아버지의 리옹 근교에 있는 성에서 우리들이 가진 가면무도회(명색이!) 때였으리라: 그 후 얼마 안 있어

부드러움의 미덕

엘리안이 내게 자기 방에 오라고 했던 것이다. 우리들은 모두 열댓 명쯤 이었는데, 붐이 열릴 성안 홀에 요란하지 않은 뷔페가 차려져 있고, 그 옆 테이블에 얼굴을 겨우 가릴 정도의 엉성한 모양의 가면들이 놓여 있었다. 지금 내 기억에 있는 어처구니없는 이미지는 친구들이 홀에서 축음기 음악에 맞춰 춤추고 있는 광경을, 춤을 출 줄 모르는 내가 홀 한쪽에서, 무슨 가면이었는지 전혀 기억나지 않는 가면을 쓰고 의자에 앉아 멀뚱히(가면 밑이니까 다른 사람들에게는 보이지도 않는 모습이지만) 바라보는 우스꽝스런 나 자신이다. 그 이후 나는 그 이미지가 떠오를 때면, 알랭 푸르니에의 소설『모온 대장(Le Grand Meaulnes)』의 주인공 오귀스탱 모온이 시골 길을 잃고 헤매다가 발견한 성, — 거기에 틈입해 들어가 가장무도회에 참여하고 꿈속 같은 모험을 겪은 후 돌아와 다시 찾아가 보려고 해도 찾지 못해 애타 한 그 성, 그 성과 거기에서 있었던 일들에 대한 그의 기억 속의 이미지들이 연상되는 것이었다. 하지만 그것은 얼마나 터무니없는 연상인가? 알랭 푸르니에의 낭만적인 상상 가운데 펼쳐지는, 랭보의 저 유명한 시행: "오, 계절이여, 오 성이여"의 성 같은 신비로운 성과, 거기에서 이루어지는 화려한 가장무도회(가면무도회가 아니라), 그리고 모온과 성주의 딸이 첫눈에 빠지는 낭만적 사랑…… 이런 것들이, 어찌 그 큰 도시 근교의, 큰 저택 정도의 성[4]과, 그냥 붐이 아니라 가면무도회 붐이라고 하면 더 재미있을 것 같으니까, 라는 정도의 동기로 마련된 엉성한 가면을 얼굴에 붙인 우리들의 붐과, 사랑이 육체적인 사

---

4 프랑스에서 성이라고 하는 것은, 총안들이 있는 성벽과 주위에 해자가 있는 그런 것들 뿐만 아니라, 방금 열거한 것들이 없는, 우리들이 갔었던 석축의 그 큰 저택 같은 것들 도 포함한다.

랑의 행위로 인식되던 학생 사회의 풍습, ─ 이런 것들로 연상될 수 있겠는가? 그럼에도 그 연상이 이루어진 것은, 오직 엘리안에 대한 내 감정의 흐름 때문이지 않았겠는가? 그 연상을 가능케 한다고 여겨질 수 있는 두 경우의 대응되는 사항들도 기실 내 감정이 찾아낸 것일 것이다.

가면들은 가장이 아니라 얼굴만 가리는 것이니, 쓰나 마나 쓴 사람이 누구인지는 그냥 알 수 있었다. 춤이 한 번씩 끝나면, 모두들 가면을 벗고 뷔페 주위에서 먹고 마시고 했는데, 그다음에는 또 다른 파트너와 춤추는 것이었다. 나는 친구들이 춤추는 것을 바라보기만 했지만, 엘리안에게, 그리고 그녀가 파트너를 바꾸는 것에 시선이 많이 가는 것을 어쩔 수 없었다. 그래 내가 그렇게 엘리안을 바라보는 때가 많은 것을 친구들이 눈치챈 것 같았다. 엘리안도 그것을, 또 친구들이 그것을 눈치챈 것도, 눈치챈 것 같았다. 그러니 홀로 있는 내게 가까이 다가와 주고 싶어도 그러지 못했으리라.

어느 순간 나는 소변을 보러 화장실에 갔다. 화장실 문을 밀치는데, 안에서 두 친구가 주고받는 말이 들려왔다:

"광수는 이상해. 엘리안이 좋으면, 춤을 못 추더라도 엘리안에게 가르쳐 달라고 하고 배우면서 춤추면 될 텐데 말이야."

"그러게 말이지. 우스운 친구야."

나는 창피스러워져서 급히 몸을 돌려 홀로 나왔다…….

지금 엘리안은 어디에 있을까? 그 독일인 친구와 결혼하고 독일에서 살고 있을까? 내가 칠순이니, 엘리안은 예순 초반대일 것이다. 지금 만난다면 얼마나 즐거울까?… 나는 로터리에 이르러 오른쪽으로 쿠르 미라보로 접어든다. (계속)

부드러움의 미덕

김경동

부드러움의 미덕

부드러움의 미덕

"사람이 살아 있을 때는 부드럽고 약하지만 죽으면 굳고 강해진다. 초목도 살아 있을 때는 부드럽고 약하지만 죽으면 말라 굳어 버린다. 그러므로 부드럽고 약한 것은 삶의 현상이요, 굳고 강한 것은 죽음의 현상이다. 이러한 즉, 군대가 강하면 다른 나라의 침입을 받아 망하고, 나무가 강하면 꺾이게 마련이다." 노자(老子) 『도덕경(道德經)』 76장에 나오는 글이다. 노자 사상이 원래 역설로 유명하지만 소위 "약한 것이 오히려 강한 것을 이기고 부드러운 것이 딱딱한 것을 이긴다(弱之勝强 柔之勝剛)."[『도덕경』 78장]는 원리를 분명히 한다. 이 같은 유연성을 중시하는 논리의 백미는 역시 다음과 같은 물의 비유에서 가장 잘 표현하고 있다. "선(善)한 것 가운데서도 최상으로 선한 것은 물(水)과 같다. 물은 모든 만물을 이롭게 하면서도 높고 깨끗한 곳에 있으려고 다른 물건들과 다투지 않는다. 항상 사람들이 비천하고 더럽다고 싫어하는 곳에 스며든다. 그래서 이러한 물의 성질은 도(道)에 가깝다(上善若水 水善利萬物而不爭 處衆人之所惡 故幾於道)."[『도덕경』 8장]

물은 단단한 바위를 만나면 적극적으로 공격하지 않고 그냥 슬그머니 피해 간다. 혹시 힘차게 쏟아져 부딪쳐도 그 당장에 돌이 망가지거나 찌그러지는 일은 없다. 하지만 세월이 흘러 언젠가는 그 바위에 심한 변형을 남기고 만다. 그래서 부드러움이 딱딱하고 센 것을 이긴다는 도리를 물에 빗댄 것이다. 물은 원래 높은 산꼭대기의 작은 옹달샘에 모였다가 샘이 가득 차면 드높은 하늘 아래 그 공기 좋고 숲이 아름다운 환경을 뒤로하고 계속 아래로 아래로 흘러내리기 시작하면, 작은 개울을 거쳐 마을 어귀의 시내를 스치고 가다가 중간 규모의 천(川)을 지나면 이제 넓은 강으로 모여 다시 흐른다. 가는 길에는 지형에 따라 한 방향으로 직진만 하지를 않고 구불구불 돌아 나가다가 바람에 휩쓸리면 파도를 치며 흘러가기도 하고 갑자기 급격한 낭떠러지에서는 폭포로 바뀌어 열 길 스무 길 마구 퍼붓기도 하며 온갖 형태로 모습을 바꾸면서 끝내가 없이 드넓은 바다로 합류한다.

바다에서도 온화한 기상에서는 잔잔하게 머물면서 휴식을 취하지만 심한 기류 변화로 풍랑이 들이치면 지나가는 배도 가라앉히며 화풀이를 한다. 흔히들 아무리 대규모 화재라도 기둥이나 잿더미를 남기지만 대홍수는 흔적조차 남기지 않은 채 만사를 싹 쓸어버리는 손상을 입힌다고 한다. 그래서 물은 몹시 무서운 존재로 우리의 의식 속에 각인하는 수도 있다. 하지만 그런 물은 모든 생물이 생명을 유지하고 성장하는 데서 없어서는 아니 될 필수 자원이다. 우리의 몸도 실은 물로 가득 차 있다. 광활한 바다는 무수한 생물을 품어 안고 그 생물이 또 지구상의 다른 생물의 생명을 유지하는 넉넉한 자원으로 쓰이게 한다. 이런 자원은 비단 바다만이 아니라 깊은 산골짜기 자그만 개울물을 비롯하여 수려한 강과 호수에서조차도 아낌없이 포용하며 세상 만물의 삶에 공헌을 한다. 그 시냇물과 강물과 호숫물과 바닷물은 사람이 시절에 따라 휴양을 즐기는 휴식처도 제공한다.

물은 흐르는 동안에는 인간이 오물을 물속에 버리지 않는 한 언제나 깨끗하고 아름다워 사람의 마음과 몸을 쉬게 해 주지만, 한번 어떤 후미진 곳에서 멈춰 고이기 시작하면 시간과 함께 부패하여 냄새 나고 더러운 오염수로 변질하고 만상에 해를 끼친다. 참으로 청정한 자연을 지저분하여 보기 흉하게 하며 병을 일으키는 미생물을 양성하고 지하수를 더럽혀 식음수로도 농수로도 쓰지 못하게 만든다. 바닷물도 고인물이므로 인간이 쏟아낸 쓰레기를 품어야 하는 안타까움을 견뎌야 한다. 여기서 흐름의 진미를 음미해 볼 만하다. 흐름은 인간으로 하여금 여흥을 즐기게 하고 운송을 도울 뿐 아니라 심지어 기계를 돌려 전력을 자아내는 원천으로 작용하기도 한다. 흐름은 역동성의 상징이며 변화를 함축하고 생명의 표상이 된다. 그래서 그처럼 무서우면서도 소중한 물의 성질에서 핵심은 유연함이다. 이 같은 유연성이 인간의 삶이나 사회에서도 가장 귀중한 자질이라는 것을 사람들은 잘 인식하지 못한다.

물이 그렇게 유연하므로 물과 만나는 모든 대상은 삶을 지탱하기도 하고 목숨을 잃기도 한다. 그 다양한 조건과 상황적 맥락이 바뀌어도 물 스스로는 어떤 모습이건 살아남는다. 땅속에 스며들면 그것을 흡수하는 식물의 몸속에서 제구실은 유지하거나 땅속의 금속성 물질을 쓸어 담아 지하수로 인간과 동물의 건강에 기여한다. 태양열로 증발하여도 증기가 되어 다시 물로 되돌아온다. 인간의 생산활동에 긴요한 물로 기계 속에 투입한 물도 하수로 흘러나오든지 영구히 기계 속에서 제 기능을 하고 만다. 이 글을 쓰고 있는 계절은 한여름 35도까지 치솟는 폭염 경보가 내려진 상태다. 우리처럼 나이 든 사람들은 온열 질환에 걸리지 않게 되도록 외출을 삼가고 꼭 갈증을 느끼지 않더라도 '물'을 자주 마시며 견디라 충고한다. 하여간, 물은 이렇게 상황에 따라 자신의 모습과 기능을 변용하기를 떡 먹듯이 하는 적응력이 특장이다. 우리가 유연성을 중히 여기는 까닭은 바로 이 적응력의 상징이기도 하기 때문이다.

인간도 태어나면서 주어진 상황에 적응할 줄 아는 능력을 습득하고 키워야 생존이 가능한 존재다. 결국 이 적응력이 인간의 성숙을 위한 필수 역량이 되고 더 나아가 사회생활에서 자아실현을 이루자면 상당한 수준의 적응력을 갖추어야 한다. 주어진 상황에 적응하지 못하면 낙오자가 되는 숙명을 안고 사는 존재라는 말이다. 사회적 맥락에서 타인과 공동 생활을 영위해야 하는 인간은 그 사회적 상호작용의 자리에 서게 되는 순간 가장 먼저 해야 할 일이 '상황 판단(definition of the situation)'을 제대로 하는 것이다. 주어진 상황에서 어떤 지위에 있는 사람과 어떤 언사와 행동으로 상호작용을 함으로써 어떤 관계를 맺으려 할지를 결정하는 선택적 행위가 급선무다. 여기서 필요한 요소는 우선 상황 자체의 성격에 관한 정확한 정보다. 만에 하나 그와 같은 상황을 이전에 전혀 경험하지 못했으면 아무런 유익한 정보도 구비하지 못하므로 매우 불리한 위치에 놓인다. 여기서 소위 기지를 발휘하는 적응이 결과를 좌우하게 된다. 요는, 이러한 적응 행위는 사회생활을 하고 있는 한 항상 필요한 요건이다. 하긴, 적응을 너무 잘하는 사람은 가끔은 줏대가 없고 교활하다며 손가락질을 받는 수도 있지만 말이다.

여하튼, 그 적응력은 유연성이 좌우한다. 적응에 거의 문제가 없는 물처럼 인간도 유연한 생각, 태도, 신념, 가치관 등을 의식(마음) 속에 보유할 때 유연한 행동으로 대처할 능력이 그만큼 커지기 마련이다, 부드러운 마음이 열쇠다. 우리가 다른 사람과 사회적 상호작용을 해야 하는 상

부드러움의 미덕

황에 놓였을 때 머릿속에 쌓아 둔 정보를 신속히 추려 내고 선별하여 특정한 대안을 결정하는 과정이 순탄해야 하는데, 그것을 처리하는 마음이 경직하게 한 가지 방향의 가치 지향이나 신념으로 단단히 굳어 있으면 그만큼 결정이 늦어질뿐더러 그 순간의 특정 상황과는 별로 상응하지 못하는 선택을 할 개연성이 높을 수밖에 없다. 자신의 상상력과 창의력을 마음껏 발휘하여 적절한 반응을 할 만한 선택을 가능케 하자면 마음이 소위 마음의 문을 활짝 열고 다양한 선택지 중에서 걸러 내는 일을 빨리 진행해야 한다. 생각의 유연성이라는 조건이 필요 조건이라는 말이다.

이 같은 원리는 개인의 생활만이 아니라 사회 조직의 체계에도 적용할 수 있다. 사회 체계가 시스템 자체의 생존을 지탱하려면 사회 자체 내부의 변동과 주위 환경의 변화에 신속히 잘 적응하여 필요한 개혁을 서둘러야 한다는 원리다. 시스템의 유연성이 관건이라는 뜻이다. 유연해야만 적응하기가 수월하기 때문이고, 따라서 현대 사회학의 사회변동 이론에서도 적응력의 향상을 진화로 규정한다. 이것은 또한 『주역(周易)』의 음양 변증법과 『중용(中庸)』에서 강조하는 유연성(flexibility)과 적응력(adaptability)의 원리로 설명이 가능하다.

이 글에서 음양 변증법이나 중용 사상을 길게 해설할 필요는 없지만, 논의의 요점에 가장 가까운 생각 몇 점만 음미하면 흥미도 있고 생각에 도움이 될 것이다. 먼저, 송나라 성리학자 염계(濂溪) 주돈이(周敦頤)의 「태극도설」을 살펴보자. "태극의 움직임이 '양'을 낳고 움직임이 극에 달하면 고요함이 되고 […] 고요함이 '음'을 낳는다. 고요함이 극에 달하면 다시 움직임으로 돌아간다. 한 번 움직이고 한 번 고요함이 서로 그 뿌리가 된다. […] 두 가지 '기'가 서로 감응하여 작용하면 만물을 낳고 변화시키며, 만물이 생성발전(生生)하여 변화가 무궁하다(太極動而生陽 動極而靜 […] 靜而生陰 靜極復動 一動一靜 互爲其根 […] 二氣交感化生萬物 萬物生生而 變化無窮焉),"[이퇴계(李退溪), 『성학십도(聖學十圖)』]. 이런 순환 논리를 좀더 쉽게 풀이한 구절을 『주역』에서 인용하면, "해가 지면 달이 오고 달이 지면 해가 뜬다. 해와 달이 서로 밀어서 밝음이 생긴다. 추운 겨울이 가면 더운 여름이 온다. 춥고 더움이 서로 밀어서 세월(한 해)이 이루어진다(日往則月來 月往則日來 日月 相推而明生焉 寒往則暑來 暑往則寒來 寒暑相推而歲成焉),"

　이러한 음양 상추, 일월 상추, 한서 상추 등 서로 밀고 밀리는 움직임의 원리에는 무슨 일이든 한쪽으로 움직이면 도달하는 '한계(限界)'를 암시하고 한번 갔으면 다시 돌아온다는 '반(反)'을 상정한다. 역시 『주역』은 "가는 것치고 돌아오지 않는 것은 없다(无平不陂 无往不復)"고 하며, 실은 도가의 『도덕경』에서도 "근본으로 돌아간다는 것은 '도'의 움직이는 법칙이다(反者道之動)"[40장]라든지 또는 "천지만물의 현상이 많이 번창해도 결국 각기 그 뿌리(道)로 되돌아간다(夫物芸芸 各復歸其根),"[16장]고 언명하고 있다. 바로 이러한 고대 신비주의적 우주론에서 상정하는 이런 '한계' 및 '반' 또는 '복(復)'의 원리는 세상 만사가 한쪽으로 기울어 극에 달하면 반드시 한계를 만나고, 그리 되면 또 필히 되돌아오는 진동과 같은 변화를 반복한다는 이치다. 하버드대학의 사회학자 피티림 소로킨(Pitirim A. Sorokin)도 그의 문화변동 이론에서 한계의 원리(the Principle of Limit)를 제창하여 문화의 한 가지 유형이 한 방향으로 극도로 번성하면 반드시 그 안에 실패의 씨앗을 품어 끝이 온다고 보았다. 요는 극단(한계)에 이르면 되돌아오게 마련이므로 삼가고 조심하는 도리가 성인의 길이다.

이 지점에서 우리는 바로 중용의 사상과 만난다. 중용의 핵심 가치는 절제(moderation)와 균형(equilibrium)이다. 시스템 이론에서도 그 체계의 여러 요소들 사이에 적정한 균형이 무너질 때 시스템에 변화가 생긴다고 한다. 중은 서양식으로는 아리스토텔레스의 황금률(golden mean)과 유사하지만, 균형 개념의 백미는 아무래도 동방 사상의 『중용』에서 말하는 "어느 한쪽으로 기울지도 않고 지나치거나 부족함이 없는 상태로서 […] 천하의 바른 길이다(中者不偏不倚無過不足之名 […] 天下之道)."라고 하는 '중'(中)의 원리라 할 만하다. 이때, 중은 화(和)와도 맞물려 인간행위와 사회질서에 도덕적 완성을 추구하는 원리가 된다.

희로애락의 정감이 미처 발동하지 않은 상태를 중이라 하고, 감정이 발해도 저마다 제자리를 옳게 차지하는 것을 화라고 한다. 이 중화에 이르면 천하가 자리를 제대로 잡아 만물의 육성이 이루어진다. 중용 사상은 불행(calamity)과 멸망(demise) 대신 안정과 안전(security, safety)을 위해서 극단과 불균형을 피하라 한다. 『주역』에서는 이런 원리를 다음과 같이 역설적으로 표현하고 있다. "편안함을 지나치게 믿으면 위험해지고, 순탄하다고 믿어 마음을 놓으면 멸망하고, 태평한 꿈에 취해 있으면 난리가 난다. 그러므로 군자는 편안할 때 위험을 잊지 않고, 순탄할 때 멸망을 잊지 않고, 태평시절에 전쟁을 잊지 않는다. 이로써, 자신은 물론 국가를 보존할 수 있다(危者 安其位者也 亡者 保其存者也 亂者 有其治者也 是故 君子 安而不忘危 存而不忘亡 治而不忘亂 是以 身安而 可保也)."

흥미로운 점은, 동방 사상의 이 같은 역설적인 논리는 또 다른 이론으로 이어진다. 바로 유가에서 중시하는 정(正)의 사상이다. 모든 것은 처해야 할 바른 자리(正位)가 있고, 행함에 있어 바른 때(正時)가 있다는 이론이다. "임금은 임금, 신하는 신하, 아버지는 아버지, 아들은 아들 노릇을 제대로 해야 한다(君君臣臣父父子子)." 『논어』는 공자(孔子)의 정명론(正名論)의 요체다. 다만 중용은 오로지 정중(正中)만을 주장하지 않고, 이에 대비하는 시중(時中)도 중시한다. 정중이란 천명에 따라 '도'에 어긋남이 없이 자기의 자리를 온전하게 지키고 과욕을 부리지 않아서, 모든 변화의 양극적 다양성을 선(善)의 정당성으로 정향시키는 이념적 중용이고, 시중은 그때그때의 시간적 상황에 꼭 알맞은 처신을 하며, 시대와 사회의 현실 속에서 적절한 적응방법을 확보하는 상황적 중용이다. 물론 이 둘은 서로가 대립적인 것이 아니고 변증법적인 상호성의 관계로 이해한다.

율곡은 원래 이기론(理氣論)에서도 이와 기의 관계를 이기지묘(理氣之妙)론으로써 이기는 하나이면서 동시에 둘이다(理氣一而二而)[『율곡전서』]라는 명제를 제시한 이론가다. 여기서 그는 실제 정책적인 문제에 관해서도 이론만이 중요하지 않고 실무도 강조하는 유연성을 보이며, 사회를 변혁하는 방법을 근본주의적 관점(從本而言)과 현실주의적 접근(從事而言)으로 나누고, 때에 따라서는 원칙에 따라 문제해결을 시도하지만, 좀 더 실질적인 필요에 착안하여 개혁을 도모할 수도 있음을 시사하였다. 여기서 우리는 적응성이라는 개념과 균형 또는 평형이라는 말을 떠올린다. 이것이 바로 유연성과 적응력의 원리다. 바로 앞에서 중용은 한쪽으로 기울거나 혹은 과하거나 부족함이 없는 상태, 즉 균형을 뜻하며 이 균형이 깨지면 사람이나 사회에 변화가 온다는 뜻임을 고찰하였다. 그런 상황에서 필요한 것이 바로 시의(時宜)에 잘 맞추라는 시중, 즉 적응력이다.

그리고 이러한 이론적 기초 위에 서 그 유명한 국가 변천 삼단계설을 제창한 바 있다(時務不一 各有攸宜 撮其大要 則創業守成與夫更張三者而已)[『성

학집요』]. 그 내용은 요약해서,

① 창업(創業)은 혁명 새 국가 창업, 질서의 기초로서 신법제 구축;

② 수성(守成)은 법제 계승, 실현, 안정기; 그리고

③ 경장(更張)이란 안정기의 타성, 부패 등을 혁신하여 새 국가 탄생으로 집약할 수 있다.

특히 이 삼단계에서 창업은 나라를 새로이 창립해야 하고 경장에서는 변화를 추구하므로 유연한 사고와 신축성 있는 행동을 요구한다. 그래야만 새로운 나라를 건설하는 데 필요한 상상력과 창의력을 충분히 발휘할 수 있고, 또 굳어서 부패하고 있는 수성의 단계를 탈피하려면 여기에도 상상력과 창의력이 필수조건이다. 그러니 역시 체제의 유연성이 필요한 것이다. 율곡은 이러한 이론적 근거에서 임금에게도 다음과 같이 충고를 하였다. "무릇 시의라고 하는 것은 수시로 법을 고치고 만드는 변통을 함으로써 백성을 구하는 것을 말합니다. 정자(程子)가 『주역』에 관해서 논하여 말하기를 『주역』을 공부하는 뜻은 때를 알고 추세를 파악하는 일이라 하였고, 또 이르기를 때에 따라 변역(變易)하는 것이 가장 보편적인 도리라 하였습니다. 대개 법이란 시대에 따라 알맞게 제정하는 것이므로 시대가 바뀌면 법은 오늘의 상황에 일치하지 않는 것입니다. […] 이 모두가 어찌 성인이 변역하기를 즐겨서 한 일이겠습니까. 시대의 필요에 부응하고자 하였을 따름입니다."[『율곡집』, 「만언봉사(萬言封事)」].

이와 같은 자세로 삼가며 대비하여 시의에 따른 변역을 시도하는 것이 곧 적응을 뜻한다면 그러한 적응이야말로 개인의 의식이나 사회의 조직원리나 구조가 유연해야 가능하지, 경직해서는 어려운 법이다. 유연성과 적응력의 연관을 중용의 관점에서 풀이하면 이런 뜻이다. 음양의 조화가 수시로 변화를 창출하는 환경 속에서 극단, 과도, 부족으로 쏠리지 않는 중용을 지켜 변역하려면 경직한 의식, 가치관, 이념, 태도, 행동, 인간관계, 조직원리, 사회제도와 구조로는 감당하기 어렵다. 왜냐하면, 한 번 기울어져 한계에 도달할 때, 부드러운 것은 용수철처럼 다시 튕겨 나와 제자리로 돌아오는 진동(振動)을 할 수 있지만 경직한 것은 벽에 부딪히면 부서지든지 벽에 손상을 입힌다. 그래서 부드러움이 아름다움이란 말이다. 마침내 우리는 이제 부드러움의 미덕으로 되돌아왔다.

부드러움의 극치는 역시 사람과 사람 사이의 주고받음(相互作用)과 그로써 만들어가는 관계의 속성에서 나타나야 한다. 이를 표상하는 개념으로 가장 적합한 것이 어질 '인(仁)'이라 할 수 있다. 이 개념을 유가적으로 해석하면 먼저 제자 번지가 물었을 때 공자가 대답한 "인이란 사람을 사랑하는 것"(樊遲問仁 子曰愛人)[『논어』]이라는 데 집약하고 있다. 본시 이 글자 자체가 이미 사람 둘을 품는다. 그래서 『중용』은 인간의 가장 원초적이고 기본인 덕목이 인임을 "인이란 곧 사람이다"라는 언명으로 못박는다. 이를 이어받아, 맹자는 타인의 고통과 고난을 보면 연민을 느끼고 가슴 아파하는 감점이 인간의 기본적인 마음의 성향으로 규정하고 "측은한 마음이 곧 인의 단서다(惻隱之心 仁之端也)."라고 가르친다. 인은 또한 인간이 가야 할 마땅한 의로운 길(義宜也, 義人路也)의 근거(仁者義之本)[『중용』, 『맹자』, 『예기』]이기도 하다. 여기까지는 아주 기초적인 인의 특성을 요약한 것이다.

인의 실천과 관련해서는 예(禮)가 주제로 떠오른다. 제자 안연이 인에 관해 여쭈니 공자는 "스스로를 누르고 이겨서 예로 돌아가는 것"(顔淵問子曰 克己復禮)이라 하면서, "예가 아니면 보지도, 듣지도, 말하지도, 움직

이지도 말라"(非禮勿視非禮勿聽 非禮勿言 非禮勿動)[『논어』] 하였다. 이처럼
예에 어긋나지 않으면서 세상에서 다섯 가지 덕행을 실천하면 인이 이루
어진다고도 하였는데, 그 다섯 행동은 공손, 관대, 신의, 민첩 및 은혜로
움(能行五者於天下 爲仁也… 恭, 寬, 信, 敏, 惠)[『논어』]이다. 이를 실천하는 사
회적 대상과 맥락은 다음과 같은 육행(六行)으로 표현하였다[『예기』].

　　효(孝)는 가족 안에서 부모자식 간에는 자식이 부모에게 사랑과 공경으
로 보살펴 드리는 관계
　　우(友)는 형제와 친구 사이의 우애로 다독이며 서로 아끼는 삶
　　목(睦)은 가족과 친족 및 이웃 간에 모두 화목하게 지내는 것
　　인(姻)은 외척, 인척과 두터운 정분을 나누는 것
　　임(任)은 일을 맡아서 사회를 위하여 공헌하며 남을 위해 애쓰는 것
　　휼(恤)은 어려운 사람들을 도와주는 구휼을 베푸는 것

　마지막으로 인과 부드러움의 미덕에 관한 철학적 사유를 잠시 살펴봐
야겠다. 이 논리는 주로 퇴계의 성리학적 공사관(公私觀)의 담론에서 핵
심 가는 것으로, 인욕의 사사로움(人欲之私)은 마음의 좀이요 모든 악의
근원임을 천명하고, 이에 대비하는 성인의 길은천리의 공공성(天理之公)
이라 하면서, 왕에게 고전 강의를 하는 경연(經筵)에서 다음과 같은 해설
을 펼친다(『퇴계집』「서명고증강의」(西銘考證講義).

　　어질지 않은 사람은 사욕이 덮이고 남과 나를 통하여 측은함을 미루어
알지 못하고, 마음이 완고하기가 돌 같아서 완(頑)이라고 한 것입니다…
상(狀)이 인(仁)의 체(體)에서 나와서, 아(我)가 있는 사심(私心)을 깨뜨리고
무아(無我)의 공리(公理)를 크게 열어주어, 그 완고하기가 돌과 같은 마음으
로 하여금 융화(融化)하고 환히 통하게 하여 남과 나 사이에 간격이 없게

해서, 조그만 사심도 그 사이에 용납함이 없게 하였으니, 천지 만물이 한 집안이 되고 온 나라가 한 사람처럼 되어서, 〈남〉의 아픔을 내 몸의 〈아픔과 같이〉 간절히 여기면 인도(仁道)를 얻을 수 있습니다.

결국 사람이 인을 체화하고 실천하여 성인의 경지를 터득한다는 이치인데, 인이라는 것이 돌처럼 굳은 사람의 마음을 열어 부드러운 인간 간의 소통과 감정이입을 가능케 하는 힘이라는 것이다. 요는, 인간의 마음 씀씀이와 관계의 유연화를 이끌어내는 힘이 인에서 나온다는 점을 밝히고 있다. 이 같은 융화하고 투명한 공(公)은 실천의 현장에서 충서(忠恕)의 정신으로 무장하기 시작한다. 충서란 충이라는 글자 모양대로 마음이 중심(忠)을 잡아 진정으로 상대방의 처지를 헤아려 배려하는 것(恕)을 가리킨다. 이 서(恕)라는 글자도 묘하게 마음이 같아진다는 모양을 하고 있다. 모든 허물은 용서하고 서로 같은 마음으로 서로를 이해하고 결국 사랑하게 된다는 뜻을 암시한다. 특히 의미 있는 점은 배려라 해도 그 마음 자체의 진실성을 요구한다는 것인데, 그렇지 않은 배려는 오히려 기만일 수 있기 때문이다. 그래서 공자도 "내가 하고 싶지 않은 일을 남에게 베풀지 말라(己所不欲勿施 於人)."[『논어』]고 가르쳤다. 사람이 사람을 대하는 데 이와 같은 진정성을 전제하고 사심을 버린 상태(狀)에서 배려하고 함께 아파하고 더불어 행복을 나누는 부드러운 마음가짐이야말로 사람 사는 세상에서 부드러움의 극치가 아닌가 싶다.

글을 쓰나 보니 거창한 논문 냄새가 물씬 나는데, 원래 수필 같은 글 쓰기는 내 능력 밖임을 이미 숙맥 동인들에게 고백한 터에, 요즘 나라 안팎의 마음이 온통 인욕으로 돌처럼 굳어서 염치마저 버리고, 심지어 기후변화까지 미쳐 돌아가는 상황이 너무도 한심하고 짜증나서 세상만

사가 좀 부드러워졌으면 얼마나 편안하고 아름다울까 하는 천진난만한 생각에 몰두하다 보니 이런 엉뚱한 결과물을 거침없이 쏟아내고 말았음을 양해 바랄 따름이다.

김 명 렬

조병화 선생님 | 하베아스 코르푸스 | 건란 (2) |
기도 | 비창 소나타

조병화 선생님

    내가 다닌 중등학교(그때는 중학, 고등학교가 함께 있었다)에는 문인 선생님들이 여러 분 계셨다. 소설가 황순원(黃順元), 김광식(金光植), 시인 조병화(趙炳華) 선생님 등 현역에다, 젊어서는 시집을 내셨다는 박노춘(朴魯春) 선생님도 계셨다. 학생들의 관심은 물론 현역 문인에 쏠렸다. 그러나 황 선생님은 높은 명성에다 엄격한 눈매가 주는 위엄에 눌려 감히 범접하지 못했고, 김 선생님은 좀 신경질적인 분위기 때문에 역시 가까이 하려는 아이들이 별로 없었다. 반면에 조 선생님은, 시인이니까 날카롭고 예리하리라는 선입견과 달리 털털하고 소탈한 분위기를 풍겼고 학생들을 격의 없이 대해 주어서 인기가 좋았다.

    내가 조 선생님을 처음 만난 것은 중2인가 중3 때 대수 시간이었다. 선생님은 뜻밖에 수학 교사였다. 수학 시간은 대체로 따분하고 지루한 것이 보통이지만, 조 선생님 시간은 그렇지 않았다. 그날 공부할 것은 먼저 설명하고 예제를 푼 다음, 문제를 내어서 학생들이 수업시간 중에 풀게 하셨다. 충분히 시간을 준 후에는 다 푼 학생이 나아가 칠판에다 풀었다. 그것을 평가하고도 시간이 남으면 진도를 더 나가는 것이 아니라 학생들과 한담을 하였기 때문에 대수 시간은 대체로 술렁술렁 지나갔다.

그때는 체벌이 허용되었던 시대였다. 그리고 개중에는 지나치게 폭력적이거나 모욕적인 구타도 있었다. 그러나 조 선생님은 심한 벌을 주는 법이 없었고 벌을 주어도 감정이 상하지 않게 하셨다. 예컨대 이랬다.

선생님이 판서하는 동안 돌아앉아 뒷자리 친구들하고 장난치고 소란을 피우는 개구쟁이는 늘 있게 마련이었다. 선생님은 '시끄러워!' 하고 몇 번 경고하다가 그래도 조용해지지 않으면 돌아서서 범인을 잡아내었다. 학생이 교탁 앞에 나와 서면 주먹으로 머리를 쥐어박았는데 그때 마치 바위를 친 것처럼 입을 딱 벌리고 손을 펴 흔들어 아픈 시늉을 하며, '아휴, 짜식, 이거 돌대가리야! 들어가, 인마.' 하며 엄살을 떠셨다. 그래서 온 교실이 웃음바다가 되고, 매 맞은 학생도 씩 웃고 말게 되었다. 그후 또 벌줄 학생이 생기면, '짜식들 돌대가리가 되어 내 손만 아파.' 하며 칠판 앞에 세워 놓고 머리를 밀어 칠판과 부딪게 하였다. 이리하여 체벌이 반은 장난이 되었다.

시인과 잘 어울릴 것 같지 않은 또 다른 일면은, 그가 젊어서 럭비 선수였다는 사실이다. 혁대 고리에 황금색 작은 럭비공을 차고 다니셨는데 선생님은 그것을 무척 소중히 여기셨다. 경성사범인가 동경고사 시절 매년 서울과 동경을 오가며 친선경기를 하였다며 그때를 가끔 회상하셨다. 선생님은 학생들이 문제를 푸는 동안 시상에 잠긴 듯 창밖 풍경을 무연히 내다보기를 잘 하셨는데, 한번은 눈과 비가 섞어 치는 일기불순한 날 운동장을 내다보다 럭비 예찬을 늘어놓으셨다.

"야, 이런 날에 럭비 하면 참 좋지! 럭비는 시합 날짜를 한번 정하면 그날에 하는 거야. 눈이 오거나 비가 온다고 연기하는 법이 없어. 이런 날 흙탕물을 튀기면서 달리는 것이 럭비인의 기상이야. 공 가진 선수가 앞으로 달려나가면 그를 정점으로 해서 그 뒤로 쫘악 삼각형 대형이 이루어지는 거야. 상대편 선수가 따라와서 태클하려고 하면 공을 패스하는데 절대로 자기보다 앞으로 주면 안 돼. 럭비는 꼭 사람이 공을 갖고 가서 터치다운에 찍어야 득점이 되거든. 힘과 투지와 스포츠맨십이 어우러진 멋있는 경기야. 남자라면 한번 해 볼 만하지." 가뜩이나 솟아오르는 힘을 쓰지 못해 울근불근하는 소년들에게 이런 자극은 더욱 가슴을 뛰게 했던 것이다. 1950년대 휴전 직후 중고등학교에는 제대로 된 운동팀이 없었다. 있으면 대개가 축구공 하나만 있으면 되는 축구팀이었고 럭비팀은 거의 없었다. 더구나 첫째도 공부요, 둘째도 공부라는 교육 방침에 철저하였던 교장 선생님 밑에서 우리 학교에 럭비팀을 결성된 데에는 조 선생님의 영향이 절대적인 역할을 했다.

조 선생님은 술을 좋아하셨다. 가끔 아침에 부석부석한 얼굴로 들어와서 숙취를 호소하곤 하셨다.

"거, 드라이 찐 같은 순도가 높은 술은 아무리 마셔도 다음 날 깨끗한데, 이 싸구려 술은 이렇게 골치를 때린단 말이야."

그러면서 우리에게 풀 문제를 주고는 교실 뒤 빈 책상에 가 앉아서 눈을 감고 휴식을 취하셨다. 이래서 선생님의 별명은 '술통'이었다. 아이들이 들리게 '술통, 술통' 하여도 별로 개의치 않은 것으로 보아 스스로도 그것을 인정하는 듯하였다.

그 당시 우리 교장 선생님은 서울 시내에서 가장 무서운 교장 선생님으로 정평이 나 있었다. 지각한 학생이 학교 뒷산으로 도망치는 것을 잡으러 쫓아가다가 다리에 골절상을 입어 그 후로 지팡이를 짚고 다니셨는데 그것을 보행 보조 수단보다는 학생 체벌용으로 더 자주 사용하였던 분이다. 오죽하면 교장실에 한 번 불려 갔다가 나오면 머리통에 혹이 여기저기 나서 모자가 안 맞는다는 설이 있을 정도였다. 이분이 수업 중이면 복도로 가만히 다니며 창문으로 들여다보다가 조는 학생을 보면 뒷문을 열고 들어와 예의 지팡이로 내려치거나 벽력같이 호통을 쳐서 학생은 혼비백산하고 교사는 민망하게 하기 일쑤였다. 조 선생님이 뒤에서 쉬는 동안에는 용케도 그런 불상사가 한 번도 일어난 적이 없었다. 조 선생님이 운이 좋았다기보다는 교장 선생님이 보고도 못 본 척하셨을 개연성이 크다.

조 선생님의 상궤를 벗어난 언행은 이처럼 학생들에게 술 이야기를 한다든지 뒤에 앉아 숙취를 달랜다든지 하는 것만이 아니었다. 한번은 시험 감독으로 들어와서 기하 문제를 못 풀어 끙끙대는 학생을 보고, '인마, 이것도 못 풀어? 이렇게 이렇게 하면 되지 않아?' 하며 푸는 방법을 알려 주어 그 학생이 무사히 시험을 통과하게 해 주었다. 이 학생은 지방에서 시험을 쳐 우리 고등학교에 온 학생으로 조 선생님과는 전혀 안면이 없었다. 이 학생이 나중에 우리나라의 유수한 기업의 사장, 회장을 거쳐 지금은 명예회장으로 있다. 이때의 인연으로 젊어서는 조 선생님에게 술대접을 여러 번 했다고 한다.

고등학교에 올라가자 조 선생님은 국어 작문을 담당하셨다. 지금 기억나는 것은 좋은 글을 많이 읽으라고 당부하셨던 것이지만, 당시에는 그런 글을 모아 놓은 교과서도 없었다. 그러던 어느 날 시집 한 권을 갖고 와서 "이것은 정말 좋은 시집이니까 사서 읽으라"고 선전하셨다. 그해 처음 나온 윤동주의 『하늘과 바람과 별과 시』였다.

시간 중에 읽으라고 한 글이 어떤 것이었는지 기억이 안 나나 어떻든 우리는 재미있는 이야기를 더 읽고 싶었다. 그래서 '우리가 읽고 싶은 것 읽게 해 주세요.' 하고 간청하면 결국 허락해 주셨다. 그 당시 고등학생들을 위한 잡지로 『학생계』라는 것이 있었는데 거기에 조흔파 씨가 연재한 「얄개전」이라는 명랑소설이 가히 선풍적인 인기를 모으고 있었다. 목청 좋은 학생이 나가서 그것을 읽으면 교실은 금세 환호와 웃음으로 가득 찼다. 뒷자리에서 휴식을 취하던 선생님은 "짜식들 이거 유치해서……" 하며 혀를 차셨다.

선생님은 또 가끔 옛날 영화 이야기도 해 주셨다. 〈무도회의 수첩〉은 선생님에게서 들은 것이 분명한데 게리 쿠퍼와 마를레네 디트리히가 나오는 〈모로코〉도 얘기해 주셨는지는 분명치 않다. 그러나 우리가 선생님의 시 중에서 제일 좋아했던 시에 언급된 장면이 이 영화의 라스트 신인데, 이 영화는 1940년에 개봉한 것으로 우리가 보았을 수가 없는데도, 우리가 그 사실을 다 알고 있었던 점으로 보아 선생님이 얘기해 주었을 개연성이 높다. 그 우리의 애송시 「사막」의 전반부는 이렇다.

사막은 항상 추억을 잊으려는 사람들이 가고 싶어 하는 곳이라고 하더라

사막엔 지금도 〈마리네 디트리히〉가 신발을 벗은 채 절망의 남자를 쫓아가고 있다고 하더라

사막에 피는 꽃은 이루지 못한 사랑들이 줄줄 피를 흘리며 새빨갛게 피어 있다고 하더라

사막의 별에는 항상 사랑의 눈물처럼 맑은 물이 고여 있다고 하더라

'사막'이라는 말 이외에는 연관성이 없는 이런 독립적 발언들이 어떻게 시의 결구(結構)를 구성하는가 하는 비평적 의문을 가지는 학생을 아무도 없었다. 그저 사막이라는 한계상황과 거기에 사랑과 열정이 있고 절망과 눈물이 있으면 우리의 왕성한 상상력은 갖은 낭만적 정황을 그려 냈으며 거기서 심미적 만족감을 느꼈고 그것으로 충분했다. 그래서 우리는 모두 이 네 줄을 외워 읊조렸다.

우리가 고학년이 되자 조 선생님과의 인연은 끊어졌다. 졸업하고 얼마 후 선생님은 대학으로 진출하셨지만 아끼던 제자들하고는 계속 자별한 관계를 유지하셨다 한다. 그 후 대학에서도, 예술계에서도 승승장구하셨는데 그때의 행적에 대해서는 비판적인 시각도 있다. 그러나 중고등학교 때 우리가 만난 조 선생님은 친구와 같이 얘기가 통하는 선생님, "구질구질하게 살지 마. 멋있게 살아야 돼."라고 늘 당부하면서 전쟁 직후 암담한 현실을 직면한 젊은이들에게 현실 생활에 얽매이지 말고 눈을 들어 멀리 보고 자기만의 가치를 추구하라고 가르쳤던 선생님, 그리고 당신 자신이 자기만의 멋을 추구하며 사는 자유인임을 전범적으로 보여 주었던 선생님이셨다.

(2022.8.12.)

부드러움의 미덕

하베아스 코르푸스

 2년여 동안 코로나를 잘 피해 왔는데 드디어 걸리고 말았다. 처음에는 극심한 피로감만 있을 뿐, 기침, 발열, 인후통, 두통 등 코로나의 특징적 증세가 없어서 검사를 받지 않으려 하였다. 그런데 잘 때 숨이 점점 낮아지다가 갑자기 몰아쉬게 되는 호흡곤란 증세가 있어 동네 병원에 가 진단을 했더니 양성이었다. 엑스레이를 찍어 보더니 폐렴은 아닌 것 같다면서도 호흡곤란이 있으면 코로나 전담 병원에 가서 검사를 받으라 한다. 전담 병원을 찾아가 검사를 했더니 폐렴이란다. 소위 다발성 폐렴으로 여기저기 조금씩 염증이 생겨 폐 꽈리를 공격하여 못쓰게 만들어 그냥 놔두면 폐 전체를 망가뜨린다는 것이다. 이런 특성상 일반 엑스레이로는 잘 나타나지 않고 열도 없다는 것이다. 그러나 폐렴이라는 방증으로 멀쩡한 것 같지만 나의 염증 수치는 3이나 되었다. 0에서 0.3이 허용 수치라니까 나는 그 10배가 되는 것이다. 따라서 당연히 입원해야 하는 케이스란다.

 병원 밖에 있는 검사실에서 나와 입원하러 본관으로 들어갔더니 휠체어를 타란다. 사양하고 걸어서 들어갔다. 병실로 올라가는 엘리베이터 안에는 한 중년의 아주머니가 벌써 휠체어를 준비해 놓고 앉으란다. 결국 휠체어에 실려 도착한 곳은 육중한 문이 인상적인 중환자실이었다.

'내가 중환자라?'

팔십 대 고령에 폐렴에다 심장병 기저질환이 있으니 '중환자'가 맞을 것 같았으나 나는 영 실감이 나지 않았다. 문 안에 들어서자 제복을 입은 여자들이 양쪽에 붙어서 호위하듯 침대까지 와서는 옷을 다 벗으란다. 쭈밋쭈밋하며 옷을 벗었다. 그리고 침대에 누우라 해서 보니까 웬 보자기만 한 기저귀가 깔려 있었다. 역시 또 머뭇거리자 그들의 다부지고 재빠른 손이 나를 들어 그 위에 눕히고 순식간에 기저귀를 채워 버렸다. 그리고 시퍼러둥둥한 전중이 옷 빛깔의 환자복을 주며 입으라 하고는, 휴대폰을 포함한 내 소지품과 옷은 따로 보관한다면서 갖고 가 버렸다.

곧이어 두 명의 간호사가 또 양쪽으로 달라붙더니 한 명은 수액을 놓고 다른 한 명은 검사용 혈액을 대여섯 대롱 뽑는다. 그게 끝나자 고압산소분무기를 코에 끼웠다.

그제야 틈을 타서 "내가 대소변도 가리고 보행에 지장이 없는데 왜 기저귀를 채우느냐?" 하고 물어 보았다. 이 방에는 화장실이 없다는 것이다. 그러므로 앞으로는 모든 용변을 기저귀에 봐야 한다는 것이다. 방밖의 화장실을 쓰면 되지 않느냐 하니까 환자는 이 방 밖으로 못 나간다 하였다. 졸지에 이 방에 갇힌 신세가 된 것이다. 난감하였다. 소변은 그렇다손 치더라도 대변은 안 될 것 같았다. 첫째 침대에 누워서는 대변을 볼 수 없을 것 같고 또 본다 한들 그것을 젊은 여자들이 치울 때의 자괴감과 모멸감을 견딜 수 없을 것 같았다.

이 일을 어찌할 건가 궁리하고 있는데 건너편에서 두 남자가 말하는

부드러움의 미덕

소리가 난다. 무슨 대화인가 하고 잘 들어 보니 공통된 내용은 없고 완성된 문장도 하나도 없이 각자 혼자 지껄이는 소리였다. 그 옆에는 누군가 걸죽한 목소리로 "아이고, 아이고" 신음을 하고 있었는데 간호사가 지나가니까 갑자기 양금채 같은 소리로 "간호사 언니" 하고 간드러지게 부르는 것을 보니 여자였다. 그제야 여기는 남녀의 구별도 없는 곳임을 알게 되었다. 그리고 아까 젊은 여자들이 나더러 옷을 벗으라 하고 나를 마치 어린애 다루듯이 하여 기저귀를 채운 행동이 이해되었다. 나는 그들에게 장성한 남자도 아니었고 자기 몸에 대한 권리를 주장할 수 있는 인격체도 아니었던 것이다. 나는 아직 그런 취급을 받고 싶지 않았다. 그러려면 여기에서 나가야만 했다.

간호사를 불러 워키토키로 담당 의사와 통화를 청했다. 의사가 나오자 '나는 여기 있을 수가 없으니 격리 병실로 옮겨 달라. 그러지 않으면 나가겠다'고 떼를 썼다. 나의 호소의 간곡함이, 아니면 단호함이 전달되었는지 '안 된다' 하지 않고 '조금 기다려 보라' 하였다.

하회를 기다리면서 나와 여기 누워 있는 환자들의 처지에 대해 생각해 보았다. 그때 제일 먼저 떠오르는 것이 '하베아스 코르푸스(habeas corpus)'였다. 이 라틴어는 영국의 전통적인 인신보호 법조문인데, 그 뜻은 '당신은 당신의 몸을 가졌다'라는 것이다. 다시 말해서 '당신이 당신 몸의 주인이다'라는 뜻이다. 그러므로 자유인은 위법이 아닌 한 자기 몸을 가지고 자기 마음대로 활동할 수 있다는 것이다. 이것이 개인에게 주어진 기본 권리이며 자유이다. 이 자유 중에서도 또 가장 기본이 되는 것이 이동의 자유일 것이다. 즉 내 의지의 충실한 이행 수단인 내 두 다리로 내가 가고 싶은 데에 가고 가기 싫은 데는 가지 않는 자유이다. 또 여기에 와서 새롭게 인식하게 된 것이지만, 나의 생리 활동도 내가 원하는 곳에서 내가 원하는 방식으로 할 권리와 자유도 이에 포함된다. 이런 신체적 자유를 제한하는 것은 법에 의해서만 가능하다. 이것은 군주나 영주 등 권력자들이 주민을 무단 구금 하는 등 신체적 자유를 임의로 박탈하지 못하도록 하는 장치이다. 이것이 시민사회의 초석이 된 것이다.

외부와 단절되고 화장실도 없는 공간에 갇혀 있는 이 방의 환자들은 이 기본 권리가 심각하게 침해돼 있는 것이다. 이런 처우가 합법적인 것인지, 의료 편의를 위한 불법인지를 나의 취약한 법 지식으로는 판단할 수 없었다. 그러나 여기서는 기본적인 신체적 자유가 크게 제약돼 있는 것이 사실이니까 꼭 여기서 치료받아야 하는 환자에게는 그 이유를 미리 알려 주거나, 아니면 환자의 동의를 구해야 마땅한 일이다. 다른 사람들은 어땠는지 모르지만 내게는 그런 절차가 없었던 것이다.

한 서너 시간 지난 후 간호사를 통해 전갈이 왔다. 격리 병실에 자리가 하나 났으니 그리로 옮기라는 것이다. 천만다행이었다. 다시 휠체어를 타고 중환자실 문을 빠져나올 때는 감옥 문을 나오는 것 같은 해방감이 느껴졌다.

새로 배정된 격리 병실은 6인용인데 남자 환자만 있고 화장실도 있어 사람들이 수액대를 밀고 다니며 자유로이 출입하는 곳이다. 나만 고압산소를 주입하기 때문에 처음 며칠은 화장실 출입이 제한되었지만 이내 중산소로 바뀌면서 대변을 화장실에서 볼 수 있게 허용되었다. 소지품도 돌려받아 휴대전화 사용도 자유로웠다. 여기도 문에는 '환자분은 이 문밖으로 나가실 수 없습니다'라고 쓰여 있으나 전염병 환자니까 그 정도는 감수해야 할 것이고, 이만하면 나의 신체적 자유가 보장되어 있다고 볼 수 있었다. 그런 상태로 열이틀간 치료를 받고 퇴원하였다.

퇴원할 때도 또 휠체어를 타라 하였다. 오랜만에 걸으니까 다리가 휘

부드러움의 미덕

청거리고 비틀비틀하였지만 나는 단호히 거절하였다. 얼마 만에 되찾은 자유인데 그것을 남이 미는 의자에 실려 훼손한단 말인가? 현관에 나오니 아내가 기다리고 있었다. 비가 많이 내리니까 현관에서 비를 좀 긋고 택시 승강장으로 가잔다. 나는 듣지 않았다. 마른날 걷는 것보다 빗속을 걷는 것은 얼마나 더 큰 자유인가? 그간 빠르게 진행된 근손실(筋損失)로 비쩍 말라 볼품없어진 팔다리를 여보란 듯 호기롭게 휘저으며 나는 패연(沛然)히 내리는 빗속으로 걸어나갔다. 속으로는 '하베아스 코르푸스'를 주문처럼 되뇌며.

(2022. 9. 14.)

건란 (2)

코로나 전담 병원에 들어온 지가 열흘이 되었다. 처음 병실에 같이 있던 환자들은 모두 나가고 나 혼자만 남았다. 기껏 일주일이면 낫겠거니 했는데 열흘이 되어도 퇴원하라는 말이 없자 불안해지기 시작한다.

'이 병이 나을 병인가? 아니면 나의 마지막 병이 되는 것은 아닐까?' 요즘 들어 부쩍 쇠약해진 몸이 그런 불안을 부추긴다. 그 주된 원인은 식사와 취침의 부실함에 있어 보인다. 물을 삼킬 때 딸꾹질이 자주 난다고 했더니 소위 '연하곤란식(嚥下困難食) 1단계' 식단을 주는데, 이건 멀건 밈 반 공기에 간기 없는 반찬 세 가지가 전부이다. 조금 후 그것이 '연하곤란식 2단계' 식단으로 격상되었지만 밈이 죽으로 바뀐 것 외에는 별 차이가 없었다. 그런 걸 먹으며 한 일주일을 지나니까 목소리가 안 나오고 밤에 헛것이 보이기 시작했다. 모르는 아줌마가 복도를 왔다 갔다 하는가 하면, 어떤 남자는 아이를 안고 와 보여 준다.

안 되겠다 싶어 떼를 써서 식단을 '일반상식'으로 바꾸었다. 밥이 되서 오래 씹어야 하지만 고기와 생선, 김치 등이 나와서 영양가가 고루

부드러움의 미덕

갖추어져 있다. 그것을 며칠 먹으니까 우선 목소리가 돌아왔다.

식사 문제는 그렇게 어느 정도 해결했는데, 취침 문제는 해결할 방법이 없다. 한밤중에 괴성을 지르는 잠꼬대도 많았지만, 무엇보다도 밤중에 수시로 드나드는 간호사들과 변소 가는 사람들이 출입구 전등을 켜서 잠을 깨우는데 이건 도리가 없었다. 거기다 매트리스, 담요, 베개, 어느 하나 내게 편한 것이 없다. 더구나 나는 벽에 고정된 산소호흡기에 묶여 꼼짝을 못 하니 운동을 할 수 없고, 운동을 못 하니 밤에 잠이 올 리 없다. 초저녁에 다들 잠을 청할 때 나도 담요를 뒤집어쓰고 누워 가까스로 눈을 좀 붙이지만, 새벽녘에 깨기가 일쑤다.

✕　　　　　✕

한밤중에 잠이 깨었다. 휴대폰을 켜 보니 새로 3시가 좀 지났다. 입원한 지 열하루째다. 다시 잠이 올 리 없으니 이제부터는 휴대폰과 지내는 시간이다. 나는 평소에 휴대폰에 대해 부정적인 생각을 갖고 있었고 그래서 되도록 안 쓰려고 했지만, 여기 와서 그 효용성을 십분 실감하게 되었다. 구글(Google)과 크롬(chrome)을 통해서 불확실했던 지식을 바로잡고, 사전을 통해 한자와 말뜻을 찾고, 유튜브(Youtube)로 희한한 얘기도 듣고, 카드놀이 스도쿠 등 게임도 하고, 무엇보다 좋은 것은 내가 입원한 것을 알리지 않고도 메시지와 카카오톡을 통해 친구들하고 대화할 수 있는 것이다.

오늘은 한 친구가 멋진 동영상을 올렸다. 두브로브니크(Dubrovnik)의 바다를 면한 테라스가 무대이다. 쪽마루를 깐 테라스 위로 바닷물이 잔물결 치며 남실댄다. 거기에 의자를 놓고 맨발을 물에 담근 채 한 남자가 로맨틱한 이태리 노래를 첼로로 켜고 있다. 바람에 기우는 요트의 돛대처럼 첼로를 이리저리 기울이며 한껏 흥을 내 연주하고 있는 것이다. 익히 들어 아는 곡인데 곡명은 생각이 안 난다. 육성으로 이 곡을 부르는 것을 들으면 고음의 연속이라 파바로티 정도로 고음을 여유 있게 구사하는 가수가 아니면 듣기가 불안한 곡인데, 이 첼리스트(Hauser라는 것을 나중에 알았다.)는 그것을 한 옥타브 낮춰서 첼로 특유의 은은하고 부드러운 소리로 연주하니까 감미롭기 이를 데 없다.

"하, 저렇게 즐기면서 사는 것이 사는 거지! 천재일우의 기회로 이 아름다운 지구에 태어났으면 저 정도의 즐거움은 한번 누려봐야 할 것 아닌가. 두브로브니크에 다시 한번 가 보고 싶네."라고 댓글을 달았다. 그리고 나 때문에 마음고생 하고 있을 아내에게 위로가 되라고 전달하면서 곡명을 물었다.

아침 9시 반에야 답장이 왔다. 곡명은 루치오 달라의 〈카루소〉라면서, '새벽 4시 반에 보내신 것을 보니 잠이 안 오나 보죠' 하며 문안한다. 그리고 한 반 시간 후에 아내로부터 전화가 왔다. '이번 혈액 검사에 아무 이상이 없으면 퇴원할 것'이라고 간호사실에서 전갈이 왔다는 것이다. 그러면서 집에 난초가 피어서 곧 사진을 보내겠다는 것이다.

새벽부터 아름다운 음악으로 기분이 밝아지더니 낭보가 겹쳐 온다. 드디어 퇴원이라! 물론 조건이 붙어 있기는 하지만 왠지 내일이면 틀림없이 나갈 것 같다.

난초 사진이 왔다. 사진을 보고 깜짝 놀랐다. 건란이기 때문이다. 건란은 초봄에 한 번 피었고 늦봄에도 또 피었는데 여름이 되니 꽃대가 또 두 개나 올라와 세 번째 피었었다. 그러니 이번이 네 번째 개화이다. 난초의 세력이 좋으면 두 번 피는 일은 있지만, 네 번 피는 것은 들은 적도 없다. 그것도 내가 병을 고치고 집으로 돌아올 때를 맞춰 피었으니 얼마나 고마운 일인가.

문득 전기(錢起)의 시구가 생각났다.

비로소 산창 아래 심은 대나무의 사랑스러움을 알겠노라
맑은 그늘 변함없이 나 돌아오기를 기다리고 있으니

始憐幽竹山窓下
不改淸陰待我歸

시인은 회상한다. 봄이 되자 꾀꼬리 울고 신리화(백목련) 살구꽃들이 경염하듯 피었던 것을. 그러나 봄이 가자 새들도 가고 꽃들도 스러졌다. 자기를 위해 우짖는 것 같았던 산새들, 자기를 위해 피는 것 같았던 꽃들이 봄이 가자 다 시인을 두고 저 갈 데로 가 버리고 만 것이다. 그제서야 비로소 시인은 변함없이 자기가 돌아오기를 기다리고 있는 대나무의 유신함에 사랑스러움을 알게 된 것이다.

대나무는 사철 푸르니 변함없는 청음은 본래 갖추고 있는 덕목일 것이다. 그러나 꽃은 한 철 피고 스러지는 것인데 그것이 내가 돌아올 때 맞춰 네 번째 꽃을 피웠다니 어찌 기특하고 갸륵하지 않은가? 또 난에 청음은 없다손 치더라도 그보다 더한 청향(淸香)이 있으니 내가 전기보다 더 큰 환영을 받는 것이 아닌가? 이렇게 생각하니 그동안 가슴에 끼었던 먹장 같은 구름이 일시에 걷히고 밝은 서광이 퍼진다.

×   ×

입원한 지 12일. 아침 식사 후 얼마 안 돼서 퇴원하라는 정식 통고를 받았다. 날아갈 것 같은 기분이다. 서둘러 짐을 싸고, 옷을 갈아입고, 환우들에게 어서 나아 집으로 가라고 인사를 하고 병원을 나와 아내의 부축을 받으며 집으로 왔다. 집 안에 들어오자 긴장이 풀리면서 탈진하여 소파 위에 쓰러졌다. 얼마 후 기운을 차려 일어나 앉으니 아내가 베란다에서 건란 분을 들고 와 보여 준다. 크고 튼실한 꽃 여섯 송이가 해맑은 인사를 건넨다. 아, 그리고 두 자 가웃 꼿꼿이 하늘로 치솟은 푸른 잎들의 장쾌한 기상이 나의 미약한 기맥을 강하게 자극한다. 그 잎들에서 뿜어 나오는 왕성한 생명력은 쇠잔한 내 가슴에 찌릿하도록 세찬 활력을 불어넣는다. 이렇게 네 번째나 꽃을 피워 나의 귀환을 축복해 주는 건란의 기를 받았으니 발병하기 전보다 더 강건한 기력을 차릴 수 있으리라는 믿음이 든다.

　건란의 이 특별한 응원에 고취되어 먼 아드리아해 해변을 다시 거니는 희망도 품어 본다.

(2022. 8. 29.)

기도

안과 정기 검진 날이었다. 담당 의사의 검진을 받기 전에 먼저 받아야 하는 검사가 있어 검사실로 갔다. 검사실들이 있는 복도는 언제나 붐볐다. 그날도 해당 검사실에 접수하고 났을 때 복도의 의자에는 빈자리가 없었다, 한옆에 서서 조금 기다리니까 다행히 자리가 나서 앉았다. 내 차례가 되어 호명할 때까지 빠르면 10분, 길면 30분 이상 걸리기 때문에 간단한 읽을거리를 준비해 간다.

이날도 자리에 앉아 얼마간 책을 읽고 있는데 가느다란 소리로 동요를 나직이 부르는 소리가 들렸다. 처음에는 그냥 그런가 보다 했는데 그 소리가 끊이지 않고 들리는 것이었다. 눈을 들어 주위를 둘러보니 대각선 방향에 아기를 업은 젊은 엄마가 부르는 노랫소리였다. 가냘프게 생긴 엄마가 초등학교 1학년 정도는 됨 직한 꽤 큰 여자아이를 업고 어르고 있었다. 아이는 무슨 시술이나 치료를 받은 모양으로 양쪽 눈에 거즈를 대고 반창고를 붙여 두 눈을 다 가리고 있었다. 아이는 눈에 통증을 느끼는지 자꾸 칭얼대는데 엄마는 그 아이를 재우려고 같은 노래를 내가 듣기도 한 열 번은 계속해 부르고 있었다.

> 엄마가 섬그늘에 굴 따러 가면
> 아기가 혼자 남아 집을 보다가,
> 바다가 불러 주는 자장노래에
> 팔 베고 스르르르 잠이 듭니다

곡조도 구슬프지만 가사를 들어보면 더욱 가슴 아프다. 우리나라 동요가 흔히 그렇듯이 여기도 여인과 아이만 있고 그들을 보호해 줄 아빠나 오빠 같은 남정네는 없다. 그래서 육아와 생활, 이중의 책무가 여인에게 지워져 있고 그 무리한 부담이 아이를 빈집에 방치하는 결과를 낳고 있는 것이다. 아기가 혼자 남아 집을 보다니! 아기는 스스로를 방어할 능력이 없으므로 혼자 놔 두어도 안 되는 존재인데 그런 아기가 집을 본다는 것은 어불성설이요 부조리한 발언이다. 가사는 바다의 자장가를 듣고 아기가 잠들었다고 하지만, 졸릴 때 재워 줄 엄마가 없는 아기는 울게 마련이고 필경은 그렇게 울다 지쳐 잠이 들었을 것이다. 이래서 이 노래는 향토적이고 평화로운 것 같지만 실은 눈물 나게 슬픈 노래인 것이다.

그런데 이런 아빠의 부재는 노래에만 있는 상황이 아니었다. 이 모녀의 곁에도 아빠는 없었다. 필경은 직장에 갔을 것이다. 그러나 아기가 두 눈을 다 치료받아야 할 상황이면 심각한 경우이고, 눈을 가린 아이는 부모가 안거나 업고 다녀야 할 터인데 그 모든 것은 연약한 엄마에게 맡기다니! 사실 어깨 넓고 팔 힘 좋은 아빠가 아기를 안고 있고 그 옆에서 엄마가 아기 등을 토닥거리며 자장노래를 불렀다면 이렇게 안쓰럽지 않았을 것이다. 나는 사정도 모르면서 아기 아빠를 속으로 나무랐다.

부드러움의 미덕

나는 내 자리를 양보하고 싶었지만 내가 일어나면 옆에 서 있는 사람들 중의 하나가 금방 앉을 것이 뻔했다. 그러니 그 자리에 앉은 채 '아기 엄마,' 하고 크게 불러야 할 터인데 그게 계면쩍어서 쭈밋거리고 있었다. 다행히 곧 아기 엄마 앞쪽에 자리가 하나 났고, 옆자리의 아주머니가 손을 뻗어 다른 사람이 못 앉게 하고 아기 엄마에게 앉으라고 권한다. 그러나 엄마는 무어라고 나직이 말하면서 고개를 저었다. 필경 앉으면 아기가 울어서 안 된다고 하는 것 같았다.

그러면서 잠깐 내 쪽으로 돌아설 때 자세히 보니까 엄마도 다소 두툼한 안경을 쓴 것이 눈이 좋지 않아 보였다. 그렇다면 아기의 눈 문제가 엄마의 부실한 눈에서 유래한 것인지 모를 일이었다. 만약 그렇다면 엄마의 가슴에는 납덩이보다도 더 무거운 자책감이 짓누르고 있을 것이다. 업힌 아기의 무게는 아기를 내려놓으면 없어지지만 가슴을 짓누르는 가책은 아기의 눈이 나을 때까지 밤낮없이 엄마의 가슴을 짓누를 것 아닌가? 아마도 그래서 그 엄마는 어깨가 빠지고 허리가 무너져도 아기를 내려놓지 못하는 것 같았다.

나는 왠지 나의 추측이 사실일 것만 같았다. 그래서 그 젊은 엄마가 더 측은해 보였다. 그녀가 겪고 있을 몸과 마음의 고생을 생각할 때 편안히 앉아 있을 수가 없었다. 내가 일어나 아기 엄마의 고통에 동참하면 나의 안쓰러움뿐만 아니라 아기 엄마의 고통도 경감될 것 같아 자리에서 일어났다. 그리고 내가 더 할 수 있는 것은 기도뿐이었다. 나는 아기가 어서 다 나아서 저 동요를 엄마에게 재롱으로 부르게 되기를 기도하였다. 성심을 다해 기도하였다.

(2022. 9. 25)

비창 소나타

베토벤의 3대 피아노 소나타라고 일컬어지는 〈월광〉〈열정〉〈비창 소
나타〉 중 내가 제일 많이 들은 것은 〈비창(pathetique) 소나타〉일 것이다.
군대에 있었을 때 많이 들었기 때문이다.

나는 문리대 생활이 매우 만족스러워서 대학 4년을 훼손됨이 없이 누
려야겠다고 작정하였다. 그때는 일반병은 3년 복무지만 소위 '학보'라
고 하는 학적 보유병을 위한 단기 복무 제도가 있어서 대학이나 대학원
재학 중 입대하면 1년 반 만에 제대시켜 주었다. 그래서 주위에서 졸업
전에 군 복무를 마치는 친구들이 많았지만 나는 그래도 4년의 과정을
중단 없이 마쳤다. 실은 한 번 흔들린 적이 있었다. 4학년 1학기 때 친한
고등학교 동창이 찾아와서 학보가 곧 없어진다니 같이 입대하자 했을
때였다. 그러나 학보병에 대한 선임병들의 구타와 괴롭힘이 심하다는
소문이 파다했는데 문리대의 자유 분위기에 젖은 내가 견딜 수 있을 것
같지 않았다. 그래서 그 마지막 기회도 포기하고 말았다. 아닌 게 아니
라 1962년 우리가 졸업하고 난 다음에 유명한 최영오 일병의 사건이 터

부드러움의 미덕

졌다. 학보병으로 나가 일선에 배치된 최 일병이 애인의 편지를 뜯어보고 모욕한 선임병들의 괴롭힘에 격분한 나머지 그들을 사살한 것이다. 최 일병도 문리대 학생이었다. 그러니까 내가 사병으로 안 간 것은 잘한 결정 같았다. 그러나 막연히 장교로 갈 것이라고만 생각하고 있었지 육·해·공군 장교 중 어느 것이 좀 더 유리한지 검토하는 기초적인 조사도 하지 않았다. 군대에 관해서는 도대체 생각하기가 싫었던 것이다. 막연히 3년 근무라 생각하고 자세히 알아보지 않았던 것이다.

군대를 가야 할 날이 가까워 오자 같은 처지의 친구들이 모여 술을 마시는 일이 잦았다. 어느 날 그런 술자리에서 한 친구가 자기는 공군 장교로 가기로 결정했다고 하였다. 그러자 나머지 댓 명이 모두 '그래? 그럼 나도 공군으로 가지.' 하고 결정해 버린 것이다. 그렇게 해서 공군 장교 후보생으로 입대했는데, 이것이 내 일생일대의 실수였다. 대전에 있던 공군기술교육단에 가서 입대 선서를 하고 나서 청천벽력 같은 소리를 들은 것이다. 즉, 복무 연한은 4년이고 기초군사훈련이 4개월인데, 이것은 복무 기간에 포함되지 않는다는 것이었다. 다시 말해서 복무 기간이 4년 4개월인 것이다. 이 말을 듣자 여기저기서 웅성거리는 자들이 상당히 많았다. 복무 기간이 3년일 거라고 막연히 믿고 온 나 같은 멍청한 자들이 상당히 많았던 것이다. 이렇게 동요가 많은 것을 본 중대장은 표정이 굳어지더니 "지금이라도 입대를 취소하고 집으로 가고 싶은 자 있거든 손 들고 나오라." 하였다. 한 순진한 친구가 나갔다. 그러자 중대장과 구대장들이 달려들어 때리고 발길질하여 순식간에 초주검을 만들어 놓았다. 충격적이었다. '구타는 없다'는 선전, '공군은 신사'라는 신화가 깡그리 깨져 버리는 순간이었다. 그것은 또한 우리가 들어온 이 조직이 이성과 상식이 지배하는 곳이 아니라 폭력과 야만이 언제든지 자행될 수 있는 곳임을 확인해 주는 순간이기도 했다.

나의 군대 생활은 이렇게 실망과 혐오로 시작하였다. 거기에 한 가지 또 혐오스러운 것은 기초 군사 훈련을 받은 대전에서 근무하게 된 점이다. 병이건 장교건 대전서 훈련을 마치고 떠나는 자들은 '대전 쪽을 향해서는 오줌도 안 눈다'는 말이 있을 정도로 대전에 멀미를 대었다. 그런데 나는 대전에 남기로 자원해야만 했다.

특기를 받을 때 영문과 출신은 모두 소위 전투 요격 관제사로 뽑히게 되어 있었다. 그 업무는 레이더를 보면서 아군 비행기가 적군 비행기를 요격하도록 유도하는 것인데 이때 사용하는 언어가 영어이기 때문이다. 그런데 그 근무 장소가 레이더를 보는 밀폐되고 어두운 방인 데다가 하루를 4등분하여 돌아가며 근무하기 때문에 일주일에 한 번은 밤 12시에서 아침 6시까지 밤을 새우게 되어 있다. 이렇게 근무 장소도 나쁘고 생활도 불규칙하니까 폐병에 걸리기 쉽다는 소문이 나 있었다. 우리 집에는 외가로부터 내려오는 폐병의 문질이 있어 어머니와 형제들이 폐결핵을 앓았다. 나는 그때까지 요행히 병을 피했지만 관제사가 되면 꼭 걸릴 것 같았다. 그래서 요격 관제사는 피하고 싶었는데 내 힘으로 빠질 수 있는 길은 대전에 있는 영어 교육대 교관으로 지원하는 길뿐이었고 그래서 대전에 남게 된 것이다.

이렇게 시작한 대전 생활에 정이 붙을 리가 없었다. 몸은 대전에 있지만 마음은 늘 서울에 가 있었다. 가야 대개 친구들 만나 노닥거리고 술이나 먹는 것이 고작이었지만, 그래도 뭍에 떨어진 물고기가 물을 찾듯 서울을 애타게 그리워했던 것이다. 서울에는 막연하나마 가능성이 있는 곳이기 때문이었다. 가령 좋은 여성을 만난다든지 서울서 근무할 수 있게 된다든지 하는 일은 모두 서울서 가능한 것이고 서울에서야 그런 정보도 얻을 수 있었기 때문이다.

반면에 대전은 내 생활에 변화를 줄 수 있는 가능성이 전혀 없는 답답한 공간이었다. 나뿐만 아니라 대전에 있던 신임 소위들은 모두 그렇게 느꼈고 그래서 대체로 우울하였다. 분위기가 그렇게 암울했기 때문에 함께 어울려 다니던 친구들도 음악다방에 가면 〈비창 소나타〉를 자주 청해 들었다. 나중에는 우리가 가면 신청하지 않아도 레지가 〈비창〉을 신청해 줄 정도였다.

동기생 중 대전서 특기 교육을 받던 친구들은 학생 장교였기 때문에 토요일에는 수업이 없어 휴무였다. 그래서 그들은 금요일 오후면 모두 서울로 가 버렸고 그러고 나면 대전 거리는 텅 빈 것 같았다. 우리 교관도 토요일에 강의가 없지만 그래도 엄연히 오전까지 근무니까 출근해야 했다. 토요일을 빠지려면 대대장의 허락을 받아야 하는데 그것은 한 달에 한 번 받기도 쉽지 않은 특혜였다.

서울에 못 가는 우울한 토요일이면 나는 그 음악다방에를 자주 갔다. 레지와 눈인사만 나누고 의자에 눕듯이 깊숙이 앉아 눈을 감고 있으면 곧 〈비창〉이 시작되었다. "꽝 꽈강 꽝 꽝 꽝" 하고 터져 나오는 장중한 피아노 음은 소리라기보다는 질량이 있는 물체같이 가슴을 쾅쾅 쳤다. 그러면 곧 통렬한 비애감이 전신에 퍼졌고 나는 그 비애의 심연 속으로 침잠했다. 이 비애감에 몰입하여 자기연민을 즐기는 일종의 마조히즘적 쾌감을 추구했던 것이다.

그러나 자꾸 들을수록 이 곡이 슬픈 곡이 아님을 인정하지 않을 수 없었다. 1악장에서도 첫 모티브가 끝나면 곧 알레그로로 바뀌어 경쾌한 선율로 이어지면서 분위기가 반전된다. 뒤에 가서 첫 번째 모티브가 짧게 반복되나 마치 소나기를 쏟고 멀리 물러난 천둥처럼 세력을 잃어서 전체적으로 보면 명랑한 정서가 주조를 이루고 있다. 특히 2악장 칸타빌레의 멜로디는 마치 낙원에 누워 꿈을 꾸는 것처럼 잔잔하고 감미로워서 여기에는 평화와 열락만이 충만할 뿐 슬픔과 우울함은 그림자도 찾아볼 수 없다. 이렇게 밝고 가벼워진 마음으로 3악장 론도를 접하면 마음은 자연스럽게 그 발랄한 무곡에 따라 춤을 추게 되어 있다. 〈비창〉은 이렇게 비애의 감정으로 시작하지만 종래에는 유쾌하고 명랑한 정서로 우리를 인도한다. 그래서 점차 나도 우울함에 탐닉하기 위해서가 아니라 그로부터 해방되기 위해서 〈비창〉을 듣게 되었다. 비창을 극복하기 위해 〈비창〉을 자주 들었던 것이다.

(2022. 9. 30.)

부드러움의 미덕

부드러움의 미덕

김재은, 김학주, 안삼환, 이상옥, 이상일, 이익섭

장경렬, 정재서, 정진홍, 곽광수, 김경동, 김명렬